SCHWINDELEI UND SPITZE

DER STRICKCLUB DER VAMPIRE, BAND 7

NANCY WARREN

ISBN: Ebook 978-1-990210-68-6

ISBN: Druckausgabe 978-1-990210-69-3

Cover-Gestaltung von Lou Harper von Cover Affair.

Übersetzung: Sarah Goldmarleen – Language + Literary Translations, LLC.

Ambleside Publishing

VORWORT

Band 7 – Schwindelei und Spitze: Ein paranormaler Cosy-Krimi

Der Wollladen Cardinal Woolsey's wurde dazu auserwählt, im Fernsehen zu erscheinen, was eine super Werbung ist – bis ein Mord die Dreharbeiten unterbricht ...

Der bekannte Strickdesigner Teddy Lamont soll in den Woll- und Strickladen Cardinal Woolsey's in Oxford kommen, um einen besonderen Workshop abzuhalten, der im Fernsehen übertragen wird.

Lucy Swift kann es kaum erwarten, den berühmten, extravaganten Designer zu empfangen und damit ihr Geschäft anzukurbeln, aber schon vom ersten Tag an läuft alles schief. Als eine Teilnehmerin tot aufgefunden wird, schlägt die Publicity, die Lucy sich erhofft hatte, ins Negative um.

Lucy und ihre Gruppe untoter Amateurdetektive müssen herausfinden, wer der Mörder ist, bevor ihrem Laden der Todesstoß versetzt wird.

„Ich liebe diese Buchreihe ... In dieser Geschichte gibt es so viele Verdächtige, dass ich mir wirklich den Kopf darüber zerbrochen habe, wer wohl der Täter sein mag, aber wie immer war ich dann so gefesselt und mitgerissen, dass ich ganz vergessen habe, mir darüber Gedanken zu machen. Stattdessen habe ich mich einfach hingesetzt, um mich von Lucy auf eine Achterbahnfahrt mitnehmen zu lassen. Das macht viel mehr Spaß!" *Annettes Rezension von Schwindelei und Spitze*

Holen Sie sich Rafes Geschichte kostenlos und erfahren Sie von den Ursprüngen des sexy Vampirs aus der Buchreihe *Der Strickclub der Vampire,* indem Sie sich auf NancyWarrenAuthor.com zu Nancys spamfreiem Newsletter anmelden.

Treten Sie Nancys privater Gruppe auf Facebook bei, in der sich alles um Bücher, Stricken, Haustiere und das Leben dreht. facebook.com/groups/NancyWarrenKnitwits

SCHWINDELEI UND SPITZE

„Teddy Lamont kommt ins Cardinal Woolsey's." Ich war so aufgeregt, dass ich kreischte. Neunzehn Vampire hörten auf zu stricken, zu häkeln oder zu lästern, um mich mit unterschiedlichsten Ausdrücken der Ehrfurcht anzustarren. Ich hatte mir die Verkündung der Nachricht so lange aufgehoben, bis die Vampire sich im Hinterzimmer meines Strickladens versammelt hatten, damit meine Großmutter unter den Ersten war, die davon erfuhren. Ich hatte mir gewünscht zu sehen, wie ihr faltiges Gesicht vor Freude erstrahlte. Und nun tat es das.

Granny hatte das Woll- und Strickgeschäft Cardinal Woolsey's gegründet, und auch wenn sie jetzt untot war, wollte ich sie trotzdem in alle Geschäftsentscheidungen miteinbeziehen. Sie hatte meiner Idee zugestimmt, unseren Laden für eine besondere Werbeaktion von Larch Wools anzubieten. Larch produzierte eine Fernsehserie, in welcher der berühmte Pulloverdesigner und Strickexperte Teddy Lamont mitwirkte, der in einem Wollladen eines seiner Pulli-Strickmuster erklären würde.

Jedes Strickgeschäft im Vereinten Königreich, das Wolle von Larch Wools führte, war aufgefordert worden, sich für den begehrten Spot zu bewerben. Laut dem Brief, den ich erhalten hatte, war das Cardinal Woolsey's aus unterschiedlichen Gründen ausgewählt worden. Wir verkauften eine Menge Wolle von Larch, Oxford lag geografisch gesehen in der Mitte des Vereinten Königreichs und der Laden selbst war fotogen und bot Platz für ein Fernsehteam.

Mehrere Stimmen riefen gleichzeitig:

„Wann denn?"

„Dürfen wir alle Teddy kennenlernen?"

„Wann wird es im Fernsehen ausgestrahlt?"

Ich konnte nur die erste dieser Fragen beantworten. „Die Filmarbeiten finden in ein paar Wochen statt."

„Schon so bald?", fragte Sylvia. In der 1920ern war sie ein Stummfilmstar gewesen, und da sie vor fast einem Jahrhundert die Hauptrolle in Filmen gespielt hatte, glaubte sie, alles über die Unterhaltungsindustrie zu wissen. Sie schaute mich kritisch von oben bis unten an. „Du solltest ein paar Pfund abnehmen, Lucy. Die Kamera kennt keine Gnade. Und was wirst du anziehen? Handgestrickte Stücke natürlich, aber nur von der bestmöglichen Qualität."

Alle Vampire hörten aufmerksam zu. Alfred, der zwar nie ein Filmstar gewesen, aber trotzdem nicht weniger herrisch als Sylvia war, stimmte mit ein: „Ja. Es gilt, keine Zeit zu verschwenden. Wenn wir uns alle gleich ans Werk machen, können wir Lucy eine komplette Fernsehgarderobe stricken, bevor das Shooting beginnt."

„Ich brauche keine neue Garderobe", protestierte ich. Meine Schränke und Schubladen quollen schon über vor all den handgefertigten Kleidungsstücken der Vampire, die ihre Langeweile töteten, indem sie mir ausgezeichnete Kreationen strickten. Aber eine Gewichtsabnahme war wahrscheinlich keine schlechte Idee. Die Arbeit in einem Strickladen trug nicht gerade zu einem aktiven Lebensstil bei. Zumindest redete ich mir das ein.

Sylvia beäugte mein langes blondes Haar, das ich heute zum Pferdeschwanz gebunden hatte, weil ich zu faul gewesen war, um mich aufzustylen. „Bei den Dreharbeiten solltest du dein Haar zurückgekämmt tragen, damit die Kamera dein Gesicht aufnimmt." Sie schüttelte den Kopf, als sie in ihren geliebten Erinnerungen schwelgte. „Wie habe ich mich doch amüsiert, als ich Lady Godiva gespielt habe. Sir John Barrymore war ganz aufgelöst, als er versuchte, mein Gesicht für die Kamera sichtbar zu machen und gleichzeitig meinen Anstand zu bewahren."

Normalerweise liebte ich Sylvias Ausflüge in ihre Erinnerungen an den Film, aber heute war ich eher an der anstehenden TV-Stricksendung als an ihren längst verjährten Erfolgen interessiert.

„Wer wird an deinem Seminar teilnehmen, Liebes?", fragte Granny, die vielleicht auch das Gefühl hatte, dass wir wieder zum Thema zurückkehren sollten.

„Der Garnhersteller sucht die Teilnehmer aus. Gerade wird ein landesweiter Wettbewerb durchgeführt. Sechs glückliche Gewinner werden etwas von Teddy Lamont lernen. Wenn die tägliche Anreise zu weit für sie ist, werden sie an den Drehtagen in einem Hotel untergebracht.

„Ach du meine Güte! Die geben sich ja richtig Mühe!"

Ich war gespannt und nervös zugleich. In Hinsicht auf

das Stricken war das so, als würde man einen Filmstar bei sich zu Hause zum Abendessen haben.

„Typisch", stöhnte Hester. Hester war eine hormongeplagte Jugendliche, deren heikler Zustand für die Ewigkeit andauern würde. Ich versuchte, Mitleid mit ihr zu haben, indem ich mich an das Elend meiner eigenen Teenagerzeit erinnerte, aber sie machte es mir schwer. „Vielleicht hätte ich am Kurs teilnehmen wollen, aber – oh nein! Alles wird von ‚dem Mann' entschieden." Sie seufzte theatralisch und warf den schwarzen Rollkragenpullover, an dem sie gerade strickte, in ihre Tasche. Ihre gesamte Farbpalette war schwarz.

Sylvia lachte, aber sie klang verbittert. „Mein liebes Kind, wenn wir die Möglichkeit hätten, gefilmt zu werden, hätte ich die verwitwete Gräfin Lady Grantham gespielt. Ich bin perfekt für die Rolle. Maggie, Judy, Helen, ich würde den Damen die Stirn bieten. Aber in Filmen sieht man uns nunmehr ebenso wenig wie in Spiegeln oder auf Fotos. Du kannst genauso wenig ein Fernseh- oder Filmstar sein, wie du an der Riviera ein Sonnenbad nehmen kannst."

Hesters Miene verdüsterte sich noch weiter, und sie trat gegen ihre Tasche.

Ich fühlte mich so schuldig. Nie hätte ich gedacht, dass meine aufregenden Neuigkeiten so deprimierend für die Vampire sein würden, die unter meinem Laden in Oxford lebten. „Es tut mir so leid", sagte ich. „Das habe ich nicht bedacht. Ich kann es noch absagen."

„Komm ja nicht auf so eine Idee!", rief Granny. „Das hier ist eine wunderbare Werbung für das Cardinal Woolsey's und für dich."

„Vielleicht lernst du in den nächsten zwei Wochen sogar noch Stricken", sagte Hester. Wenn sie enttäuscht war, wurde sie fies.

Ich versuchte genauso angestrengt, eine passable Strickerin zu werden, wie ich es versuchte, eine bessere Hexe zu werden. Aber beide Beschäftigungen waren alles andere als leicht. Zumindest für mich.

Wenigstens war das Wirtschaftsdiplom, das ich zu Hause in Boston gemacht hatte, nicht vollkommen vergeudet. Ich mochte vielleicht beim Hexen ein Grünschnabel und beim Stricken völlig unerfahren sein, aber ich war gar nicht schlecht darin, einen Strickladen zu führen.

Dass Larch das Cardinal Woolsey's für die Fernsehsendung ausgewählt hatte, war der Beweis.

Ich fragte mich, wer wohl die sechs ausgewählten StrickerInnen waren, und ob Teddy Lamont persönlich genauso lustig war, wie er in seiner monatlich erscheinenden Zeitschrift wirkte. Ich hoffte es. Selbst seine Strickmuster hatten Persönlichkeit. In den nächsten zwei Wochen würde ich jede freie Minute damit verbringen, mein Handwerk zu üben.

Meine beiden Handwerke.

MIT DEM FERNSEHEN HATTE ICH NOCH NIE VIEL AM HUT GEHABT – wenn man davon absah, dass ich davorsaß und mir mehr Episoden von *Grey's Anatomy* anschaute, als es gut für mich war. Meredith, Cristina und McDreamy brachten mich durch meine Trennung von Todd, und dafür würde ich immer dankbar sein. Wie auch immer, ich war noch nie an der Produktion einer TV-Sendung beteiligt gewesen, und war schon ein bisschen fasziniert von der Vorstellung, dass ein Star-Stricker in meinen Laden kommen und Strickseminare geben würde, die im Fernsehen übertragen wurden. Es versteht sich von selbst, dass ich krampfhaft versuchte, meine Grundkenntnisse im Stricken auszubauen, bevor ganz Groß-britannien und alle Länder, in denen diese Sendung ausge-strahlt werden würde, bemerkten, dass die Frau, die das Strickgeschäft besaß, gar nicht stricken konnte. Wie peinlich.

Die Direktorin und Produzentin der Sendung hieß Molly Larson. Sie war um die dreißig, hatte langes, glattes, schwarzes Haar und die Art von breitem Lächeln, das anste-ckend ist – selbst wenn man den Witz nicht verstanden hat. Sie rauschte mit so viel effizienter Lebhaftigkeit ins Cardinal Woolsey's, dass sogar die Wollknäuel energischer wirkten. Sie schüttelte mir die Hand, sagte, es sei toll mich kennenzu-lernen, und verschwendete dann keine weitere Zeit, sondern wanderte mit kritischem Blick durch meinen Laden. Ich erklärte, dass ich meinen Strickunterricht im Hinterzimmer veranstalte und zeigte es ihr in der verzweifelten Hoffnung, dass keiner der Vampire mitten am Tag an Schlaflosigkeit leiden und durch die Bodenklappe nach oben kommen würde. Davor hatte ich sie schon hunderte Male gewarnt, aber nicht immer befolgten sie meine Regeln.

„Nein, nein", sagte sie in dem Moment, in dem wir ins Hinterzimmer traten. „Wir brauchen das Ambiente, das vorne im Laden herrscht. Hier hinten ist es nicht interessant genug." Wir gingen beide hinaus, und schon bald hatte sie den Plan gefasst, alle Schaukästen, die in der Mitte des Ladens standen, in das Hinterzimmer zu verfrachten. „Wir wollen nur einen Schaukasten mit allen Büchern von Teddy, einigen seiner Zeitschriften und einer reichen Auswahl seines Strickzubehörs." Sie schaute sich erneut um, als würde sie für einen Teppich Maß nehmen. „Wir haben sechs Konkurrenten. Haben Sie irgendwo einen hübschen alten Tisch? Mir gefällt die Vorstellung von Strickern, die an einem Tisch sitzen, während Teddy am Tischende steht und ihnen etwas zeigt. Natürlich wird hinter ihm eine große Vitrine mit Produkten von Larch Wools stehen. Was halten Sie davon?"

Sie schien eine Antwort zu erwarten, obwohl ich wirklich nicht verstand, warum. Wahrscheinlich wollte sie einfach meine Zustimmung haben. Nun, ich hatte das hier doch gewollt, oder nicht? Also würde ich eben ein paar Sachen umstellen müssen. Das würde mich nicht umbringen. „Kommen Sie doch mit nach oben! Da wohne ich. Dort steht ein Esstisch. Ich denke, der würde sich eignen."

Sie folgte mir ins Obergeschoss. Nyx, die schwarze Katze, mein Begleittier, war schwer damit beschäftigt, auf der Couch im Wohnzimmer vor sich hin zu dösen. Faul öffnete sie ihre goldenen Augen und hob dann, als ihr klar wurde, dass ich in Begleitung war, ihren Kopf, um unseren Besuch zu mustern.

Molly sagte: „Oh, eine Katze. Wie niedlich. So niedlich. Lassen Sie die manchmal in Ihren Laden?"

Selbst wenn ich es versucht hätte, hätte ich Nyx nicht davon abhalten können. Meine Katze neigte dazu, hinzugehen wo sie wollte, und nur ein Dummkopf würde versuchen, sie davon abzuhalten. Nyx gähnte so breit, dass ich befürchtete, sie würde ihren eigenen Kopf verschlucken.

„Ja. Sie verbringt viel Zeit im Schaufenster. Ich habe einen Korb mit Wolle hingestellt, und sie rollt sich dort gerne zusammen und hält ein Nickerchen im Sonnenschein."

Sie machte sich eine Notiz. „Das liebe ich. Ich liebe es!

Die Aufnahme von Ihrem Kätzchen, das im Schaufenster schlummert, wird eines unserer ersten Bilder sein. Das wirkt sofort einladend, es gibt einem das Gefühl von einem gemütlichen Laden, in dem man lernen kann, wie man eine Teehaube oder ein Paar warme Winterhandschuhe strickt."

An der Art wie sie redete, erkannte ich, dass diese Frau in ihrem ganzen Leben noch keine einzige Masche gestrickt hatte. Dachte sie etwa, eine Teehaube sei einfach? Handschuhe? Ich würde sie gern bei dem Versuch sehen.

Ich führte sie zum Esstisch, der einst Granny gehörte, und davor wahrscheinlich ihrer Mutter. Molly rümpfte die Nase über meinen Tisch und schüttelte gleichzeitig den Kopf. „Nein. Der ist zu schick. Ich will es rustikal. Ich will Eiche oder Kiefer. Etwas Zerkratztes und Solides. Zerkratzt und solide. Ich will an die Tradition erinnern. An Bäuerinnen, die beisammensaßen, um Pullover für ihre sieben Kinder zu stricken, oder an die Frauen der Seemänner, die zu Hause am Tisch saßen und strickten, um die Zeit totzuschlagen, solange ihre Männer auf hoher See waren."

Irgendwie war ich verwirrt. „Aber Teddy Lamont ist doch der Inbegriff von modebewusstem Strickdesign. Er hat das, was einst ein Handwerk war, genommen und es in Kunst verwandelt."

„Sie haben recht. Sie haben recht." Ich fand, dass sie ziemlich oft dazu neigte, dasselbe Wort oder denselben Satz zu wiederholen. „Das macht er. Das macht er. Aber sehen Sie, was wir mit dieser Sendung erreichen wollen, ist die beiden Dinge zu vereinen. Deshalb haben wir uns für Ihren Laden entschieden. Er ist gemütlich und idyllisch, und im Schaufenster sitzt eine Katze. Dann bringen wir Teddy ins

Spiel und vermischen das Alte mit dem Neuen. Das wird großartig. Großartig."

Ich liebte ihren Enthusiasmus, und wenn das bedeutete, dass ich irgendwo einen abgenutzten Tisch herkriegen musste, dann würde mir das wohl gelingen. Rafe oder Theodore wussten sicher, wo ich einen finden konnte. Aber Molly war bereits am Telefon. „Joseph. Gut. Gut. Ein Glück, dass ich dich erwische. Komm sofort ins Cardinal Woolsey's. Du musst hier Maß nehmen und mir einen Tisch und die richtigen Stühle besorgen. Morgan wird sich etwas für die Beleuchtung einfallen lassen müssen."

Molly nickte wieder eifrig, dann legte sie auf und wandte sich mir zu. „Ich bin hier fertig. Wenn Sie die Katze herunterholen und sie in den Korb legen, kann ich mir eine Vorstellung verschaffen."

Ich schaute Nyx an, die meinen Blick erwiderte. Nyx war nicht der Typ, der Anweisungen von Fernsehproduzenten befolgte oder sich wie eine Requisite durch die Gegend schleppen ließ. Als sie meinem Blick lange genug standgehalten hatte, um sicherzugehen, dass ich diese Tatsache begriffen hatte, stand sie auf allen Vieren auf, legte eine perfekte Yoga-Streckung hin und sprang dann flink auf den Boden. Mit erhobenem Schwanz trottete sie die Treppe hinunter. Als ich die Tür zum Laden öffnete, stolzierte sie direkt zum Fenster, beugte ihre Hinterbeine leicht und sprang in einem anmutigen Satz in mein Schaufenster. Sie kletterte in das Körbchen und rollte sich zusammen und posierte dort, ihr Kinn auf den Rand des Körbchens gelegt, während sie zu uns nach hinten schaute.

Molly war entzückt. „Sie ist hinreißend. Hinreißend! Und so clever. Man könnte meinen, sie habe jedes unserer Worte gehört." Molly lachte herzhaft, und Nyx und ich wechselten wieder einen Blick. Als Nyx dann offensichtlich das Gefühl hatte, für einen Tag genug für mich getan zu haben, schloss sie ihre Augen und döste wieder ein.

„Gut. Gut. Joseph wird sich um alles kümmern, machen Sie sich keine Sorgen! Er wird bestimmt einen alten Tisch und sieben Stühle finden. Ich will, dass sie alle verschieden sind. Verschieden, okay?"

„Okay. Sieben. Sechs Konkurrenten und einen Stuhl für Teddy."

Sie lachte. „Warten Sie, bis Sie Teddy kennenlernen. Er sitzt nie. Er sitzt absolut nie. Nein, der siebte Stuhl ist für Sie. Sie werden zwar am Workshop teilnehmen, aber eigentlich sind Sie dafür da, allen Kandidaten zu helfen, wenn sie sich verheddern oder verwirrt sind."

„Sich verheddern oder verwirrt sind." Nun war ich diejenige, die sich wiederholte. Was diese Frau nicht wusste, war, dass ich diejenige war, bei der es am wahrscheinlichsten war, dass sie sich verhedderte oder verwirrt war. „Ich dachte, ich halte mich im Hintergrund, für den Fall ..." Ich verstummte. Ich hatte keine Ahnung, was ich geglaubt hatte zu tun, aber ganz bestimmt hatte ich mir nicht vorgestellt zu stricken.

Wäre ich in der anderen Hauptaktivität meines Lebens talentierter gewesen – nämlich als Hexe –, wäre es mir vielleicht gelungen, diese Frau mit einem Zauber zu belegen, sodass ihr klar würde, was für eine schreckliche Idee es wäre, mich vor die Kamera zu stellen, aber mir waren vor Kurzem so einige spektakuläre Missgeschicke in Hinsicht auf die Zauberei unterlaufen, deshalb wollte ich mich nicht mehr mit echten Menschen anlegen, zumindest, wenn ich es vermeiden konnte.

BALD FAND ICH HERAUS, dass es mit einer Fernsehsendung weit mehr auf sich hatte, als ich mir hätte vorstellen können. Neben der Direktorin und Produzentin gab es einen Filmwissenschaftler, einen Kameramann und ein Tontechniker. Ich hatte mich schon immer gefragt, was ein Oberbeleuchter ist, wenn ich das Wort in den Credits in einem Vorspann sah. Wie sich herausstellte, war der Oberbeleuchter der Lichttechniker. Es gab auch eine gestresste junge Frau, die die Assistentin der Produzentin war. Sie schrieb mir oft E-Mails, die mit „Molly denkt" oder „Molly fragt sich" begannen. Trotzdem war es spannend. Nach Ladenschluss am Freitag kam das Fernsehteam herein, gestaltete mein Geschäft um und brachte den Tisch und die Stühle mit, die sie aufgetrieben hatten.

Samstagmorgen würden wir früh beginnen und den ganzen Tag lang filmen. Sie hofften, in drei Tagen fertig zu werden, und ich hoffte, am Mittwoch wieder aufmachen zu können.

Ich hatte angesichts der Ladenschließung etwas gezögert, aber meine Kunden waren so begeistert von der Vorstellung, dass das Cardinal Woolsey's im Fernsehen sein würde, dass mein Umsatz sogar stieg. In den Tagen vor den Dreharbeiten würde ich locker mehr Geld machen als das, was ich verlieren würde, weil der Laden zuhatte. Außerdem brachte Teddy gerade ein neues Buch heraus, *Spitze auf meine Art*, und als besondere Aufmerksamkeit für meine Kunden und jeden, der den Weg aus der Umgebung auf sich nahm, veranstaltete er eine Signierstunde. Die würden wir gemeinsam mit der uns gegenüberliegenden Buchhandlung Frogg's Books organisieren.

Mollys Assistentin Rebecca, die von allen Becks genannt wurde, schickte mir Kurzfassungen der Lebensläufe und Fotos von den sechs Strickerinnen und Strickern, die zur Teilnahme an der Sendung ausgewählt worden waren.

Ich ging die Liste und die Fotos durch und fragte mich, ob einige davon zu meinen Kunden gehörten. Ich erkannte nur eine: Helen. Zwar wurden nur die Vornamen genannt, doch ich kannte sie als Helen Radcliffe. Sie war Mitte vierzig und hatte kurzes, stahlgraues Haar. Sie war nie geschminkt und kleidete sich ziemlich eintönig. Sie unterrichtete Sachkunde an der Mädchenschule in unserer Gegend. Sie machte einen ruhigen, ernsten und ziemlich geistreichen Eindruck. Sie war eine fantastische Strickerin, schien sich aber vor Farbe zu fürchten. Meine Cousine Violet und ich hatten beide versucht, ihre Palette um Töne zu erweitern, die über das hinausging, was man generell mit kleinen Waldtieren wie Ratten, Mäusen oder Bisamratten assoziierte, aber es war hoffnungslos.

Ich fragte mich, was Teddy Lamont tun konnte, um sie dazu zu ermutigen, ihre Garderobe aufzupeppen, und ich war ganz aufgeregt darüber, dass sie ausgesucht worden war. Sie musste aus diesen Farben, die nur in einer Schlammpfütze zu finden waren, ausbrechen und ich dachte, er sei genau der richtige Mann, um ihr das nötige Selbstvertrauen zu geben, um es zu versuchen.

Von den anderen Teilnehmern kannte ich niemanden. Genauso wie Handarbeitsgeschäfte hatten sich auch Stricker und Strickerinnen für die Sendung beworben. Die Produzenten hatten sich offensichtlich für Menschen entschieden, die ganz unterschiedlich waren. Wenn sie damit zeigen wollten, dass das Stricken nicht nur etwas für kleine alte Damen war, ist ihnen das gelungen, denke ich.

Weit und breit war keine einzige kleine alte Dame zu sehen. Eine Frau namens Enid um die fünfzig schien die Älteste zu sein. Sie war blond und sehr attraktiv. Sie lebte in Stow-on-the-Wold, einem Dorf in Cotswold, etwa eine Autostunde von Oxford entfernt. In der Liste stand, sie sei Hausfrau. Dann gab es einen Mann namens Ryan, der seinem Aussehen nach um die dreißig sein musste. Sein Lebenslauf besagte, dass er in Reading lebte und im IT-Bereich arbeitete. Gunnar, ein schroff aussehender Mann, der ursprünglich aus Norwegen stammte, hatte kurzgeschorenes graues Haar und ein wettergegerbtes Gesicht. Er hatte als Ingenieur auf einer Ölplattform in der Nordsee gearbeitet. Kein Wunder, dass er so wettergegerbt aussah. Nun lebte er in London.

Ebenfalls aus London kam eine sehr elegante, junge, schwarze Frau namens Annabel. Sie war eine Wertpapierhändlerin, die strickte, um sich von ihrem stressigen Job zu erholen. Und schließlich war da Vinod, der etwa vierzig sein musste. Er war in Indien geboren, hatte aber den Großteil seines Lebens in Birmingham gewohnt. Von Beruf war er Radiologe.

„Ein interessanter Haufen", sagte eine Männerstimme leise, und als ich mich umdrehte, sah ich hinter mir Rafe stehen, der über meine Schulter mitlas. Zwar hätte ich inzwischen daran gewöhnt sein sollen, aber es gelang ihm immer noch, mich zu überraschen, wenn er sich so leise anschlich. Wie üblich trug er eine dunkle Hose, doch aus Respekt vor dem Sommer hatte er ein weißes Leinenhemd an. Er wirkte ungewöhnlich blass auf mich, da ich mich daran gewöhnt hatte, an den meisten Menschen in Oxford Sommerbräune zu sehen.

„Ja. Offensichtlich haben sie diese Strickschüler ausgesucht, um zu beweisen, dass Menschen aus allen Gesellschaftsschichten Spaß am Stricken haben."

Er blinzelte mich beunruhigend an. „Sogar die Untoten."

Und da wir gerade von den Kellerbewohnern sprachen, erinnerte ich ihn noch einmal daran, wie absolut wichtig es war, dass keiner der Vampire während der Dreharbeiten oder mehrere Stunden vor und nach der Aufzeichnung durch die Falltür in mein Hinterzimmer kam. Dort drinnen würden sich die Ausrüstung und zusätzliche Mitarbeiter der Produktionsfirma befinden, und ich wollte weder für Herzanfälle noch für Erklärungen zuständig sein, wenn irgendein armer, nichtsahnender Lichttechniker sich Angesicht zu Angesicht mit einem Vampir wiederfand.

„Keine Sorge! Alle sind gut gewarnt. Es gibt viele andere Wege, die in die Tunnel und wieder hinaus führen, das weißt du ja. Meistens benutzen wir diesen Aufstieg, weil wir nach dir sehen wollen."

Das hörte sich nett und fürsorglich an, und das waren sie ja auch, aber sie waren auch gelangweilt und neugierig und wollten wissen, was in dem Laden los war. Besonders meine untote Großmutter, der das Cardinal Woolsey's einst gehörte, hatte im Laden gern ihre Finger im Spiel, so kalt sie auch waren.

Nyx musste Rafes Stimme gehört haben, denn sie kam zu uns, schmiege sich an seine Fußgelenke und miaute so lange kläglich, bis er sie hochhob. Sie war noch übler in ihn verknallt als ich. Er hob sie hoch und legte sie über seine Schulter – eins ihrer Lieblingsplätzchen zum Ausruhen –, wobei ihre Vorderpfoten über seinen Rücken hingen und ihr Kopf auf seiner Schulter ruhte. Sobald sie es sich bequem gemacht hatte, begann sie laut zu schnurren.

„Sie hat dich ganz schön um ihre kleine Tatze gewickelt", sagte ich.

Rafe sah mich an. „Das machen alle Frauen in deiner Familie so."

KAPITEL 2

Ganz ehrlich: Einen Haufen Vampire unter mir wohnen zu haben, war, als würden viele ältere, weisere Verwandte in meiner Kellerwohnung hausen. Sie waren ein Haufen Besserwisser, und selbst wenn ich mir nicht vorstellen konnte, dass irgendeiner von ihnen wieder wild werden und mir Blut absaugen könnte, war ich mir durchaus bewusst, dass sie dazu in der Lage waren. Offen gesagt dachte ich, dass sie dieses Wissen gegen mich verwendeten.

Wie auch immer – sie meinten es gut mit mir, und sie lebten schon seit Ewigkeiten hier. Sylvia, Granny und Theodor folgten Violet nach oben, und ich schloss das Geschäft. Es war Donnerstag, und ein paar Mitarbeiter des Filmteams sollten am nächsten Tag kommen, um den Laden für die Dreharbeiten am Samstag vorzubereiten. Ich holte den Staubsauger heraus, da mir die Staubmäuse Sorgen machten, aber Sylvia hatte zusammen mit ihrer Truppe entschieden, dass eine Umgestaltung angebracht war.

„Aber Sylvia", argumentierte ich, „die Produzentin sagte,

das Cardinal Woolsey's sei ausgewählt worden, weil es so niedlich ist. Und außerdem sitzt eine entzückende Katze im Schaufenster."

Sie schüttelte den Kopf, und ihr silberweißes Haar fing das Licht auf. „Im Filmgeschäft haben wir eine Regel: Niemals Vieh verwenden. Das kann sich nicht benehmen und kostet ein Vermögen, gemessen an verlorener Drehzeit."

Sofort nahm ich Nyx' Verteidigung auf. „Nicht meine Katze. Sie ist etwas Besonderes."

Sie machte ein Geräusch, das dem nicht unähnlich war, das Nyx von sich gab, wenn sie angeekelt war. Dann trat sie zurück, formte ihre beiden Hände zu einem Rahmen, wobei sie die Daumen an der Unterseite zusammenführte und die Finger nach oben hielt. Sie schwenkte ihren Rahmen durch den Raum, und wir alle beobachteten sie.

Dann hielt sie inne und sagte: „Nein. Das Poster muss weg."

Ich hatte mich so an das Bild gewöhnt, dass ich es schon gar nicht mehr sah, aber sie hatte recht. Es war schon ziemlich verblasst und zeigte eine Weide mit Schafen, im Vordergrund stand ein glückliches Pärchen in zwei identischen Strickpullis. Es war der absolute Gegensatz zu allem, was Teddy Lamont lehrte.

Mir blieb keine Zeit, um ein anderes Bild zu finden, mit dem ich es ersetzen könnte. Granny wies darauf hin, aber Theodore, der sehr künstlerisch veranlagt war und Bühnenbilder malte, wenn er nicht gerade als Privatdetektiv beschäftigt war, sagte: „Hiermit könnte ich etwas anstellen." Er begutachtete eine Auswahl antiker Strickutensilien, die meine Großmutter jahrelang gesammelt hatte. Sie waren in einem Schaukasten an der hinteren Wand ausgestellt.

Wir alle drängten uns um ihn, und er sagte, er würde einen Hintergrund malen und die ganze Vitrine für mich arrangieren und anbringen. Ich musste zugeben, dass es viel besser aussehen würde als ein altes Poster, und ich wusste, dass er ganze Arbeit leisten würde.

In der Vitrine gab es auch eine kurze Geschichte über das Stricken und Häkeln sowie Gegenstände mit Liebhaberwert. Einige der antiken Stücke hatte ich meiner Oma als Geburtstags- und Weihnachtsgeschenke aus den USA mitgebracht. Darunter waren eine Häkelnadel der Boye Needle Company aus dem frühen 20. Jahrhundert, ein schönes Paar doppelspitzige Stricknadeln Nummer 7 aus Stahl, ein Sterlingsilber-Nadeletui und so weiter.

Sie unterwiesen mich und Violet, die Dinge neu anzuordnen, bis sie zufrieden waren, dann überließen sie uns das langweilige Putzen.

Freitagnachmittag fing ich an, alles ins Hinterzimmer zu stellen. Ich sagte zu Violet: „Lass uns alles, was richtig schwer ist, auf die Falltür stellen, sodass es während der Dreharbeiten keine Überraschungen gibt." Natürlich würden die Vampire keinerlei Probleme damit haben, etwas Schweres zu bewegen, aber ich dachte, der leichte Widerstand würde sie daran erinnern, dass mein Laden solange Sperrgebiet war, bis die Dreharbeiten abgeschlossen waren.

Molly und Becks trafen ein, und binnen Minuten hatte ich eher das Gefühl, am Set eines Strickladens zu sein, als in einem echten Geschäft zu stehen, das Wolle verkaufte. Sie waren noch nicht lange da und ließen Begriffe wie Gimbal und Data Wrangler fallen, als Becks Molly am Arm packte. „Sieh mal, ist das nicht Teddy?"

Wir drehten uns alle um, als ein drahtiger Mann durch

die Eingangstür kam und die Glöckchen zum Klingeln brachte.

Teddy Lamont sah aus wie ein magisches Geschöpf, und ich kannte magische Geschöpfe. Er hatte funkelnde blaue Augen, ein Elfengesicht und eine unglaublich rastlose Energie. Er schien von einem Ort zum anderen zu hüpfen, als würde er sich mit der Schwerkraft nicht besonders gut vertragen. Dass er in San Francisco und in London zu Hause war, spiegelte sich in seinem Akzent wider. Er war begeistert von meinem Laden und fand ihn reizend. Ich mochte ihn sofort.

Sein Lebenspartner und Manager Douglas Tremaine begleitete ihn, wohl auch als sein Gegengewicht, dachte ich. Wenn Teddy Luft und Feuer war, dann war Douglas Erde und Wasser. Er war die verknotete Schnur, die den Heliumballon davon abhielt, ins All zu fliegen. Douglas war groß, hatte einen Bart und dicke Brillengläser, und irgendwie war es ihm gelungen, nicht die Spur eines britischen Akzents anzunehmen. Er klang, als wäre er gerade aus einem Flugzeug aus New Jersey gestiegen – nicht so, als hätte er seit zwanzig Jahren die Hälfte seiner Zeit in London verbracht.

Nachdem Teddy damit fertig war, sich darüber zu begeistern, wie ich Körbe zur Ausstellung der Wolle einsetzte – was nicht einmal meine Idee war –, sagte Douglas: „Keine Sorge, Lucy! Er wird sich schon beruhigen." Liebevoll schaute er Teddy an. „Früher oder später."

„Oh, beachten Sie ihn gar nicht", sagte Teddy und wedelte mit der Hand, als würde der große Mann übel riechen. „Er wünscht sich, so ein gutes Auge für Farben zu haben wie ich."

„Und du wünschst dir, so ein gutes Auge für Details zu haben wie ich."

Verschmitzt wie ein Kobold schüttelte Teddy den Kopf. „Ich bin nur froh, dass ich dich für die Details habe. Das erlaubt es mir, kreativ zu sein. Und darin bin ich am besten."

Auch Molly und Becks wandelten durch meinen Laden. Molly schaute auf und sagte: „Das ist neu." Sie zeigte auf die Vitrine mit antiken Strick- und Häkelutensilien, die Theodore an der Stelle aufgehängt hatte, zu der Sylvia ihn geführt hatte. Er hatte ein Holzbrett in einem dezenten Graublau gestrichen und alle Teile mit Klebeband befestigt, für den Fall, dass ich sie einmal reinigen oder umstellen wollte. Sie ging näher heran. „Was sind das alles für Sachen?"

Ich deutete auf die unterschiedlichen Stricknadeln aus verschiedenen Epochen. Sie stellte mir einige Fragen, eher, um mich zum Reden zu bringen, als aus echtem Interesse. Als ich fertig war, wandte sie sich Becks zu. „Wir sollten zusehen, dass wir uns ein paar Ausschnitte von dem, was Lucy über diese antiken Strickwerkzeuge gesagt hat, aufzeichnen. Das können wir bei Bedarf als Lückenfüller verwenden."

Ich war nicht gerade begeistert von der Vorstellung, im Mittelpunkt zu stehen, aber Granny würde es gefallen. Alles, was mich und das Geschäft ins Rampenlicht stellte, würde dem Ansehen und dem Umsatz vom Cardinal Woolsey's zugutekommen.

Natürlich besaßen wir alle Bücher von Teddy Lamont, die letzten Ausgaben seiner Zeitschriften und die Strickmustersets, die Larch unter seinem Namen zusammengestellt hatte. Obwohl ich mit Hilfe der Nachbarn von unten einen ganzen Schaukasten erstellt hatte, wollte er, dass ich alles auf eine bestimmte Art und Weise neu anordnete. Schließlich habe er ein Auge für Farben, erinnerte er mich. Ich hatte nicht den Anspruch, irgendeine Art von Designerin zu sein, deshalb ordnete ich die Bücher gern immer wieder neu, bis er zufrieden war. Daran, wie Molly und Becks ihn behandelten, erkannte ich, dass sie ihn wirklich glücklich sehen wollten. Genauso wie ich. Er war ein Rockstar in der Strickwelt, und es war eine große Ehre, ihn hier zu haben. Wenn das hier gut lief, hoffte ich, dass er irgendwann in der Zukunft noch einmal ein Strickseminar oder eine Signierstunde abhalten würde.

Ich drehte mich um und sah aus den Augenwinkeln eine Frau mit silberblondem Haar, die durch die Eingangstür schritt, als wäre sie ein Filmstar, der die Bühne betrat. Mein Herz rutschte mir in die Hose und weiter bis zu den Sohlen meiner schwarzen Sandalen. Ich war überzeugt, dass es Sylvia war, die das Rampenlicht so sehr vermisste, wie es eine Filmdiva der 1920er tat, wenn ihr Gesicht in keinem Film mehr zu sehen war. Als ich mich umdrehte, um sie mit einer Handbewegung zu verscheuchen, wurde mir bewusst, dass es sich nicht um Sylvia handelte.

Die Frau sah ihr noch nicht einmal ähnlich. Es war ihre Haltung und eine gewisse Theatralik in ihren Bewegungen, die mich hatten glauben lassen, die Person, die zum Eingang hereinkam, sei einer meiner Lieblingsvampire. Obwohl ich wusste, dass ich sie noch nie gesehen hatte, kam mir irgendetwas an ihr bekannt vor. „Kann ich Ihnen behilflich sein?"

Sie fuhr sich mit den Händen über das Gesicht, und ihr Blick fiel auf Teddy Lamont, der zu sehr damit beschäftigt war, seine Bücher neu zu sortieren, um sie zu bemerken. „Ach du meine Güte, nein. Ich will mir nur ein Bild von der Lage verschaffen. Ich bin Enid Selfe, wissen Sie?"

Auch der Name Enid war mir vage vertraut, und da fiel

der Groschen. „Ach, Sie sind eine der Strickerinnen, die morgen zum Workshop kommen. Ich bin Lucy."

„Ich war gerade in der Gegend. Ich konnte einfach nicht an Ihrem niedlichen kleinen Laden vorbeigehen, ohne mal reinzuschauen." Sie trug ein elegantes mitternachtsblaues Leinenkleid, hohe Absätze und eine Menge Schmuck, der für mein ungeübtes Auge sehr teuer aussah. Niemand warf sich so in Schale, um in der Harrington Street einkaufen zu gehen.

Sie ging direkt an mir vorbei auf Teddy zu. „Ich kann mein Glück nicht fassen. Sie sind Teddy Lamont."

„Der bin ich, meine liebe Dame." Er ergriff ihre Hand mit beiden Händen. „Und wir werden uns prächtig amüsieren. Haben Sie schon einmal Spitze angefertigt?"

Sie kicherte. „Oh nein, schon seit Jahren nicht mehr. Ich bin wirklich eingerostet. Und ganz aufgeregt, von dem Besten unterrichtet zu werden."

Gegen Schmeicheleien war er nicht immun. „Dann sind Sie hier richtig." Und dann blinzelte er, sodass wir alle glauben konnten, er sei gar nicht so eingebildet, wenn wir das wollten. „Allerdings hoffe ich, Sie gehören nicht zu den pingeligen Menschen, die alles perfekt haben müssen. Das Schöne an meiner Spitze ist, dass zusätzliche Löcher und Patzer Teil der Schönheit des Stücks sind."

Als ich diese Worte hörte, hätte ich fast losgeheult, das schwöre ich. Er war ein Mensch, der meine Art des Strickens verstand. Da alle Vampire schon so lange strickten, waren sie perfekte Stricker, ohne es überhaupt versuchen zu müssen. Ich fühlte mich, als würden sich mir ganz neue Aussichten eröffnen. Aussichten auf Stricken zum Spaß, ohne immer das Gefühl zu haben, dass ich nicht gut genug war, meine

Fadenspannung nicht reichte, wo es egal wäre, wenn am Ende einer Reihe nicht dieselbe Anzahl Maschen auf meiner Nadel waren wie in der Reihe davor. Wenn merkwürdige und wundervolle Kreationen Form annahmen – eine Form, die keinerlei Ähnlichkeit mit dem Muster aufwiesen, dem ich eigentlich folgen sollte. Waren die anderen auch so wie ich?

Mir hatte Teddy sofort gefallen, als ich ihm begegnet war. Jetzt sah ich ihn mit neuen und wahrscheinlich ehrfürchtigen Augen.

Ich hätte versuchen können zu verhindern, dass Enid Selfe Teddy Lamonts Aufmerksamkeit an sich riss, aber genau da kam eine weitere Frau herein. Ich würde die Tür abschließen und das *Geschlossen*-Schild aufhängen müssen. Die Teilnehmer konnten bis zur Buchsignierung heute Abend warten, in deren Anschluss es einen Empfang geben würde, bei dem sie sich alle kennenlernen konnten. Doch mir wurde klar, dass ich diese Frau kannte. Sie war eine meiner Stammkundinnen. Ihr Name war Margot Dodeson. Sie war immer sanftmütig und entschuldigend, als ob es irgendwie eine Belästigung für mich wäre, wenn sie in meinen Laden kam und mir etwas abkaufte. Ich hatte keine Ahnung von ihrem Alter. Es musste irgendwo zwischen Mitte vierzig und Mitte fünfzig liegen. Ich dachte, dass sie einst hübsch gewesen war, aber nun zeugte ihr Gesichtsausdruck von Enttäuschung. Sie wirkte wie die Art von Mensch, die eher mit dem Hintergrund verschwimmen würde, als jemals bemerkt zu werden.

„Ich hoffe, ich störe nicht?", fragte sie zögernd, wobei sie mit einem Fuß in meinem Laden und mit dem anderen noch draußen auf dem Gehweg stand. Ich lächelte sie aufmunternd an und trat ihr entgegen, um ihr die Tür aufzuhalten, damit sie ganz hereinkommen konnte.

„Nein, natürlich nicht. Wir bauen alles für morgen auf. Sie haben doch meinen Newsletter gelesen, hoffe ich? Das Cardinal Woolsey's ist dazu auserwählt worden, einen Strick-Workshop von Teddy Lamont auszurichten. Das ist total aufregend, bedeutet aber, dass wir ein paar Tage länger schließen müssen."

Hinter mir hörte ich, dass Enid Selfe Teddy Lamont immer noch in Beschlag genommen hatte. „Natürlich komme ich zu Ihrer Signierstunde! Sorgen Sie dafür, dass Sie ein Buch für mich zurücklegen. Ich bin sicher, alle Damen werden in der Hoffnung auf ihr ganz besonderes, persönliches Exemplar Schlange stehen." Sie sagte die Worte auf so schelmisch schmeichelhafte Art und Weise, als würde sie mit ihm flirten. Teddy Lamont hätte schwuler nicht sein können, selbst wenn er sich in Regenbogenfarben und mit der Pride Flag in der Hand präsentiert hätte. Ich drehte mich um und fragte mich, ob Enid Selfe wirklich so ahnungslos war. Oder war sie einfach einer dieser Menschen, die mit allen flirteten?

Margot Dodeson folgte meinem Blick. Als sie Teddy erblickte, legte sie sich eine Hand auf die Brust und trat zurück. „Oh mein Gott!" Ich dachte schon, sie würde sich umdrehen und aus dem Laden stürzen.

Ich sagte: „Keine Sorge! Teddy Lamont ist für eine Berühmtheit echt nett."

Sie schüttelte den Kopf. „Wenn ich das doch nur gewusst hätte, dann hätte ich ..."

Ich wollte diese arme Frau unbedingt beruhigen. „Ich hoffe, Sie kommen zu seiner Signierstunde heute Abend. Er hält einen Vortrag und er ist sehr unterhaltsam."

Ihre Hautfarbe wechselte zwischen Rot und Weiß. „Eine Signierstunde. Oh mein Gott. Ich hatte nicht gedacht ..."

Enid hinter mir erklärte Teddy gerade, dass sie sein Muster für einen Fair-Isle-Pullover benutzt und nur einige Änderungen am Schnitt vorgenommen hatte. Sie hörte sich an wie die Leute, die ein Online-Rezept zu Hause nachkochen und dann beschreiben, wie sie jede Zutat im Rezept mit etwas anderem ersetzt haben und wie grandios das Ergebnis war – als ob sie damit sagen wollten, dass ihr Essen besser sei als das des Chefkochs, der das Rezept überhaupt erst veröffentlicht hat.

Dann sagte sie: „Wir müssen Telefonnummern austauschen, damit Sie mir schreiben können, wenn es Programmänderungen gibt." Sie klimperte mit den Wimpern, als sie ihn ansah. „Oder wenn Sie irgendetwas brauchen."

Sie zückte ihr Handy und schaute ihn erwartungsvoll an. Ich sah, dass er zögerte, aber sein Telefon schaute aus seiner Hosentasche hervor. Vielleicht wollte er so eine eifrige Schülerin nicht verstimmen, noch bevor das Seminar überhaupt begonnen hatte. Leicht widerwillig holte er sein Telefon heraus und Enid schrieb ihm ihre Nummer per SMS, dann wartete sie, dass er antwortete. Sie strahlte. „Das ist entzückend. Und vergessen Sie nicht: Sie können mich jederzeit anrufen. Am Tag oder in der Nacht."

Teddy musste Douglas ein Zeichen gegeben haben, denn plötzlich erschien der große Mann an seiner Seite, und sehr geschickt, als würde er ein Strickprojekt von einer Hand in die andere legen, übergab Teddy Enid Selfe an seinen Freund und Manager. Ich hörte, wie Douglas Mrs Selfe mit seiner tiefen, brummenden Stimme fragte, wie es kam, dass sie als eine von Teddys Schülerinnen ausgewählt worden war. Sie blickte Teddy wehmütig hinterher, als er davonhuschte, wie ein Kaninchen auf der Flucht vor einem Jäger. Allerdings schien sie recht glücklich, von sich selbst zu erzählen.

Teddy kam in der Zwischenzeit direkt auf uns zu. Er streckte Margot seine Hand entgegen und schenkte ihr sein charmantes Lächeln. „Sind Sie auch eine meiner Schülerinnen?"

Sie lief wieder rot an. „Oh, nein. Ich bin nur vorbeigekommen, weil mir die Wolle für den Pulli, den ich gerade stricke, ausgegangen ist, und ich wusste, dass Lucys Laden ein paar Tage lang zuhaben würde."

Er hielt immer noch ihre Hände fest. Nun hob er sie zu seiner Brust und legte sie auf sein Herz. „Es ist meine Schuld. Alles meine Schuld. Wie kann ich es jetzt wieder gutmachen, dass Ihr Lieblingsladen geschlossen ist, und das alles wegen mir?"

Sie errötete erneut und kicherte. „Nein, es ist nicht Ihre Schuld. Wir alle sind ganz aufgeregt, weil Lucys Laden für die Sendung ausgewählt wurde."

„Soll ich Ihnen mal etwas sagen? Sie kommen zur Signierstunde heute Abend. Ich habe etwas Besonderes für Sie. Ich kann Ihnen nicht sagen, was. Das ist eine Überraschung. Extra für Sie. Wie heißen Sie?"

Sie sagte es ihm mit kaum mehr als einem Flüstern, als wäre es schon allein aufdringlich ihren Namen laut zu sagen.

Er hielt ihre Hand immer noch an seinem Herzen, als er sagte: „Also, versetzen Sie mich nicht. Versprochen? Ich werde nach Ihnen Ausschau halten. Und ich erwarte Sie mit einer besonderen Überraschung."

Sie nickte und sah ein bisschen aus wie ein Musikfan, dem bewusst wurde, dass sein liebster Rockstar ihm versprochen hatte, ein Lied für ihn zu schreiben. Mit einem kurzen Blick zu Enid, die immer noch seinen Partner in Beschlag nahm, flüsterte Teddy mir zu, dass er Douglas im Hotel treffen würde, dann ging er leise aus dem Geschäft.

Enid sagte gerade: „Ich hatte diesen Workshop wirklich nötig. Ich war so niedergeschlagen. Ich stecke gerade in einer Scheidung, wissen Sie?"

„Das tut mir sehr leid", murmelte Douglas höflich.

Enid Selfe gab ein lautes und erbärmliches Seufzen von sich. „Man würde denken, dass ich etwas lerne, aber ich bin zu gutmütig, sehen Sie? Die Männer nutzen mich aus und lassen mich dann mit gebrochenem Herzen allein sitzen, nachdem ich ihnen alles gegeben habe." Sie legte eine Hand auf sein Handgelenk und sagte: „Und damit meine ich alles."

„Das ist also nicht Ihre erste Scheidung?", fragte er, ganz der Mann aus Kalifornien.

„Leider nicht. Das wird meine dritte."

Er gab einen unverbindlichen Laut von sich und begann dann, sehnsüchtig zur Tür zu schauen, durch die Teddy verschwunden war.

„Ich weiß, was sie denken, und Sie haben recht. Ich bin zu naiv. Zu gutgläubig. Das ist mein Fluch. Aber wie auch immer: Ich glaube immer noch, dass irgendwo mein Traumprinz auf mich wartet." Sie sah ihn an und klimperte mit den Wimpern. „Irgendwo."

Die arme Margot Dodeson war so durcheinander wegen Teddys Aufmerksamkeit, dass sie sich nicht mehr daran erinnert konnte, was für Wolle sie wollte. Zum Glück speicherte ich alles in meinem Computer, deshalb war es leicht herauszufinden, was sie brauchte.

Als sie ging, flüsterte sie mir zu: „Natürlich werde ich

nicht zur Signierstunde kommen. Ich bin sicher, er hat nur Witze gemacht."

Zwar kannte ich Teddy Lamont noch nicht lange, aber ich glaubte nicht, dass er jemals über sein Geschäft scherzen würde. Zweifellos war er darauf bedacht sicherzustellen, dass er ein großes Publikum hatte. „Ich bin mir sicher, er hat es tatsächlich so gemeint. Sie sollten kommen. Die Veranstaltung findet hier gegenüber im Frogg's Books statt, und es wird bestimmt ein netter Abend."

„Ich weiß nicht. Ich muss darüber nachdenken."

„Die ganzen Fernsehleute werden da sein und auch die Teilnehmer. Es wäre schön, wenn sie einige meiner Stammkunden kennenlernen würden." Ich drückte ihr zur Erinnerung eine der Broschüren in die Hände und verabschiedete mich.

Dann drehte ich mich um und fühlte mich ein wenig wie eine Märtyrerin, die einer furchtbaren Strafe entgegenschritt, als ich auf Douglas zuging, um ihn von Selfe zu befreien. Sie erzählte ihm gerade, wie ihr dritter Ehemann sie verlassen hatte, nachdem er sie zu Unrecht seelischer Grausamkeit bezichtigt hatte. Sie tupfte sich mit einem Spitzentaschentuch über die Augenwinkel, als würde eine Träne kullern, aber ich bezweifelte, dass sie es mit all diesem Make-up im Gesicht überhaupt wagen würde zu weinen. Der Schaden wäre enorm.

Ich setzte ein höfliches Lächeln auf und sagte: „Es tut mir so leid, Sie zu unterbrechen, aber Douglas, Teddy hat darum gebeten, dass Sie zu ihm ins Hotel kommen. Ich glaube, er möchte das Programm für den Abend noch einmal mit Ihnen durchgehen."

Douglas dankbarer Blick war so intensiv, dass ich ein

Kichern unterdrücken musste. „Dann muss ich wohl gehen. Mein Chef wartet." Dann winkte er uns beiden eilig zu und verließ den Laden. Molly und Becks folgten ihm.

Enid schaute sich um, und da sie nur noch mich sah, die übriggeblieben war, schlüpfte sie wieder aus der Rolle der hilflosen Frau, der ein Unrecht geschehen war. Sie stopfte ihr trockenes Taschentuch zurück in ihre Handtasche und sagte: „Nun, Sie haben ja wirklich einen süßen kleinen Laden. Also, wie ist die Sitzordnung für den Dreh?"

Als ich ihr sagte, dass ich da nichts zu sagen hatte, versuchte sie herauszufinden, wo Teddy sitzen würde und wo die Kameras stehen sollten. Sie hielt so offensichtlich nach dem besten Platz Ausschau, dass mir eines klar wurde: Wäre ich für die Sitzordnung zuständig gewesen, hätte ich alles getan, sogar gelogen, um sie so weit entfernt wie möglich von Teddy und den Kameras zu platzieren.

Wie auch immer, es war ja nicht meine Entscheidung, und ich wusste tatsächlich nicht, welche Sitzordnung Molly geplant hatte. Ich vermutete, dass das Kennenlernen heute Abend ihr dazu diente zu beobachten, wie die Teilnehmer miteinander umgingen und wahrscheinlich auch, wie sie zusammen aussahen. Zweifellos würde sie uns so setzen, wie es optisch am besten wirkte.

Anders als Enid hoffte ich auf die kameraunfreundlichste Position.

KAPITEL 3

*F*rogg's Books war so, wie jede Buchhandlung sein sollte. Nicht zu groß, mit Mitarbeitern, die Bücher zutiefst liebten, vielen Kuschelecken, in denen man es sich zum Lesen gemütlich machen konnte, und Veranstaltungen mit Autoren. Charlie Wright und Alice Robinson arbeiteten gemeinsam im Laden, und sie bildeten ein perfektes Team. Charlie war ein leicht zerstreuter Bibliophiler, der einem Kunden die richtige Reihenfolge der düstersten Fantasy-Reihen nennen konnte, hingegen nicht in der Lage war, sich zu erinnern, wo er seinen Tee abgestellt hatte. Alice mochte lieber Austen als Tolkien und Sophie Kinsella lieber als George R.R. Man konnte sich darauf verlassen, dass sie sich daran erinnerte, wie die Kunden hießen und wo die Bücher zu finden waren, die sie bestellt hatten.

Ihre Liebesbeziehung war sehr einseitig gewesen, wobei Alice ihren gut aussehenden, aber emotional unbeholfenen Chef jahrelang verehrt hatte, bis er sie schließlich beinahe verloren hätte. Als ihm dann aber endlich bewusst wurde, was für einen Schatz er da direkt vor seiner Nase hatte, besann er sich und bat sie, ihn zu heiraten. Es war nicht gerade der romantischste Heiratsantrag gewesen, da er zu der Zeit eines Mordes verdächtigt war, aber Alice hatte sich nicht von Kleinigkeiten wie drohenden Strafanzeigen davon abhalten lassen, seinen Antrag anzunehmen. Wenn das nicht wahre Liebe war.

Nun war sein Ruf bereinigt und sie waren so glücklich wie eine Valentinstagskarte. Meine Assistentin und Hexenkollegin Violet und ich hatten die Romanze mit einem Hauch von Magie angekurbelt, aber die Sache wäre fast übel danebengegangen, deshalb war ich wirklich froh, dass sich alles gefügt hatte. Da unsere Geschäfte sich an der Straße direkt gegenüberlagen und Alice manchmal Strickkurse bei mir gab, waren wir befreundet. Dass Charlie einen Abend mit Teddy Lamont veranstaltete, freute mich. Ich hoffte, er würde ein paar meiner Kunden gewinnen – Strickende, die gerne lasen – und ich würde ein paar von seinen gewinnen – Lesende, die gerne strickten und häkelten. Auch wenn es keine großen Überschneidungen gab, war es schön, dass ich nicht für diese Veranstaltung verantwortlich war und mich nicht um das Catering, die Buchbestellungen und das Aufräumen am Ende des Abends kümmern musste.

Natürlich kam ich zu früh zur Signierstunde. Ich überließ Becks die Betreuung einer Gruppe von Personen, die einen Tisch und Stühle hereintrugen, Kabel auf dem Boden verlegten und buchstäblich jeden Quadratzentimeter des Cardinal Woolsey's einnahmen. Nyx hatte der ganzen Aktion einen angewiderten Blick geschenkt und war geflohen. Als ich mich daran erinnerte, was Sylvia über die Arbeit mit

Tieren gesagt hatte, hoffte ich, sie würde morgen für ihre Nahaufnahmen wieder zurück sein.

Ich entdeckte Charlie, der auf dem Stuhl hinter der Kasse saß und seine Nase in einem Buch vergraben hatte. Als ich ihn begrüßte, schaute er auf und sagte: „Lucy. Schön, dich zu sehen! Das ist ein faszinierendes Buch." Er hielt Teddys neustes *Spitze auf meine Art* hoch. „Ich wusste gar nicht, dass so viel zum Stricken von Spitze gehört. Eigentlich zum Stricken im Allgemeinen."

Er war wirklich ein vielseitiger Leser.

„Ja. Ich freue mich schon auf seinen Vortrag heute Abend. Hast du eine Ahnung, mit wie vielen Menschen du rechnen kannst?"

Er blinzelte, als hätte er vergessen, dass er an diesem Abend Gastgeber eines Vortrags war, dann sagte er: „Da musst du Alice fragen. Die hat die Kontrolle über das Ganze. Sie stellt gerade die Stühle im Hinterzimmer zurecht."

Genauso wie das Cardinal Woolsey's hatte Frogg's Books einen hinteren Bereich, in dem die weniger gefragten Bücher standen, und dort gab es einen großen, offenen Raum, der sich für Autorengespräche eignete. Ich dankte ihm und ging nach hinten.

Alice war wie immer gut organisiert. Sie hatte über dreißig Stühle aufgestellt, und hinten gab es noch ein paar Sofas für alle Fälle und Stehplätze, falls sie gebraucht würden. Für Teddy waren ein Podium und eine Leinwand aufgestellt, und es gab einen langen Tisch mit einem dicken Stapel seines neuesten Buches über Spitze sowie Stapel seiner älteren Bücher zum Verkauf.

Als ich hereinkam, war sie gerade dabei, einen Wasserkrug und ein Glas aufs Podium zu stellen. Seit ich Alice kennengelernt hatte, war sie aufgeblüht. Mit ihrem langen, roten Haar und dieser hellen, feinen Haut, die sie besonders englisch wirken ließ, war sie schon immer attraktiv gewesen. Aber in den letzten paar Monaten war sie zu Hochform aufgelaufen.

Wir umarmten uns zur Begrüßung, doch bevor ich fragen konnte, wie viele Menschen heute Abend erwartet wurden, packte Alice mich an den Schultern, hüpfte auf und ab und kreischte: „Du wirst es nicht glauben!"

Alice war nicht der Typ zum Hüpfen und Kreischen, also wusste ich, dass etwas Bedeutsames geschehen war. Zum Glück strahlten ihre Augen und ihre Wangen waren hübsch gerötet, also ging ich davon aus, dass es sich um etwas Positives handelte.

„Was ist los?"

„Wir haben einen Termin für die Hochzeit festgelegt!"

Ich fühlte mich so aufgeregt, wie sich nur eine Hexe fühlten konnte, deren Liebestrank gewirkt hatte. Alice und Charlie waren tolle Menschen, die zusammengehörten, deshalb war es ganz natürlich, dass auch ich damit begann, auf und ab zu hüpfen und zu kreischen. Wir hatten einander die Arme auf die Schultern gelegt, und reine Glückseligkeit trieb uns solange an, bis wir atemlos waren. Dann lösten wir uns lachend voneinander. „Erzähle mir alles!", sagte ich, etwas heiser vom Kreischen.

„Es wird eine Gartenhochzeit."

„Reizend", sagte ich. Angesichts des generell nassen Wetters auf den Britischen Inseln war das eine mutige Wahl.

„Charlie hätte gern auf dem Grundstück des Cardinal College geheiratet, da er früher dort studiert hat, aber ..." Sie schnitt eine Grimasse und ich nickte. Sie musste mir nicht erklären, warum es ihr widerstrebte, am College zu heiraten. In den leicht holprigen Anfängen ihrer Beziehung waren dort schlimme Dinge passiert.

„Ich hatte an den Laden gedacht, weil wir uns hier kennengelernt und ineinander verliebt haben, aber Charlie meint, der ist zu eng mit der Arbeit verbunden. Wir hingen immer noch in der Schwebe, da hat uns Rafe angeboten, die Hochzeit in seinem Gutshaus auszurichten."

Mir wurde ganz warm und schummrig bei dem Gedanken, dass Rafe etwas so Nettes tat. In den letzten Monaten hatte er sich weniger abgeschottet und schien zu versuchen, sich mehr unter die Leute zu mischen. Trotzdem war das unglaublich großzügig. Er würde nicht kontrollieren können, wer eingeladen wurde, und Rafe hütete seine Privatsphäre wie Milliardäre ihre Milliarden hüteten.

„Charlie und er kennen sich natürlich aus der Buchbranche. Beide haben mit dem Cardinal College zu tun und beide gehören zum Förderverein der Bodleian Library, aber trotzdem ist das unglaublich großzügig. Du weißt ja, wie schön sein Haus ist. Ich hätte mir niemals träumen lassen, an so einem schönen Ort zu heiraten."

„Das ist ja fantastisch. Wann ist denn der große Tag?"

„Am fünften August. Wir heiraten am Montag, wenn unsere beiden Läden geschlossen sind." Sie holte tief Luft und schlug ihre Hände zusammen. „Lucy, willst du meine Brautjungfer sein?"

Ich war begeistert und ziemlich überrascht von dem Vorschlag. „Natürlich! Das wäre mir eine Ehre."

Sie umarmte mich. „Du hast mir den Mut gegeben, daran zu glauben, dass ich mit Charlie zusammen sein könnte, und jetzt bin ich es. Du bist mir so wichtig wie eine Schwester."

Ich spürte, wie meine Augen feucht wurden. „Das geht mir genauso."

„Gut, dann ist das abgemacht." Sie drückte den geschmackvollen Solitär-Ring mit Diamant an ihrem Finger, als würde es ihr Glück bringen, dann wandte sie sich praktischen Angelegenheiten zu. „Heute Abend scheint viel los zu sein. Ich denke, wir haben einen vollen Laden. Mindestens vierzig Leute."

Teddy Lamont hätte wahrscheinlich einen wesentlich größeren Raum für seine Signierstunde füllen können, aber die Produzenten der Sendung wollten eine vertraute Stimmung schaffen, und Frogg's Books war sowohl gemütlich als auch optisch ansprechend.

Enid Selfe kam mit einer bezaubernden, jungen schwarzen Frau herein, die ich als Annabel erkannte – die Londoner Wertpapierhändlerin, die ebenfalls am Seminar teilnahm. Sie wirkten nicht besonders vertraut, sondern eher so, als wären sie gleichzeitig eingetroffen und versuchten, höflich zu sein.

Da auch ich höflich sein wollte, näherte ich mich den beiden und hörte gerade noch, wie Enid zu Annabel sagte: „Sie sprechen so gut Englisch. Sind Sie hier geboren?"

Das war einer der Momente, in denen ich am liebsten in die andere Richtung gegangen wäre, um diese haarsträubende Bemerkung nicht zu hören, und dann versuchte ich schnell, einen Zauberspruch zum Vergessen zu formulieren, mit dem ich diesen peinlichen Augenblick aus der Geschichte löschen könnte. Doch bevor ich das tun konnte, sagte Annabel: „Ich bin in London geboren. Genauso wie meine Eltern, aber meine Großeltern kamen aus Jamaika. Sie waren der Regierung so dankbar für alles, was Sie Briten für sie getan haben." Manchmal ging der britische Sarkasmus einfach an mir vorbei, doch dieses Mal war ich ziemlich sicher, dass sie ihre Worte mit einer ordentlichen Portion Ironie versehen hatte.

Enid bemerkte sie nicht. Sie schenkte ihr ein Lächeln, das nur als herablassend bezeichnet werden konnte, und sagte: „Oh ja, ich weiß alles über die Windrush-Generation. Mein dritter Ehemann, Horace Crisfield, arbeitete beim Amt für Einwanderung. Es war schockierend, wie viele Menschen sich ohne gültige Dokumente, ja selbst ohne einen Pass, in das Land geschlichen haben. Natürlich musste man sie wieder zurück nach Hause schicken. Das war nur richtig."

Ich hatte zwar noch nicht lange im Vereinigten Königreich gelebt, aber vom Windrush-Skandal hatte ich gehört. Nach dem zweiten Weltkrieg waren eine Vielzahl von Jamaikanern nach Großbritannien gekommen, als der Nationality Act aus dem Jahr 1948 den Bürgerinnen und Bürgern aus dem Commonwealth das Recht gab, sich im Vereinigten Königreich niederzulassen. Viele trafen auf einem Schiff mit dem Namen Windrush ein. Sie lebten in Großbritannien und integrierten sich. Sie bekamen Kinder, kauften Häuser, gründeten Unternehmen. Im Rahmen der Einwanderungspolitik von 2009 bis 2018 hatte die Regierung damit begonnen, Menschen abzuschieben, die keine Pässe oder Papiere besaßen, die ihre legale Einreise belegen konnten. Einige der abgeschobenen Menschen hatten Jamaika noch als Babys verlassen und waren nie zurückgekehrt. Die Regierung beugte sich der massiven Empörung der Öffentlichkeit, aber erst, nachdem das Leben vieler bereits ruiniert war, in einigen Fällen endgültig. Der Blick, den Annabel der ehemaligen Mrs Crisfield zuwarf, war nicht gerade freundlich.

Zauberspruch zum Vergessen. Zauberspruch zum Vergessen. Natürlich hatte ich den Zauberspruch vergessen, den ich gerade brauchte.

„Wie war noch mal der Name Ihres Mannes, haben Sie gesagt?"

„Horace Crisfield."

Ich dachte, Annabel würde noch etwas sagen, aber da kam ein umwerfender Typ in ihrem Alter herein. Offenbar hatte sie ihn vom Foto wiedererkannt, genauso wie ich. „Sie müssen Ryan sein."

„Ja. Und Sie sind wohl Annabel." Er lachte leise. „Das ist irgendwie wie ein Online-Date."

Ich wollte mich vorstellen, doch Annabel nutzte die Chance, um uns den Rücken zuzukehren, und ließ mich mit Enid stehen.

Ich versuchte es mit ein bisschen Smalltalk mit Enid, doch sie spähte die ganze Zeit über meine Schulter, um zu sehen, ob es noch jemanden Interessanteren gab, mit dem sie reden konnte. Oh, ich hoffte, sie würde jemanden finden, und zwar bald. Gerne hätte ich die Seminarteilnehmer gemocht, bemerkte aber, dass ich dabei war, eine starke Abneigung gegen Enid Selfe zu entwickeln.

Als noch mehr Leute eintrafen, wünschte ich, irgendjemand würde mir genauso zur Rettung kommen, wie Ryan Annabel gerettet hatte. Da sagte Enid zu meiner Erleichterung plötzlich mit gurrender Stimme: „Oh, gut!" Schnell holte sie eine Puderdose aus ihrer Handtasche, warf einen prüfenden Blick auf ihr Äußeres und zog dann mit geübter Fertigkeit ihre Lippen mit einem Lippenstift in einem goldenen Etui nach – ich erkannte ihn als Dior-Produkt, das mein Budget um einiges überstieg. Es folgte ein hübscher Emaillebehälter, und sie besprühte ihren Hals mit Parfüm.

Als sie ihr Erscheinungsbild aufgefrischt und mich mit ihrem Parfum, das in meine Nase stieg, zum Niesen gebracht hatte, sagte sie: „Entschuldigen Sie, Lucy. Ich habe gerade einen alten Freund entdeckt." Was sie eigentlich meinte, war: „Entschuldigen Sie, Lucy. Ich habe gerade jemanden gesehen, mit dem eine Unterhaltung interessanter ist als mit Ihnen."

So unhöflich sie auch war: Ich war erleichtert. Der Haken an der Sache war nur, dass sie wahrscheinlich auf Teddy Lamont oder Douglas zusteuerte, und dass irgendjemand die beiden würde retten müssen. Wahrscheinlich ich.

Ich folgte ihr auf ihrem Weg und bemerkte dann, dass es weder Teddy Lamont noch Douglas waren, die diese sehr weibliche Reaktion ausgelöst hatten. Tatsächlich reagierte ich selbst auf dieselbe Weise. Rafe Crosyer hatte gerade den Raum betreten. Er war groß, dunkel und dominierend. Als Vampir hatte er von Natur aus den Ruf, kalt, blutsaugend und rücksichtslos zu sein, aber so entschieden, wie Enid Selfe sich ihren Weg zu ihm suchte, dachte ich, dass er ernste Konkurrenz bekam.

Er war größer als fast alle anderen Anwesenden, und seine Augen suchten den Raum ab, als würden sie nach jemandem Ausschau halten. Dann begegnete sein Blick meinem, und mit einem angenehmen Schauer stellte ich fest, dass ich diejenige war, nach der er gesucht hatte. Seine blaugrauen Augen leuchteten auf, und er kam einen Schritt auf mich zu. Aber nur einen Schritt, da schnitt Enid ihm schon den Weg ab. Er wirkte etwas überrascht über die Unterbrechung und schaute auf sie hinunter.

Es war faszinierend zu sehen, wie diese Frau, die im Gespräch mit mir so gelangweilt und geistesabwesend gewirkt hatte, sich plötzlich in eine charmante, spritzige Frau verwandelte. Ich hörte das Scheppern eines hellen Lachens und zu meiner Überraschung suchte Rafe nicht etwa eine Ausrede, um ihr zu entkommen, sondern schien ihre Gesellschaft richtig interessant zu finden. Zu meinem Entsetzen sah ich, wie sie ihre perfekt gepflegte Hand hob, um ihn an der Brust zu berühren, als wollte sie so ihre faszinierenden Worte unterstreichen – welche auch immer das waren. Rafes Lachen war leise und tief, und es dauerte eine ganze Weile, bis sie ihre Hand von seiner Brust nahm.

Da ich nicht dabei ertappt werden wollte, wie ich sie anstarrte, wandte ich mich Margot Dodeson zu, die an meinem Ellenbogen stand. Auch sie schaute zu Rafe. Er zog einfach alle Augen auf sich. Ich riss mich mühsam von seinem Anblick los. „Margot. Wie schön, dass Sie gekommen sind."

„Ich war mir nicht sicher, aber schließlich hat er mich extra eingeladen." Sie schaute zu Teddy hinüber, der gerade hereingekommen und schon umzingelt war. „Vielleicht war das eine blöde Idee."

„Nein. Er wird sich sehr freuen."

Sie nickte mit unsicherem Blick. Zum Glück kam Charlie auf uns zu. Wahrscheinlich war sie auch bei ihm Kundin. „Margot. Schön, Sie zu sehen! Ich weiß ja, dass das hier eigentlich ein Strickabend ist, aber es gibt da eine neue historische Romanautorin, die Ihnen gefallen könnte. Sie ist eine Mischung aus Hilary Mantel und Margaret Atwood." Wow, das war eine ganz schöne Kreuzung, dachte ich. Margot schien sich sehr zu freuen, dass Charlie sie erkannt hatte und offensichtlich ihren Literaturgeschmack kannte. Er führte sie in den vorderen Bereich des Ladens.

„Kommen Sie nicht zu spät zum Vortrag", warnte ich sie. Charlie würde ganz vergessen, dass sie hier einen Autorenabend ausrichteten, wenn er erst mal anfing, über Literatur zu plaudern.

Margot sagte: „Keine Sorge! Ich komme zurück."

Rafe kam näher und ich sagte: „Wie es scheint, hast du eine neue Freundin gefunden."

Er schaute zu Enid zurück, die nun mit einem reich aussehenden, älteren Herrn sprach, dessen Frau gerade in Teddys letztem Buch las. „Ich würde eher sagen, ich habe mich wieder mit einer alten Bekannten angefreundet. Sie ist im Förderverein der Bodleian Library."

„Ha! Ich glaube wohl kaum, dass ihr Interesse einer Freundschaft mit der Bodleian gilt."

„Wie bitte?"

„Rafe. Sie hat sich an dich rangeschmissen."

Er sah auf mich herunter. „Das kommt vor, weißt du?"

„Aber sie ist so viel älter als du."

„Eigentlich bin ich viele hundert Jahre älter als sie."

„Aber ... gefällt sie dir?"

„Ich finde sie recht charmant. Und sie kennt sich ziemlich gut mit ägyptischer Geschichte aus, was eines meiner Interessen ist."

Kein Wunder, dass die Frau so oft geheiratet hatte. Offensichtlich hatte sie etwas an sich, das sie für Männer einschalten konnte – oder, dachte ich unhöflicherweise, vielleicht nur im Falle von reichen, heiratswürdigen Männern, wie Rafe es zweifellos war, wenn man mal von seiner Essstörung und der ganzen Sache mit dem Untotsein absah.

Ich musste es einfach begreifen. „Aber sie gefällt dir, also so richtig?"

Wenn er mich aufzog, sah er irgendwie sehr ernst aus, hatte aber immer so ein störendes Funkeln in den Augen. So wie jetzt. „Momentan liegen meine romantischen Interessen woanders."

Natürlich brachte mich das zum Erröten und – nicht zum ersten Mal – zur Erkenntnis, dass er viele hundert Jahre mehr Erfahrung zum Thema Flirten, Beziehungen und Liebe hatte als ich.

Ich sagte: „Also, ich mag sie nicht."

Er schaute zu Enid hinüber, die inzwischen wieder mit Teddy redete, und dann wieder zu mir. „Ich habe den Verdacht, dass sie einer dieser Menschen ist, die ihren Charme und ihre Aufmerksamkeit nicht verschwenden, solange sie nicht glauben, dass sie davon profitieren."

Ich war dankbar, dass er die Frau durchschaute. Der Mann gehörte mir nicht, und trotz der Anziehung zwischen uns machte es mich nervös, etwas mit einem Vampir anzufangen. Und doch wollte ich nicht, dass er sich auf jemanden wie Enid einließ.

Bevor ich noch etwas sagen konnte, sagte Rafe leise: „Spart am Werk nicht Fleiß noch Mühe, Feuer sprühe, Kessel glühe!" Ich folgte seinem Blick, aber seine Worte hatten mir bereits verraten, wer da hereinkam. Es waren zwar nicht die seltsamen Schwestern aus *Macbeth*, aber doch drei Hexen: meine Cousine Violet, meine Großtante Lavinia und Margaret Twigg, die Vorsteherin unseres Hexenzirkels. Violet war Verkäuferin in meinem Laden, und hielt sich wahrscheinlich für meine Mentorin, aber in Wirklichkeit brachte sie mich eher in Schwierigkeiten, als dass sie mir dabei helfen würde, das Zaubern zu lernen. Sie war eine ausgezeichnete Strickerin, und schon allein aus diesem Grund war ich froh, dass sie im Cardinal Woolsey's arbeitete. Es war auch angenehm, wenn im Laden jemand arbeitete, der nicht ausflippte, wenn urplötzlich mal Flammen aus meinen Fingerspitzen schossen. So oft passierte das ja auch nicht mehr. Ich lernte nach und nach, es zu kontrollieren, aber da meine Zauberkraft eher angeboren als erlernt war, ging immer noch einiges schief.

Margaret Twigg war wahrscheinlich eher eine klassische Mentorin. Sie war eine äußerst mächtige Hexe, die mir in der Vergangenheit geholfen hatte, doch sie konnte sehr sarkastisch sein, ich glaubte nicht, dass sie mich mochte, und ehrlich gesagt war ich ihr gegenüber recht misstrauisch.

Alle drei Frauen waren ziemlich exotisch, sowohl in Hinsicht auf ihr Auftreten als auch auf ihre Kleiderwahl. Violet hatte langes schwarzes Haar mit rosa und lila gefärbten Bändern vorne, die ihr Gesicht einrahmten. Margaret Twigg hatte einen Kopf voller Korkenzieherlocken, stechend blaue Augen und rote Lippen, die ständig zu einem wissenden Lächeln geschwungen schienen. Sie ähnelte ein bisschen Vivien Leigh in *Vom Winde verweht,* wenn Vivien sehr alt geworden und eine Hexe gewesen wäre.

Sie begrüßten mich mit einem Nicken, doch ich ahnte, dass sie eher daran interessiert waren, neue Freundschaften zu schließen. Die beiden älteren Hexen gingen direkt auf die Gruppe zu, die an Teddy Lamonts Lippen hing, während Violet sich Alice näherte. Aus den Augenwinkeln konnte ich sehen, dass Alice auch Violet ihre frohe Botschaft übermittelte. Sie kreischten und hüpften zwar nicht so viel, aber es war ziemlich offensichtlich, dass Violet sehr glücklich darüber war, dass diese Liebesgeschichte ein Happy End hatte. Das sollte sie auch, schließlich hätte der Liebestrank, den sie gebraut hatte, fast fatale Auswirkungen gehabt.

Es tat mir leid, dass meine Großmutter nicht hier sein konnte, besonders, als ich sah, dass sich meine Großtante Lavinia, ihre Schwester, unter die anderen Gäste mischte. Aber Gran war noch nicht lange genug ein Vampir. Es würde Jahrzehnte dauern, bis sie sich wieder in Oxford blicken lassen konnte, ohne dass die Menschen ausrasteten. Aber ich wusste, dass sie sehnsüchtig darauf wartete, alles über den Abend zu erfahren, wenn ich nach Hause kam.

Violet und Alice plauderten immer noch. Ich drehte mich wieder zu Rafe um. „Es ist so nett von dir, dass du Alice und Charlie erlaubst, bei dir zu heiraten."

„Das finde ich auch."

KAPITEL 4

*H*inter den drei exotischen Hexen kam eine Frau herein, die plötzlich durch ihre Farblosigkeit hervorzustechen schien. Helen Radcliffe sah aus, als wäre sie zu oft gewaschen worden. Oder als hätte sie jahrelang unterirdisch gearbeitet. Ihr kurzes, graues Haar sah aus, als hätte sie es sich selbst geschnitten, ohne dabei ihre Brille zu tragen. Wie üblich hatte sie kein bisschen Make-up aufgetragen und trug einen hellgrauen, handgestrickten Cardigan über einem verwaschenen, grauen T-Shirt, ein Paar alte und verblasste Bluejeans und Sneakers, die eher etwas Bequemes als etwas Modisches an sich hatten.

Da Helen anscheinend niemanden kannte, übernahm ich es, sie zu empfangen und uns beide dann mit Annabel und Ryan bekanntzumachen, die ihre freundlichsten Mitschüler zu sein schienen.

„Sind Sie nervös?", fragte Ryan. „Ich schon, glaube ich. Meine Freundin hat mich zum Spaß angemeldet. Das hätte ich niemals von selbst gemacht."

Helen lächelte und schaute mich an. „Lucy hat mich dazu

ermuntert, mich zu bewerben. Ich glaube nicht, dass ich auf die Idee gekommen wäre. Aber es wird spannend sein zu lernen, wie man Spitze macht, und Lucy und Violet ermutigen mich immer dazu, es mal mit ein bisschen mehr Farbe zu versuchen. Ich weiß nicht. Ich bin mir nie sicher, welche Farben wozu passen, also ist es einfacher, sich an neutrale Töne zu halten."

Diesen tristen grauen Pullover als neutral zu bezeichnen, schien mir zu viel des Guten. „Aber ich bin nicht nervös, nein. Ich bin Lehrerin, also bin ich an Publikum gewöhnt."

„Ach ja?", fragte Annabel. „Was unterrichten Sie denn?"

Helen schob sich ihre Brille hoch. „Sachkunde. Ich habe jahrelang an einer Privatschule gearbeitet, die voller äußerst kluger Mädchen war. Aber da die Eltern sehr viel für die Bildung ihrer Kinder bezahlten, stand man immer auf dem Prüfstand. Das wurde mir zu viel. Also habe ich mir ein Jahr Auszeit genommen. Ich habe gerade eine neue Stelle an der öffentlichen Schule hier angetreten. Die passt bestimmt besser zu mir."

Zwei Männer kamen zusammen herein. Der eine sah stämmig und robust aus, hatte ein wettergegerbtes Gesicht und kurz rasiertes, graues Haar. Ich erkannte ihn gleich von seinem Foto wieder. Er hieß Gunnar und hatte auf Ölplattformen im Meer gearbeitet. Laut seinem Profil hatte er mit dem Stricken begonnen, als er das Rauchen aufgegeben hatte. Er war Norweger. Begleitet wurde er von Vinod, dem Radiologen, der in Indien geboren, aber noch als Kind nach Birmingham gezogen war. Beide blieben in der Tür stehen und schauten sich um.

Als Vinod mich entdeckte, trat ein breites Lächeln auf sein Gesicht, und er kam mit ausgestreckter Hand auf mich zu. „Lucy Swift, vermute ich?", fragte er mit Birminghamer Akzent. „Ich habe auf Ihrer Internetseite alles über Sie gelesen."

Ich erwiderte sein Lächeln. „Und Sie sind Vinod. Ich habe in Ihrem Profil alles über Sie gelesen."

„Es ist eine Freude, Sie persönlich kennenzulernen. Das ist spannend, stimmt's? Stricken vor der Kamera."

Spannend war nicht unbedingt das Wort, das mir als Erstes einfiel. Entsetzlich, nervenaufreibend, verdammter Mist, wie soll ich da wieder rauskommen? Das waren die Begriffe, die mir in den Sinn kamen, wenn ich an die anstehende Sendung dachte.

Er schaute sich erwartungsvoll um. „Und wo sind die anderen Opfer?"

Jetzt sprachen er und ich dieselbe Sprache. Aber er sagte es mit einem Augenzwinkern, so als würde er es nicht ernst meinen. Ich zeigte auf Annabel und Ryan, die wie alte Freunde miteinander plauderten und auch Helen in ihr Gespräch miteinschlossen, obwohl sie ziemlich zufrieden damit schien, einfach nur dabeizustehen und ihnen zuzuhören. Helen wirkte nervöser als sonst. Immer wieder schaute sie über ihre Schulter, und ihre Hände zitterten. Ich hoffte, das würde sie nicht vom Stricken ablenken, da ich eine derjenigen war, die sie dazu ermutigt hatten, sich bei dieser Sache zu bewerben. Ich wollte, dass sie Frieden mit Farben schloss, nicht, dass sie mit starken Medikamenten betäubt in einer Gummizelle endete.

In der Zwischenzeit wurden zwei Kameras aufgebaut. Vinod ging zu Ryan, Annabel und Helen und winkte Gunnar zu sich. Rafe kam zu mir und sagte leise: „Mir war nicht klar, dass dieser Abend im Fernsehen übertragen wird. Ich schleiche mich raus."

Ich nickte, denn ich konnte es gut verstehen, dass er nicht als leerer Stuhl zu sehen sein wollte, wenn die Kamera über das Publikum schwenkte. „Später erzählst du mir alles."

Es war fast Zeit zum Anfangen, und Teddy Lamont löste sich anmutig aus der begierigen Gruppe um ihn herum, um aufs Podium zuzugehen. Er blieb stehen und rief: „Meine liebe Dame, da sind Sie ja!"

Ich schaute mich um, und ich glaube, das taten auch alle anderen, um zu sehen, wer diesen Freudenschrei ausgelöst hatte. Es war Margot Dodeson. Da sie eine Tüte von Frogg's Books in den Händen hielt, hatte sie Charlies Rat offensichtlich befolgt und beschlossen, der neuen historischen Schriftstellerin eine Chance zu geben.

Sie errötete und wich auch dann noch zurück, als Teddy auf sie zustürmte. „Ich freue mich so, dass Sie gekommen sind. Ich habe Sie schon gesucht. Ich habe Ihnen doch gesagt, dass ich ein besonderes Geschenk für Sie habe, und so ist es."

„Ach, das war doch nicht nötig." Sie schaute sich um, als würde sie nach Fluchtwegen suchen. „Ich habe mich einfach über die Einladung gefreut."

Doch er griff nach ihrer Hand und zog sie auf das Rednerpult zu. „Kommen Sie hier entlang." Natürlich nahm die Kamera alles auf. Ich fragte mich schon fast, ob er Margot wegen ihrer Schüchternheit ausgewählt hatte, und weil sie es nicht gewohnt war, im Mittelpunkt der Aufmerksamkeit zu stehen. Das alles schien nicht einstudiert zu sein. Aus einem Stoffbeutel mit einem seiner Entwürfe zog er etwas, das aussah wie die Taschenbuchversion seiner letzten Veröffentlichung. „Wissen Sie, was das ist?", fragte er sie.

Sie sah besorgt aus, als wäre dies womöglich eine Fang-frage. „Es ist Ihr Buch."

„Ja, aber es ist die Rohfassung meines Buches. Es enthält Fehler und Patzer. Eines Tages wird das ein Sammlerstück sein. Na ja, Sie können es morgen auf eBay versteigern und ein paar Kröten verdienen, aber ich hoffe, das tun Sie nicht." Wir lachten alle, und sie schüttelte ihren Kopf und wurde knallrot. „Das würde ich niemals tun."

Und er schrieb etwas Verschnörkeltes auf das Deckblatt und reichte ihr das Buch. Sie wich zurück und sah zu glei-chen Teilen beschämt und begeistert aus.

TEDDY WAR KEIN MANN, der sich hinter einem Rednerpult versteckte. Er nutzte es, um Dinge dort abzulegen, während er herumlief und auf die Folien zeigte, die er auf der Lein-wand präsentierte, und wenn er Personen im Publikum Fragen stellte. Immer war er in Bewegung. Da er ein paar Videoausschnitte von seinem Unterricht ins Internet gestellt hatte, hatte ich ihn schon gesehen und wusste, was ich zu erwarten hatte. Er war unterhaltsam, lustig, und vermittelte den Eindruck, Spitzenstricken sei aufregend und etwas für Jedermann.

Aber vor allem sprach er über Farbe. Im Herzen und von seiner Ausbildung her war Teddy Lamont ein Künstler. Er hatte als Maler angefangen, aber dann begonnen, die bildende Kunst mit Kunsthandwerk wie Quilten, Gobelinsti-ckerei und Stricken zu verbinden. Mir fiel niemand ein, der in der jüngsten Vergangenheit mehr dazu beigetragen hatte, diese alten Formen des Kunsthandwerks in Mode zu bringen.

Ich konnte mir nicht vorstellen, dass jemand wie Annabel, eine modebewusste Londoner Wertpapierhändlerin, jemals mit dem Stricken angefangen hätte, wenn es keine Designer wie Teddy gäbe.

Irgendwie war ich ganz stolz, als würde ich allein dadurch, dass ich in meinem Laden Gastgeberin dieses im Fernsehen übertragenen Seminars war, meinen Teil dazu beitragen, diese schöne und entspannende Kunst in eine hektische Welt der Massenproduktion einzubringen.

Als er zum Ende kam, brach schallender Applaus los, und vor ihm bildete sich eine lange Schlange von Leuten, die ein signiertes Exemplar seines Buches haben wollten. Natürlich stellten sich auch die meisten Schüler und ich an. Teddy nahm sich einen Augenblick Zeit für jeden, der sein Buch signieren ließ, und hatte immer einen lustigen Satz oder zwei auf Lager. Als ich an der Reihe war, zwinkerte er mir zu. „Sie heißen Lucy, nicht wahr?"

„Ja, aber ich frage mich, ob ich es auch für jemand anderes signieren lassen kann. Könnten Sie es bitte Agnes widmen? Sie ist eine gute Freundin, aber sie hat es heute Abend nicht geschafft."

Das war keine unübliche Bitte. Alles, was er sagte, war: „Sagen Sie Agnes, dass sie eine tolle Show verpasst hat."

Ich lachte. „Das stimmt." Und wie gern meine Oma dabei gewesen wäre!

Der Höflichkeit wegen blieb ich noch ein paar Minuten, aber am nächsten Tag mussten wir alle früh im Laden sein, also ging ich über die Straße und nach Hause.

Ich ging gar nicht erst nach oben in meine Wohnung, sondern stürmte direkt ins Hinterzimmer des Ladens und durch die Falltür nach unten, wobei ich eine der Taschenlampen verwendete, die ich immer bereithielt. Ich folgte dem dunklen Tunnel, bis ich die schwere Eichentür erreichte, hinter der Granny und einige der Vampire lebten. Nach meinem Klopfzeichen öffnete meine Oma persönlich die Tür. Ihr Gesicht leuchtete vor Freude, als sie mich sah. „Lucy, ich habe gehofft, dass du kommen würdest."

Granny kleidete sich viel modischer, seit sie eine Vampirin war. Vor allem dank Sylvias Einfluss, dachte ich. Da sie so viel Zeit zusammen verbrachten, wollte Sylvia bestimmt, dass ihre Gefährtin genauso ansprechend gekleidet war wie sie selbst. Oma trug eine schwarze Leinenhose, eine cremefarbene ärmellose Seidenbluse und flache Chanel-Schuhe an den Füßen. Nur die Strickjacke, die sie trug, war durch und durch Granny. Sie bestand aus genoppter blauer Wolle und war der Triumph der Bequemlichkeit über die Eleganz.

Sie führte mich ins Wohnzimmer, in dem Rafe und Sylvia gerade einen Immobilienkauf besprachen. Sie fuhren den Computer herunter, als sie mich sahen, und Rafe stand auf. Er war so sehr Gentleman, dass er das immer tat, wenn eine Frau den Raum betrat. Er kam auf mich zu und strich mit seinen Lippen über meine Wange. „Ich habe darauf gewartet, dass du mir eine Mitteilung schickst. Ich hätte dich abgeholt. Wie ist der Abend gelaufen?"

Meine Wange kribbelte an der Stelle, wo er mich geküsst hatte, doch ich versuchte, meine Gedanken aufs Stricken zu lenken. „Gut. Eigentlich fabelhaft."

Ich reichte Granny das Buch, und ihre Reaktion war genau die, welche ich mir erhofft hatte. Sie presste es an sich, als würde sie das Buch umarmen. „Ach, Lucy. Was für eine wundervolle Geste!"

„Er hat es für dich signiert", erklärte ich ihr. Als sie das Deckblatt aufschlug, seufzte sie so, wie sie es in ihrer Jugend vielleicht über ein Bild von Clark Gabel gebeugt getan hätte. Sie las vor: „An Agnes. Vergiss nie: Spitzen sind wie wahr gewordene Träume. Spitzen lügen nie. Mit Liebe von Teddy Lamont."

„Was für ein wundervolles Zitat", sagte sie und wandte sich mir zu. „Woher stammt das?"

„Ich denke, er hat es erfunden. Das steht in der Einleitung seines Buches, und er hat es in seiner Präsentation verwendet, ohne den Satz jemand anderem zuzuschreiben."

„Na ja, er ist ja auch Dichter und Künstler zugleich. Und er hat auch noch recht. Vielleicht fühlen wir uns deshalb so von Spitze angezogen. Sie ist hauchdünn wie ein Traum, schwerelos wie ein Wunsch ..."

„Und so kompliziert wie ein fehlerhafter Zauberwürfel", beendete ich den Satz.

Granny lachte und schüttelte den Kopf. „Lucy, alles, was dir fehlt, ist die Übung."

„Und die Lust", fügte Sylvia hinzu. „Solange du keine richtig gute Strickerin sein willst, wirst du nie eine sein."

Natürlich hatte sie recht. Für mich war das Stricken eher eine lästige Arbeit und eine Verpflichtung als eine Freude, so wie für wahre Strickerinnen. Ehrlich gesagt ging es mir mit meinen Zauberkräften genauso. Ich hatte ein bisschen Angst davor, und wenn ich meine „Gabe" an eine Hexe hätte weitergeben können, die sie eher verdiente als ich, dann hätte ich das getan. Und doch hatte mir das Schicksal sowohl angeborene Hexenkräfte als auch einen Strickladen geschenkt. Ich musste eben herausfinden, wie ich mit beiden zurechtkommen konnte.

„Freust du dich schon auf den Workshop morgen?", fragte mich Granny.

„Ja, solange ich die Kamera von meiner Arbeit fernhalten kann."

Ich war mir sicher, Sylvia würde mich gleich daran erinnern, dass ich diejenige war, der am wenigsten Bedeutung zukam, da trat Hester gähnend in den Raum. Sie rieb sich die Augen und sah launisch aus. „Was habe ich verpasst?" Sie war immer überzeugt davon, dass die besten Unterhaltungen und Aktivitäten und der beste Teil des Lebens genau dann stattfanden, wenn sie nicht dabei war. Ich bezweifelte, dass das stimmte, aber Hester hatte etwas an sich, das mir die Lust nahm, sie in alles, was ich machte, einzubeziehen. Kein Zweifel, dass es den Vampiren genauso ging.

„Nichts, Liebes", sagte Granny. Sie war Hester gegenüber immer nett und geduldig. „Lucy hat uns nur gerade von Teddy Lamonts Vortrag erzählt. Sie hat mir ein Buch mitgebracht. Du kannst es dir ansehen, wenn du möchtest."

Hester blickte flüchtig auf das Buch und ließ sich auf die Couchkissen fallen. „Nein, danke."

Dann sah sie Granny von der Seite an. „Ich gehe bald aus. Kann ich ein bisschen Geld haben?"

Grannys Stirn legte sich in Falten, und sie schaute Sylvia und Rafe an, bevor sie antwortete. „Was ist mit deinem Taschengeld?"

Die jugendliche Vampirin gab einen Laut von sich, der wie ein verbaler Dampfzug klang. „Dieser Hungerlohn? Der reicht gerade einmal, um mich zu schminken."

Nun ergriff Rafe das Wort. „Hester, was hast du gemacht?"

Sie sah aus wie ein Teenager, der auf frischer Tat ertappt worden war, und wahrscheinlich war es genau so, obwohl dieser Teenager schon mehrere hundert Jahre alt war und sicherlich etwas gelernt haben sollte. „Nichts. Ihr müsst mir mein Taschengeld erhöhen. Ihr behandelt mich wie ein Kind."

Er gab ihr nicht die offensichtliche Antwort, nämlich, dass sie sich genau wie ein Kind benahm. Stattdessen sagte er: „Ich bringe Lucy jetzt nach Hause. Wir reden darüber, wenn ich zurück bin."

Sie verschränkte ihre Arme vor der Brust und schaute ihn böse an. „Du bist nicht mein Vater."

„Dem Himmel sei Dank für die kleinen Gnaden."

Er kam auf mich zu und bot mir seine Hand an. „Darf ich bitten?"

Obwohl ich durchaus in der Lage war, die kurze Entfernung zwischen der Vampirhöhle und meinem Laden allein zurückzulegen, begleitete Rafe mich immer gern. Er sagte, es gebe weniger freundliche Kreaturen in der Gegend, und ich wusste, dass das stimmte, aber bisher war ich nie einer begegnet.

Als wir oben in meinem Geschäft ankamen, zögerten wir beide. Ich dachte darüber nach, ob ich ihn in meine Wohnung einladen sollte, wollte ihm aber keinen falschen Eindruck vermitteln, und auch er schien unser Zusammensein noch nicht beenden zu wollen. Schließlich fragte er: „Möchtest du einen Spaziergang machen?"

Es wurde langsam spät, aber ich wusste, dass es für ihn wie vormittags war und dass er sich nach Einbruch der Dunkelheit immer wohler fühlte. „Ja, gern", sagte ich. Es war Juli und der Tag war sehr warm gewesen, aber ich wusste, in der Nacht könnte es kühl werden, also nahm ich einen Pullover und dann traten wir in die Nacht hinaus. Mit einem

Klicken öffnete er sein Auto, und ich lachte. „Du hast mich zu einem Spaziergang eingeladen."

„Habe ich, aber ich wollte nicht durch Oxford laufen. Lass uns aufs Land fahren und die Sterne ansehen."

„In Ordnung."

Wir mussten nicht weit aus Oxford herausfahren, um auf dem Land zu sein, und ich konnte mir vorstellen, dass niemand die Gegend besser kannte als Rafe, dem die Hügel und Täler hier seit einem halben Jahrtausend vertraut waren.

Es war eine friedliche Fahrt im leisen Tesla. Ich erzählte ihm von Teddys Vortrag, und schon bald fuhr er auf eine Landstraße ab. Zu meiner Überraschung griff er zum Rücksitz und holte einen Picknickkorb hervor, einen schönen Weidenkorb mit Lederriemen, der aussah, als käme er aus einem teuren Geschäft. „Du hast das geplant."

„Ich dachte, du könntest etwas Entspannung gebrauchen, bevor morgen die Hektik beginnt. Wir werden nicht lange bleiben, keine Sorge. Du bekommst deinen Schlaf."

Ich fühle mich kein bisschen müde, sondern aufregend lebendig angesichts der Tatsache, dass ich hier draußen im Dunkeln mit einem Mann war, der niemals lebendiger war, als wenn die restliche Welt schlief. Er ging auf einem schmalen Pfad voran, der sich zwischen alten Bäumen schlängelte und schließlich auf eine Lichtung führte. Wir standen auf einem Hügel, und die Nacht war so klar, dass ich beim Aufblicken unzählige Sterne und die wunderschöne, silberne Sichel des zunehmenden Mondes sah.

Rafe öffnete den Korb und nahm eine rot-schwarz karierte Decke heraus, die er ausschüttelte und zu meinen Füßen aufs Gras legte. Ich war verzückt und zog meine Schuhe aus, bevor ich es mir auf der warmen Decke gemütlich machte. Er holte eine Flasche Rotwein, einen Teller mit Käse und Brot, geräucherten Lachs und Trauben hervor. Außerdem gab es kleine Schälchen mit Dip und Gourmet-Cracker.

„Das sieht unglaublich aus", sagte ich und steckte mir eine Traube in den Mund. Er goss jedem von uns ein Glas des vollmundigen Rotweins ein.

„Ich kann mir nicht mehr zuschreiben als die Idee. William hat alles zubereitet."

William Thresher war Rafes Butler, Koch und Freund. Ich wusste, dass er es wenig aufregend fand, Rafes Gerichte zuzubereiten, und dass er immer behauptete, begeistert zu sein, wenn er für Menschen kochen durfte.

Ich freute mich, die Adressatin seines Kochgenies zu sein. Ich hätte wetten können, dass er die Dips selbst gemacht und vielleicht sogar das Brot gebacken hatte.

Wir lehnten uns zurück. Ich hatte Grundlagenkenntnisse in der Sternenbeobachtung. Ich konnte den Großen Wagen und den Nordstern erkennen, aber Rafe zeigte mir Kassiopeia und Herkules.

Es kam mir ganz natürlich vor, mich an ihn zu kuscheln und meinen Kopf auf seine Brust zu legen. Als ich aufschaute und Millionen von Sternen zu uns nach unten funkeln sah, von denen er die meisten benennen konnte, sagte ich: „Wir sind schrecklich unbedeutend, oder?"

„Ja."

Er wandte sich mir zu, und seine Augen funkelten in der Dunkelheit. Er küsste mich und sagte dann: „Lucy, was soll ich bloß mit dir machen?"

„Ich weiß es nicht, aber das kannst du noch einmal machen."

KAPITEL 5

*D*er erste Drehtag begann sehr gut. Obwohl es spät geworden war, wachte ich früh auf. Auf meinem Bett saß Nyx, eine Tatze auf ihr Auge gelegt, sodass sie aussah wie ein Pirat mit Augenklappe. „Wenn du den ganzen Tag lang so süß sein kannst, wird unsere Sendung bestimmt ein Hit." Sie blinzelte mich mit einem Auge an.

Ich beschloss, dass sie wohl versprach, niedlich zu sein, und küsste sie auf ihren schwarzen Kopf. Dann duschte ich und nahm mir besonders viel Zeit für meine Frisur, sodass mein Haar mir in sanften Kringeln um das Gesicht fiel. Sylvia hatte mich bereits bei der Auswahl meiner Garderobe beraten – nicht, dass ich sie darum gebeten hätte. Ein paar ihrer Vorschläge hatte ich abgelehnt, und sie hatte manchmal ihr Veto eingelegt. Schließlich einigten wir uns auf einen cremefarbenen Sommerrock und natürlich auf ein handgestricktes Oberteil. Es war mintgrün und so dünn wie Gaze, obwohl es nicht aus Spitze war, denn das hätte unhöflich gewirkt, als ob ich versuchen würde anzugeben. Natürlich hatte ich das Oberteil nicht selbst gestrickt. Sondern Granny, und darüber war ich glücklich. Da das Wetter warm war, war es schön, etwas tragen zu können, das sowohl handgestrickt als auch kühl war.

Alle kamen früh und schienen gut drauf zu sein. Teddy war so voller Energie, dass ich schon dachte, der Kameramann würde vielleicht Mühe haben, den Fokus auf ihn gerichtet zu halten.

Die Teilnehmer durften sitzen, wo sie wollten, und die jüngeren Leute saßen natürlich lieber zusammen, während die älteren sich näher an Teddy setzten. Enid Selfe war als Erste eingetroffen und hatte den Platz eingenommen, der dem Lehrer am nächsten war. Teddy sah wenig begeistert aus, und Molly schürzte ihre Lippen, sagte aber nichts.

Wieder einmal hatte Enid sich in Schale geworfen. Angesichts der Perfektion ihres Make-ups und ihrer Frisur vermutete ich, dass sie am Morgen einen Schönheitssalon besucht hatte. Ihr heutiges Kleid war rot und zog sicherlich sowohl die Blicke als auch die Kameras auf sich, darüber hatte sie einen handgestrickten Schal, ganz in Schwarz, geschlungen.

Einen Spitzenschal.

Diese Frau brauchte genauso nötig Unterricht im Spitzenstricken wie ich im Schokoladenessen.

Helen erschien als Nächste, und ich freute mich, ein vertrautes Gesicht und eine Frau zu sehen, die ich gut kannte. Sie trug ein pilzfarbenes Leinenkleid und einen Pullover, dessen Farbe an Moos erinnerte – wenn das Moos schon seit einiger Zeit tot war. Sie blinzelte angesichts all der Veränderungen im Geschäft und all der Menschen und Ausrüstungen, die den kleinen Raum füllten. Sie schaute zum Tisch hinüber, an dem Enid bereits begonnen hatte, Teddy für sich zu beanspruchen, und ging dann nicht zu ihr, sondern zu dem neuen Schaukasten.

„Der sieht wunderschön aus, Lucy." Ich würde Theodore von dem Kompliment berichten müssen. „Ich erinnere mich noch daran, dass meine Großmutter mit genau solchen Nadeln gestrickt hat", sagte sie. „Ich habe immer noch einige ihrer alten Strickmuster. Wahrscheinlich auch ihre Wolle."

Mir kam der Verdacht, dass das stimmte und dass sie noch immer mit der alten, verblassten Wolle von vor Jahrzehnten Pullover strickte. Diese Frau brauchte dringend Strickhilfe.

Dann kamen Ryan und Annabel an, und ich ging auf sie zu, um sie zu empfangen. Als alle sich mit Freundlichkeit und gutem Willen begrüßt hatten, überkam mich das erste mulmige Gefühl.

Als Lehrerassistentin, *schluck*, saß ich natürlich am Fußende des Tisches, während Teddy am Kopfende stand. An der Wand hinter ihm wurde Wolle von Larch sowie Teddys Sets und seine Bücher zur Schau gestellt. Er trug ein marineblaues Leinenhemd, das seine Augen wie ein Paar schelmische Saphire leuchten ließ, verblichene Bluejeans und weiche braune Lederslipper. Er hatte sich einen seiner selbstgestrickten Pullover um den Hals gebunden, als würde dieser ihn umarmen.

Molly erlaubte allen, sich hinzusetzen, wo sie wollten. Vor jedem Schüler stand eine Tüte von Larch Wools, und alle waren angewiesen worden, nicht hineinzugucken. Das sorgte für Geburtstagspartystimmung. Geschenke! Was auch immer in den Tüten war – es war eine Überraschung.

Molly kam zu uns und bat uns, nicht in die Kameras zu schauen, ansonsten würde man die Stelle herausschneiden müssen, und das war eine Menge Arbeit. Wir sollten Teddys Anweisungen befolgen, stricken, in den Pausen plaudern und vor allem Spaß haben. Das war ein Riesenspaß!

Ich hoffte nur, die Kameras würden sich von meiner Handarbeit fernhalten. Als ich Sylvia meine Ängste geklagt hatte, hatte sie mir versichert, die Kameras würden meine Strickerei nicht verfolgen. Hier ging es um die Schüler, die etwas von Teddy lernten. „Du wirst nicht viel mehr als ein Einrichtungsgegenstand sein. Dir gehört der Laden. Du bist jung und hübsch und Teil der Geschichte, der zufolge das Stricken nicht nur etwas für alte Damen ist. Aber du bist kein Teil des Unterrichts, also werden sie nicht viel Film mit dir verschwenden, wenn du die Aufmerksamkeit nicht auf dich ziehst." Sie klang so selbstsicher, dass ich mich sofort beruhigt fühlte, obwohl sie zum letzten Mal zusammen mit Filmstar Rudolph Valentino in einem Film aufgetreten war.

Molly überließ Teddy das Wort, und er strahlte uns Schüler sofort an, als wäre es für ihn die größte Freude, die er sich vorstellen konnte, hier zu sein. Bevor er ein Wort sagen konnte, rügte Enid ihn: „Teddy, Sie unartiger Mann. Sie haben mich nicht angerufen. Ich war schon drauf und dran, Ihnen ein Mittagessen vorzubereiten. Ich bin eine sehr gute Köchin."

Seine gute Laune verdüsterte sich, als würde ihm die Batterie ausgehen. Helen wirkte verletzt. „Sie haben Enid Ihre Privatnummer gegeben?"

Er rang eine Sekunde lang mit sich, dann sagte er: „Ja. Und wir sollten alle die Nummern von allen anderen haben. Der Zeitplan der Dreharbeiten ist intensiv, und Sie müssen auch dann weiterstricken, wenn die Kameras aus sind. Wenn

Sie bei irgendetwas wirklich nicht weiterkommen, können Sie mir eine Textmitteilung schreiben."

„Das ist aber nett von Ihnen", sagte Helen, die sofort glücklicher aussah, besonders, weil Enids Miene sich nun verdüsterte. Sie war nichts Besonderes mehr.

Alle hatten ihre Sachen im Hinterzimmer, also ging Teddy sein Telefon holen. Er tippte darauf herum, dann sagte er: „Ich habe eine Gruppe erstellt. Fügen Sie Ihren Namen und Ihre Handynummer hinzu. Ich werde die Gruppe löschen, wenn das hier vorbei ist." Er schaute Enid an, während er das sagte.

Als das geschafft war, brachte er sein Telefon ins Hinterzimmer und kam dann wieder zurück.

Er schaute Molly an, die sagte: „Erinnern Sie sich daran, liebe Schüler, Sie halten den Blick auf Teddy, auf die anderen und auf Ihre Stricksachen gerichtet. Und eins, zwei, drei, bitte!"

„Guten Morgen, liebe Schüler", sagte Teddy lächelnd und breitete die Arme aus, als würde er uns kollektiv umarmen.

Bei so viel schelmischem Wohlwollen, das uns entgegenschlug, fiel es nicht schwer, das Lächeln zu erwidern. Er sprach kurz über das Spitzenstricken und verwies natürlich auf sein neustes Buch. Dann sagte er: „Nun können Sie Ihre Überraschungspakete öffnen."

Ganz ehrlich: Selbst ein Haufen Kinder an Weihnachten hätte die Tüten nicht schneller aufreißen können als diese Gruppe erwachsener Stricker.

Annabel schrie entzückt auf, als ein Regenbogen aus Wolle sich auf dem Tisch vor ihr ergoss. Teddy lachte in sich hinein. Jede Tüte enthielt eine Palette von Farben, aber jede war anders.

„Schauen Sie sich diese Farben an!" Er wippte ein paar Mal auf seinen Fersen, zwar hüpfte er nicht richtig, aber er war nah dran. „Ich will nicht, dass irgendjemand von Ihnen Angst vor dem Experimentieren hat. Spitze ist traditionell. Stricken ist traditionell, aber wir müssen das nicht sein. Wir werden die Grenzen überschreiten."

Enid erhob schneidend ihre Stimme: „Ich glaube nicht, dass Spitze dazu gedacht ist, Grenzen zu überschreiten."

Es folgte ein kleine Pause, dann fuhr Teddy fort: „Woran denken Sie, wenn Sie an Spitze denken?"

Bevor Enid eine Meinung äußern konnte, zeigte er auf Annabel. Sie sagte: „Hochzeiten."

Er nickte. Zeigte auf Ryan. „Meine Oma hat immer schicke Kissen mit Spitzenbordüre gesäumt."

„Okay. Wir halten Spitze für altbacken und spießig." Teddy warf einen Blick auf Enids schwarzen Spitzenschal, und Helen kicherte leise. Hoffentlich zu leise, um vom Mikrofon aufgenommen zu werden.

„Spitze ist auch die letzte Zuflucht der Perfektionisten", fuhr Teddy fort. Er fuchtelte mit der Hand in der Luft herum. „Ich sage: Zum Teufel mit dem Perfektionismus. Er hält uns zurück. Lassen Sie ihn gehen! Nehmen Sie Kontakt zu Ihrer kreativen Seite auf. Mit dem Teil von Ihnen, der mutig ist und mit Farben und Formen, mit Konturen und Textur experimentieren will. Seien Sie wieder ein Kind! Malen Sie mit Buntstiften über die Linien."

Enid mochte vielleicht jede Sekunde von all dem hier hassen, und ausgehend von ihren geschürzten Lippen und ihrem säuerlichen Gesichtsausdruck tat sie das tatsächlich, aber – ach – er sprach meine Sprache. Jemand, der mehr an

Farbe als an Perfektionismus glaubte? Endlich hatte ich meinen Strick-Guru gefunden.

„Ich stricke schon seit Jahren. Ich liebe es! Aber hier kommt ein Geheimnis. Nichts von dem, was ich mache, ist perfekt. Nichts." Er hob ein Stück hoch, das auf einem niedrigen Tisch hinter ihm gelegen hatte. Es war ein entzückendes Quadrat aus Spitze. „Das hier ist ein Kissenbezug. Ist er nicht wunderschön?"

Das war er. Mit seinen roten, orangefarbenen, gelben und goldenen Fäden sah er marokkanisch aus. Er wartete darauf, dass die lautstarke Bewunderung verebbte, dann drehte er das Stück um. „Jetzt schauen Sie sich die Rückseite an."

Ganz ehrlich: In diesem Moment verliebte ich mich in Teddy Lamont. Die Rückseite seiner Arbeit sah vertraut aus. Sie sah meiner ziemlich ähnlich.

Ich liebte es, dass er all seine Fehler und Patzer zu einem Teil der Kreation machte. Ich fühlte mich entspannt, als ich mir all die Farben auf dem Tisch vor mir ansah, all die Blau-, Violett- und Rottöne und eine Art von Gelb. Ich stellte mir vor, dass sie alle Buntstifte waren und ich eine Zeichnung vor mir hatte, die ich nach meinen Vorstellungen gestalten sollte. Wie Teddy sagte, sollte ich über die Linien malen.

Aber nicht allen gefiel es, über die Linien zu malen. Ich warf einen Blick auf Enid Selfe und beobachtete, wie sie in ihren Farben herumstocherte, als würde sie Unkraut zupfen und nach einer Blume suchen. Widerwillig verspürte ich Mitleid mit ihr. Es war ziemlich offensichtlich, dass sie hergekommen war, um die Klassenbeste zu sein. Die Streberin, die vorne sitzt und sich das Lob des Lehrers einheimst. Ganz offensichtlich war sie eine erfahrene Spitzenstrickerin, aber sie war nicht mehr in ihrem Element, als sie aufgefordert wurde, mit den Farben zu spielen und sich nicht um perfekte Maschen zu sorgen.

Eine halbe Stunde nach Kursbeginn ging ihr auf, dass sie nicht die Beste sein würde. Sie war die Verkörperung all dessen, was Teddy Lamont uns aufforderte zu verändern. Die Vorstellung, etwas Neues auszuprobieren, schien sie nicht gerade zu begeistern.

Enid gelang es, still zu bleiben, als Teddy die Grundlagen der Spitzenstrickerei erklärte. Ich bemerkte, dass ich in der Lage war mich zu entspannen, wenn ich nicht so große Angst davor hatte, alles falsch zu machen, und das machte alles besser. Meine Anspannung war nicht mehr so groß. Ich hatte nicht das Gefühl, dass die Stricknadeln meine Feindinnen waren. Irgendwie machte es sogar Spaß.

Wir alle fertigen Kissenbezüge an, also bestand das Stück aus einem einfachen Quadrat. Allerdings hatte jeder von uns eine eigene Farbpalette, und auch wenn Teddy uns das Schnittmuster geliefert hatte, ermutigte er uns zum Spielen. Wäre uns nicht bewusst gewesen, dass all das im Fernsehen laufen würde, wären wir vielleicht nicht sehr experimentierfreudig gewesen, aber da wir wussten, dass Strickerinnen und Stricker in ganz England zuschauen würden, spornte uns das dazu an, es noch eifriger zu versuchen.

Ryan kreierte etwas, das vage an Heißluftballons erinnerte. Er hatte sich mit seiner Palette aus Primärfarben eine einfache Idee ausgedacht, und ich war sofort neidisch, weil er auf etwas so Wundervolles gekommen war. Ich überlegte mir, dass ich meinem Hexenerbe eine Ehre erweisen würde, indem ich eine Art Pentagramm herstellte. Ich hatte die Vorstellung, dass ich es mit all diesen unterschiedlichen Farben schaffen würde, und das das Ergebnis seidig, weich und spitzenartig sein würde. Aber die Heißluftballons sahen viel vernünftiger aus.

Eine Stunde später verkündete Teddy, dass er eine Kaffeepause brauche. Alle legten ihr Stickzeug nieder, und Molly stürmte herbei und rief: „Nein, nein! Sie müssen weiterstricken. Wir kommen wieder, wenn Sie ein paar Zentimeter gestrickt haben und reden darüber, wie sie sich bei der Umsetzung Ihrer Entwürfe schlagen, und dann wird Teddy bei jedem Einzelnen vorbeischauen. Aber Sie müssen weitermachen."

Das erschien mir richtig, und ich dachte, der arme Teddy hatte eine Pause nötig. Ich erzählte Molly und Becks vom Elderflower nebenan, und warnte die Schwestern, die die Teestube führten, dass gleich ein Haufen Fernsehleute zu ihnen kommen würden, um sich Kaffee und Sandwiches zu holen.

Sobald er weg war, begannen wir, miteinander zu plaudern.

„Ich will meiner Tochter einen kleinen Spitzenpulli stricken, den sie im nächsten Jahr tragen kann, wenn sie anfängt, an der Universität zu studieren", eröffnete Enid uns allen. „Sie geht nach Oxford, versteht sich. Oder nach Cambridge. Das haben wir noch nicht entschieden." Sie lächelte uns herablassend an. „Sie ist so klug und vielseitig, dass sie es überall hin schafft. Dafür habe ich gesorgt."

Helen schaute die Frau missbilligend an und murmelte: „Sie wird ein prächtiger Anblick sein, wenn sie in Oxford ein Kissen trägt."

Ich versuchte nicht zu lachen, aber Vinod schaute Helen an und grinste. „Armes Oxford", flüsterte er.

„Sie tragen aber einen schönen Pulli, Gunnar", sagte Helen. „Wer hat Ihnen das Stricken beigebracht?"

Er schien überrascht zu sein, dass man ihn ansprach, antwortete aber prompt: „Es war der Koch auf meiner Bohrinsel in der Nordsee. Ich versuchte, mit dem Rauchen aufzuhören, aber es war nicht so leicht. Ich habe es mit Kaugummi versucht, musste aber irgendwie meine Hände beschäftigen." Seine Hände waren groß und rau von der Arbeit, und es war ein Leichtes, sich ihn beim Rauchen vorzustellen. Auch beim Arbeiten mit der dicken Wolle und mit den Tönen in Blau, Grau und Weiß, die ich mit norwegischer Strickkleidung in Verbindung brachte, wie die, die er trug. Die war nicht zart, genauso wenig wie Gunnar es war.

Er hatte viele Grün-, Orange- und Violetttöne erhalten und skizzierte gerade ein paar Ideen. Dazu, sich dem Spitzenstricken zu widmen, schien er noch nicht bereit zu sein.

Ich war immer interessiert daran zu erfahren, wie die Leute das Stricken gelernt hatten, und es war eine gute Marktforschung für meinen Laden, also folgte ich Helens Beispiel und wandte mich Ryan zu, der zu meiner Rechten saß, und fragte ihn, wer es ihm beigebracht habe. Bevor er antworten konnte, sagte Annabel: „Ich wette, es war Ihre Mutter oder Ihre Großmutter. Normalerweise sind es die älteren Frauen, die die Liebe fürs Stricken weitergeben. Mir hat es meine Oma beigebracht, wenn meine Mutter bei der Arbeit war."

Ryan nickte. „Sie haben recht. Meine Grandma hat es mir beigebracht. Sie ist Jamaikanerin." Er sagte die Worte in vollkommen sachlichem Ton, aber ich denke, wir haben alle aufgehört zu stricken, um ihn anzustarren. Schließlich fragte Annabel: „Sie haben jamaikanische Wurzeln?"

Ryan schaute auf und grinste sie offensichtlich überrascht an. „Nein, ich bin adoptiert."

Enid Selfe hatte die Unterhaltung gehört und fragte ihn, wann sein Geburtstag sei. Etwas überrascht sagte er: „Am 30. Juli 1990."

Sie lächelte ihn an. „Haben Sie jemals Ihre leibliche Mutter gefunden?"

Ich fühlte mich langsam unwohl und hatte den Eindruck, dass Ryan genauso aussah. „Nein. Meine Eltern sind meine Eltern. Ich würde ihre Gefühle nicht verletzen wollen."

Sie legte ihr Strickzeug nieder, zählte an ihren Fingern ab, dann nickte sie. „Sie könnten wahrscheinlich mein Kind sein. Die Zeit stimmt. Ich habe ein Baby abgeben müssen, wissen Sie?", sagte sie, als wäre das ein alltägliches Vorkommen. „Ich war viel zu jung, um allein ein Kind großziehen zu können. Ich glaube, es war ein Junge."

Wer bekam denn ein Baby und wusste nicht einmal, ob es ein Junge oder ein Mädchen war? Ryans Kiefer trat hervor, als würde er seine Zähne zusammenbeißen, dann fragte er: „Haben Sie je versucht, das Kind zu finden?"

„Nein. Ich habe mir immer gedacht, dass es – dass er – mir wohl eines Tages über den Weg laufen wird. Oder sie." Sie legte ihr Strickzeug ab und stand auf. „Ich bin viel weiter als die anderen von Ihnen. Ich denke, ich gehe nach nebenan und hole mir eine ordentliche Tasse Kaffee."

Als sie weg war, beugte sich Annabel zu Ryan. „Sieht so aus, als hätten Sie vielleicht Ihre allerliebste Mami gefunden."

Er rollte mit den Augen. „Wenn sich diese Frau als meine Mutter herausstellen würde, müsste ich mich umbringen. Oder sie."

KAPITEL 6

*A*m nächsten Morgen kam ich früh im Laden an, was nicht schwer war, wenn man bedenkt, dass ich über dem Cardinal Woolsey's lebte. Ich wollte sichergehen, dass alles sauber war und alle Stühle in Reih und Glied standen, bevor das Fernsehteam eintraf, bevor die Schüler eintrafen, und ganz sicher, bevor Teddy Lamont eintraf. Nach dem schlechten Start gestern hoffte ich, dass er trotzdem auftauchen würde.

Es hatte alles so vielversprechend begonnen. Wie hatte eine einzige Frau unsere Gruppe so gründlich und wirksam entgleisen lassen? Ich fühlte mich schuldig, so als wäre es irgendwie meine Schuld, obwohl ich nicht mehr getan hatte, als den Veranstaltungsort zu stellen. Ich hatte die Workshop-Teilnehmer nicht ausgesucht. Und trotzdem gefiel es mir gar nicht, dass mein Strickladen auch nur vage mit einer so unangenehmen Person wie Enid Selfe in Verbindung gebracht wurde.

Sie hatte den gestrigen Tag in einen Albtraum verwandelt. Sie hatte mit ihm gestritten, seine Arbeit als minderwertig bezeichnet. Sie hatte die anderen Schüler korrigiert. Zu guter Letzt, eine Stunde vor planmäßigem Unterrichts-schluss, hatte sie ihn wieder unterbrochen und er hatte seine Arbeit auf den Tisch geworfen und gerufen: „Vielleicht sollten Sie diesen Workshop leiten."

Anstatt sich zu schämen, nickte sie. „Wenigstens kann ich vernünftig Spitze stricken."

Und Teddy Lamont war aus dem Raum gestürmt.

ICH HATTE SCHLECHT GESCHLAFEN, so schlecht, dass ich spät in der Nacht deutlich gehört hatte, wie sich unten jemand bewegte. Wäre das Cardinal Woolsey's ein normales Geschäft und ich eine normale Frau gewesen, hätte ich die Polizei verständigt. Aber angesichts eines Nests von Vampiren unter der Wohnung, von denen viele gerne ein paar Stunden in der Nacht mit Stricken verbrachten, hatten wir im Cardinal Wool-sey's dem Mitternachtsshopping zu ganz neuen Dimensionen verholfen. Die Vampire kamen und gingen, wie es ihnen beliebte, und bedienten sich im Laden mit allem, was sie woll-ten, aber sie notierten immer genau, was sie mitnahmen, und jeder Einzelne von ihnen zahlte seine Rechnungen fristgemäß. Ich wünschte, alle meine Kunden wären so gewissenhaft.

Mit einem frischen, starken Kaffee ging ich die Treppe hinunter, in der Hoffnung, mich mit Koffein wach zu bekom-men. Ich öffnete die Verbindungstür zwischen meiner Wohnung und dem Laden. Es war sieben Uhr früh. Das Filmteam sollte in einer Stunde eintreffen, die Kursteil-nehmer eine Stunde später, also hatte ich Zeit, dafür zu sorgen, dass alles sauber und aufgeräumt war. Ich hoffte auch, meine E-Mails lesen und sehen zu können, ob ich Onlinebestellungen erhalten hatte, die ich immer möglichst schnell erledigte.

Nachdem dieser fürchterliche Unterricht gestern zu Ende gegangen war, hatte Molly Enid gebeten, noch zu bleiben. Molly hatte einen Schlüssel zum Laden, also überließ ich die Sache ihr und ging mit den anderen nach draußen, statt nach oben in meine Wohnung. Ich wollte nicht, dass sie erfuhren, dass ich da oben wohnte, damit sie nicht womöglich alle kommen würden, um sich zu beschweren. Ich hatte die Straße überquert und mich bei Alice ausgeweint, die eine mitfühlende Zuhörerin war.

Hoffentlich hatte Molly die Sache mit Enid geklärt und Teddy dazu überredet, heute zurückzukehren. Teddy war ein Profi, und ich war mir sicher, dass er wieder auftauchen würde. Fast hoffte ich, Enid würde das nicht tun. In der Zwischenzeit hatte ich mich um Onlinebestellungen zu kümmern.

Das war es, worüber ich gerade nachdachte, während ich Wollknäuel und Stricksets an Kunden ganz in der Nähe und weit weg, bis nach Australien und China versandfertig machte – da sah ich sie.

Na ja, das stimmt nicht so ganz. Zuerst bin ich mit meinem Zeh gegen sie gestoßen. Als mein Zeh auf etwas Hartes traf, dachte ich einen Moment lang, ich sei gegen herumliegende Ausrüstung oder eine Requisite gestoßen. Ich schaute nach unten. Da lag Enid Selfe.

Sie starrte zu mir hinauf, zumindest sah es so aus, im frühen Morgenlicht, das durch das Schaufenster drang. Sie lag auf dem Rücken und starrte mich mit blinden Augen an. Enid Selfe würde nie wieder ein Strickseminar stören.

Enid Selfe war tot.

Ich wusste nicht, dass ich meinen Kaffee hatte fallen lassen, bis ich die Verbrühung spürte, als die heiße Flüssigkeit auf meine Beine spritzte.

Alles schien in falscher Reihenfolge zu geschehen. Erst spürte ich die Verbrennung, dann hörte ich die Kaffeetasse auf dem Boden aufschlagen. Dann wurde mir bewusst, dass eine Kaffeepfütze die Kleider der Toten durchweichte und dass ich soeben den Tatort kontaminiert hatte. Es war sogar unmöglich, das Durcheinander in meinen Gedanken zu entwirren und zu verstehen, was ich angesichts der Katastrophe sah, hörte und spürte und sogar roch.

Die Gerüche von Kaffee und Tod vermischten sich und brachten mich fast zum Würgen. Ich eilte zur Tür. Ich brauchte frische Luft, wenn ich mich nicht übergeben wollte. Gerade, als ich zur Türklinke griff, ging mir auf, wie dumm ich mich benahm. Schon jetzt hatte ich eine Tote vollständig mit Kaffee besudelt. Ich würde die Spurensicherung nicht noch weiter erschweren.

Also riss ich mich so gut es ging zusammen und entfernte mich von der Tür, wobei ich bemerkte, dass sie anscheinend nicht abgeschlossen war. Ich sah keine offensichtlichen Anzeichen für einen Einbruch, auch wenn ich natürlich keine Expertin war.

Hatte ich vergessen, die Tür abzuschließen? Mit all der teuren Kameraausrüstung hier drin? Nein, ich vertraute darauf, dass es nicht so war. Und selbst wenn ich vergessen hätte, die Tür abzuschließen, warum hätte Enid Selfe zurückkehren sollen? Der Tag war vorbei, wir hatten uns verabschiedet, und sogar ihr musste klar gewesen sein, dass sie nicht die Beliebteste unter den Strickern war. Molly hätte sie nicht im Laden gelassen. Oder?

Ich musste die Polizei rufen. Noch einmal schaute ich sie an, da ich wusste, dass ich absolut sicher sein musste, dass sie tatsächlich tot war. Wenn es noch irgendein Anzeichen von Leben gab, war es vielleicht noch nicht zu spät, sie zu retten.

Ich schaltete die Deckenbeleuchtung ein. Auch wenn ich es nicht wollte – der Tod war nämlich im Dunkeln leichter zu ertragen.

Ich ging zu ihr zurück und zwang mich, noch einmal auf sie hinunterzuschauen. Die Augen waren geöffnet und starrten nach oben, als wäre sie wütend auf die Decke. Sie hatte einen verärgerten Ausdruck im Gesicht, und ihre Lippen waren gespitzt, als wollte sie protestieren. Sie sah eigentlich genauso aus wie vorher, als sie mit Teddy Lamont über die richtige Art Spitze zu stricken gestritten hatte.

Er hatte wütend genug ausgesehen, um jemanden umzubringen, aber andererseits war es wohl allen anderen am Tisch genauso gegangen. Ständig wurden Menschen aus den verrücktesten Gründen umgebracht, aber diese Frau war doch sicherlich nicht wegen einer Strickmasche getötet worden?

Erst da wurde mir bewusst, womit sie ermordet worden war. Eine der spitzen Stricknadeln aus Stahl, die Theodore an der Wand des Ladens ausgestellt hatte, war wie ein Eispickel in ihre Brust gerammt worden. Die zweite war von der anderen Seite in ihre Brust eingedrungen, so wie man zwei Nadeln in ein Wollknäuel stecken würde.

Und trotzdem musste ich nachsehen, also ging ich auf die Knie und ergriff ihr Handgelenk, um nach dem Puls zu tasten. Sie war steif. *Leichenstarre,* dachte ich, und mit einem Schaudern ließ ich ihr Handgelenk los und wischte meine Finger an meinem Rock ab.

Ich rief die Notrufnummer der Polizei und berichtete von meinem Fund. Man sagte mir, dass ich bleiben solle, wo ich war, und dass gleich jemand da sein würde. Gut, dass mir der Mitarbeiter der Notrufzentrale sagte, ich solle bei der Leiche bleiben, denn ehrlich gesagt wollte ich hier nur ganz schnell ganz weit wegrennen.

Ich würde die Tür ohnehin öffnen müssen, um die Polizei hereinzulassen – das war meine Rechtfertigung, um die Eingangstür aufzumachen. Ich wusste, wenn ich keine frische Luft bekam, würde ich mich womöglich ernsthaft blamieren, indem ich mich übergab. Schon jetzt hatte ich meine Kaffeetasse über der armen Frau entleert. Ich wollte nicht, dass mein Magen das Gleiche mit meinen Keksen tat.

Ich fand ein altes Geschirrtuch, das ich manchmal zum Entstauben der Regale benutzte. Es war ein Souvenir vom Tower of London, aber so alt, dass der Turm an einigen Stellen zu einem hellen Grau verblasst war und in der Ecke ein Loch prangte. Vorsichtig benutzte ich es, um die Tür zu öffnen.

Ich schrie, als etwas Schwarzes an mir vorbeiflog, und fuhr vor Schreck zusammen. So durcheinander war ich. Nicht einmal meine eigene Katze erkannte ich.

„Nyx. Du solltest nicht hier drin sein", schimpfte ich, obwohl ich noch nie in meinem Leben so froh gewesen war, jemanden oder etwas zu sehen. Mit dem wahren Instinkt einer neugierigen Katze tapste sie unverzüglich zu Enid. Nyx beugte ihre Nase über die Tote und zog sie dann wieder zurück, und das machte sie mehrere Male, sodass es aussah, als würde sie etwas vom Gesicht der Toten abtupfen. Sie drehte sich um, und ihre goldenen Augen blickten mich an, als würde sie sagen: „Wirklich, Lucy? Schon wieder eine Leiche?"

Obwohl sie nicht gesprochen hatte, antwortete ich ihr. „Es ist ja nicht so, dass ich will, dass diese Dinge geschehen. Ich bringe niemanden um, weißt du?"

Sie schien zu begreifen, dass ich jetzt jeden Trost brauchte, den ich bekommen konnte. Sie kam auf mich zu und rieb ihren geschmeidigen Körper an meinen Fußgelenken, die nun vom Kaffee klebrig waren. Ich beugte mich nach unten, um sie hochzuheben, und sie krabbelte auf meine Schulter und hängte sich schwer, warm und tröstend darüber. Sie schnurrte nicht. Ich vermutete, das war aus Respekt vor der Toten. Oder vielleicht waren meine zitternden Nerven zu viel für sie.

Während ich auf die Polizei wartete, beschloss ich, Molly, die Produzentin, anzurufen. Sie musste wissen, was los war, und ich hoffte, sie würde verhindern können, dass das Filmteam hier auftauchte. Hoffentlich würde sie auch diejenigen, die im Klassenzimmer erscheinen sollten, vom Kommen abhalten. Aber andererseits, dachte ich, würde die Polizei vielleicht wollen, dass alle kommen. Um zu sehen, ob irgendjemand nicht auftauchte. Jemand, der womöglich Blut an den Händen hatte.

Also legte ich mein Telefon weg. Klar denken konnte ich ohnehin nicht. Ich würde auf die Polizei warten und sie die Sache übernehmen lassen. Alles, was ich wollte, war nach oben gehen, wieder ins Bett kriechen und mir die Decke über den Kopf ziehen. Vielleicht einen Flug zurück nach Boston buchen.

Nur Hinflug.

Bis ich nach Oxford gekommen war, hatte ich noch nie eine Leiche gesehen. Jetzt schien ich die ganze Zeit über welche zu stolpern.

Das ist, weil du eine Hexe bist. Die Worte drangen stumm in meinen Kopf.

War der Gedanke von Nyx gekommen? Für den Fall, dass dem so war, sprach ich laut: „Das weißt du nicht. Es gibt Tausende von Hexen auf der Welt. Die ziehen den Tod nicht an. Die meisten sind Heilerinnen und Menschen, die die Welt so gut verstehen wie kein Sterblicher. Ich bin die Einzige, die anscheinend Leichen anzieht wie ein Picknick Fliegen."

Der Krankenwagen traf als Erstes ein. Und dicht dahinter folgte ein Polizeiauto mit Blaulicht, aber ohne Sirene. Glücklicherweise war es noch früh am Morgen, und niemand ging gerade in unserer kleinen Straße einkaufen. Nachdem ich ihnen erklärt hatte, wie ich sie gefunden hatte, bat mich ein uniformierter Polizist, oben zu warten, und ich war mehr als glücklich, das zu tun. Ich entschuldigte mich wegen des Kaffees und ging mit Nyx wieder nach oben.

Ich schenkte mir noch eine Tasse Kaffee ein, aber als der Duft zu mir aufstieg, konnte ich nichts davon trinken. Ich schüttete die dunkle Flüssigkeit ins Spülbecken. Dafür kochte ich mir einen beruhigenden Kräutertee. Um mich zu trösten, fügte ich einen guten Schuss Cotswolds-Honig hinzu. Ich setzte mich auf die Couch, und Nyx kletterte auf meinen Schoß. Meine Hände zitterten so stark, dass die Tasse an meinen Zähnen klapperte, aber der Tee half definitiv. Ich schloss meine Augen und versuchte mich zu beruhigen. Da begann Nyx zu schnurren, es waren knurrende, beruhigende

Geräusche, die dem Rhythmus meiner eigenen Atmung folgten und sie zu verlangsamen schienen, bis ich schließlich spürte, wie mich ein Gefühl der Ruhe überkam.

Als es an der Tür klopfte, war ich bereit.

Ich rannte nach unten, um die Verbindungstür zu öffnen und sah Detective Inspector Ian Chisholm auf der anderen Seite stehen. Ich kannte Ian schon fast so lange, wie ich in Oxford war. Wir waren sogar ein paar Mal miteinander ausgegangen. Jetzt schienen wir beide etwas zu zögern, denn ich glaube, wir versuchten beide, uns nicht an dieses peinliche Intermezzo zu erinnern.

„Lucy", sagte er. „Ist mit dir alles in Ordnung?"

Gern wäre ich eine dieser Frauen gewesen, die in stressigen Momenten mit einem klugen, schlagfertigen Spruch aufwarten konnten, aber Fakt war, dass ich kaum ein Wort herausbrachte. Ich nickte bloß und trat zurück, um ihn hereinzulassen. Hinter ihm folgte ein uniformierter Beamter.

Als er nach oben kam, schaute Ian mich mit leicht gerunzelter Stirn an. Er brauchte nichts zu sagen. Es war nicht das erste Mal, dass in meinem Laden eine Leiche gefunden wurde.

Die Stille dehnte sich aus, und ich kicherte nervös. „Wir müssen aufhören, uns so zu treffen."

Er nickte. „Sag uns, was geschehen ist!"

Ich wusste gar nicht, wo ich anfangen sollte. Schließlich berichtete ich von der Fernsehsendung und den ausgewählten Schülerinnen und Schülern, dabei erzählte ich ihm, dass Enid eine davon gewesen war.

„Also bist du ihr vor dieser Fernsehsendung nie begegnet?"

„Ganz genau. Einen Tag vor Drehbeginn ist sie in meinen

Laden gekommen. Teddy Lamont war da, und ich glaube, sie hoffte, ihn zu treffen." Ich überlegte, ob ich ihm sagen sollte, wie aufdringlich und lästig sie gewesen war, aber ich wollte ihren Charakter nicht niedermachen, da schließlich sie selbst schon niedergemacht worden war. Seltsamerweise hatte ich das Bedürfnis, diese arme Frau zu beschützen. Sie war tot. Ich wollte nicht anfangen, über sie zu lästern.

„Also ist sie gekommen, um Teddy Lamont kennenzulernen. Und wann hast du sie danach wiedergesehen?"

„Na ja, alle Schüler waren an dem Abend zu Teddys Signierstunde bei Frogg's Books eingeladen."

„Ist sie alleine gekommen? War jemand bei ihr?"

Ich musste mich zurückerinnern. „Ich denke, sie war allein." So, wie sie sich an die wenigen Männer dort herangeschmissen hatte, hoffte ich jedenfalls, dass sie allein gewesen war.

„Hast du gesehen, wann sie gegangen ist? Oder mit wem?"

Ich schüttelte den Kopf. „Ich bin vor den anderen Schülern gegangen."

Ich zwang mich dazu, meinen Blick fest nach vorne zu richten und nicht zu erröten. Ian sollte nicht wissen, dass ich mich früh davongeschlichen hatte, um meine Vampiroma zu treffen. Stattdessen sagte ich: „Ich hatte gestern einen wichtigen Tag vor mir. Ich wollte sichergehen, dass ich genügend Schlaf bekam und dass alles für den Beginn der Dreharbeiten bereit war."

Ich fand, das klang sehr einleuchtend, und wahrscheinlich wäre es auch genau das gewesen, was ich getan hätte, wäre ich nicht mit einem Vampir Sterne gucken gegangen.

Ian schien meine Geschichte zu billigen. „Und du hast

gesagt, die Dreharbeiten für diese Fernsehsendung haben gestern begonnen?"

„Ja."

„Ist irgendetwas passiert? Wirkte Enid Selfe verärgert oder verängstigt? Besorgt wegen irgendetwas?"

„Nein." Ganz im Gegenteil. Eher hatte sie für Verärgerung gesorgt, als dass sie selbst welche verspürt hätte.

„Den ganzen Tag lang wurde gefilmt?"

„Ja."

Ian würde natürlich das gesamte Filmmaterial der gestrigen Unterrichtsstunde sehen wollen, also dachte ich, dass ich am besten von einigen Verhaltensweisen, die ich beobachtet hatte, berichten sollte, um nicht verdächtig zu wirken. Ich wählte meine Worte sorgfältig. „Ich denke, Enid Selfe könnte die Art von Mensch sein, die sich Feinde macht."

Da runzelte sich seine Stirn, und seine grünen Augen schauten mich durchdringend an. „Wie kommst du darauf?"

„Du solltest dir das Filmmaterial von den gestrigen Dreharbeiten ansehen. Enid war ziemlich eigensinnig, was ihr Stricken anging. Ich glaube nicht, dass sie Teddy Lamonts Stil zu schätzen wusste. Der ist sehr entspannt und lässig, während sie mir als ziemliche Perfektionistin aufgefallen ist."

Er schaute mich an, als wäre ich eventuell leicht verrückt. „Willst du damit andeuten, diese Frau wurde ermordet, weil jemandem ihre Strickmaschen nicht gefielen?"

„Ich will gar nichts andeuten, aber wie du vielleicht bemerkt hast, wurde sie mit Stricknadeln ermordet."

„Das war schwer zu übersehen. Genauso wie die Pfütze aus verschüttetem Kaffee neben dem Opfer."

KAPITEL 7

*I*ch spürte, wie mein Gesicht vor Scham heiß wurde. „Es tut mir so leid. Das war ich. Es war der Schock. Ich bin buchstäblich in sie hineingelaufen, und dann habe ich nach unten geguckt und sie gesehen, und die Kaffeetasse ist mir einfach aus der Hand gerutscht."

Er nickte. „Das könnte jedem passieren. Allerdings hat das meinen Tatort ziemlich verunstaltet."

„Es tut mir so leid." Mir war danach zumute, ihm zu sagen, dass verschütteter Kaffee und eine Leiche auch meinem Geschäft nicht gerade zugutekamen.

„Wie du sagst, werden wir uns das Filmmaterial von gestern ansehen, aber sag mir schon mal das Wichtigste. Erzähle mir von den anderen Schülern. Schien irgendjemand davon dem Opfer gegenüber besonders feindselig eingestellt zu sein?"

Es wäre einfacher zu sagen, wer von den Anwesenden Enid Selfe gegenüber *nicht* feindselig eingestellt war.

In der Annahme, dass die Polizei mir Fragen über den Workshop in meinem Geschäft stellen würde, hatte ich die

Bilder und Lebensläufe der einzelnen Schüler ausgedruckt. Ich reichte sie Ian und schaute dann zur Uhr an der Wand. „Ich habe der Produzentin nichts von dem Mord gesagt. Das wollte ich eigentlich, aber dann dachte ich, vielleicht willst du, dass alle Schüler herkommen, als würde der Unterricht weitergehen."

Er schaute von seiner Lektüre auf und hielt inne. „Ja. Das ist eine gute Idee, Lucy. Wir wollen nicht nur sehen, wer auftaucht, sondern auch, und das ist noch wichtiger, wer nicht auftaucht."

Ich hoffte, dass mein kluger Gedanke dazu beitragen würde, die Tatsache wettzumachen, dass ich Kaffee über die tote Frau geschüttet hatte, aber ich war mir nicht so sicher, dass ich einen Ausgleich erzielt hatte. Vermutlich würde das davon abhängen, was die Spurensicherung noch würde herausfinden können.

Als würden wir das Gleiche denken, sagte Ian: „Du hast nichts anderes angefasst, oder? Zum Beispiel die Nadeln in ihrer Brust?"

Ich schüttelte den Kopf. *Igitt.* „Das Einzige, was ich getan habe, war, ihren Puls zu prüfen. Ich war mir ziemlich sicher, dass sie tot ist, aber ich musste sichergehen."

„Schon gut. Handgelenk oder Hals?"

Ich erschauderte allein bei der Vorstellung, diese Frau berührt zu haben. „Handgelenk." Ich konnte mich noch gut an das feuchtkalte Gefühl ihres Fleisches unter meinen zitternden Fingern erinnern.

Er fuhr fort, die ausgedruckten Seiten zu lesen. Als er fertig war, schaute er auf. „Alle diese Leute sind Stricker?" Er klang schockiert.

„Das ist gerade der Zweck dieser Sendung, denke ich:

eine ganze Palette von Menschen vorzustellen, die alle stricken. Um Klischees zu überwinden."

Teddy und die Strickgruppe sollten um zehn bei mir im
Laden sein. Als ich Ian daran erinnerte und an die Tatsache,
dass ich Molly noch nicht angerufen hatte, gab er mir die
Seiten mit den Lebensläufen der Teilnehmer zurück. „Die
Spurensicherung wird jetzt unten einige Zeit brauchen. Gibt
es einen Ort in der Nähe, wo du den Unterricht abhalten
könntest?"

Ich dachte nach. Es gab den Gemeindesaal am Ende der
Straße, aber das war ein großer, eher uninteressanter Raum.
Außerdem war heute Sonntag. Dort würden wahrscheinlich
andere Aktivitäten stattfinden. Ich ging zu meinem Fenster,
als könnte mir ein Blick nach draußen auf die Harrington
Street eine Inspiration verschaffen, und so war es natürlich
auch. Da, direkt gegenüber, war Frogg's Books.

Im Sommer hatte Charlie sonntags nicht geöffnet. Die
Schüler waren schon einmal dort gewesen. Sie würden es
nicht merkwürdig finden, wenn sie sich wieder dort trafen.
Ich machte Ian diesen Vorschlag, und er war sich mit mir
einig, dass das eine gute Idee war.

„Aber du musst all die Polizeiautos und den Krankenwagen loswerden, sonst ahnt jeder, dass irgendeine Katastrophe passiert ist."

Er sah auf die Uhr. „Ruf die Produzentin an! Verschiebe
den Termin um eine Stunde! Sorge dafür, dass du in die
Buchhandlung gelangst. In der Zwischenzeit lasse ich alle
Einsatzfahrzeuge wegbringen. Das Team wird trotzdem hier
drinnen beschäftigt sein, aber von der Straße aus dürfte man
davon nichts sehen."

„Und dann kommst du zu Frogg's Books und erzählst

allen, was passiert ist?" Ich wollte nicht, dass diese schreckliche Aufgabe an mir hängen blieb.

„Ja, mache ich. Sorge dafür, dass sie es gemütlich haben. Gib ihnen Tee oder Kaffee oder irgendetwas, und ich komme gegen halb zwölf."

„Molly muss ich es sagen. Sie ist die Produzentin. Es ist ihre Aufgabe, den Drehort zu wechseln."

Diese Nachricht schien ihm sehr ungelegen zu kommen. „Bitte Molly um ein Treffen im Buchladen, bevor die anderen kommen. Sag ihr, dass es ein Problem gibt, aber sag ihr nicht, was genau. Zunächst müssen wir sicherstellen, dass sie sich hier sehen lässt."

„Molly? Meinst du, die Fernsehproduzentin könnte eine der Teilnehmerinnen ihrer eigenen Sendung ermordet haben?"

Als Laiin bekam ich dafür von ihm nur einen verächtlichen Polizistenblick. „An dieser Stelle der Ermittlungen ist jeder und jede verdächtig."

Die Art, wie er das Wort *jede* betonte, deutete darauf hin, dass er glaubte, auch ich könne eine Verdächtige sein. Na super. Genau das, was ich brauchte. Ich hatte mich so gefreut, dass das Cardinal Woolsey's für diese Fernsehsendung ausgewählt worden war. Wie hatte das alles nur so schiefgehen können? Von einem Tag auf den anderen?

Seine Anweisung befolgend rief ich Charlie an und fragte ihn, ob es ihm recht wäre, wenn ich die Teilnehmer und das Filmteam zu Frogg's Books bringen würde. „Ich habe ein Problem in meinem Laden."

„So ein Pech!" Er war offensichtlich überrascht über meine Bitte, sagte aber sofort, natürlich dürfe ich das. Ich sei herzlich eingeladen. Und ob es nötig sei, dass er vorbeikam?

Es war sein freier Tag und der Buchladen war geschlossen, also wusste ich sein Angebot zu schätzen. Aber da jeder von uns den Schlüssel zum Geschäft des anderen hatte, sagte ich ihm, dass ich schon klarkäme.

„Lucy? Ist alles in Ordnung?"

Ich wollte nicht lügen, also fragte ich ihn, warum er frage. Er schien einen Augenblick lang darüber nachzudenken, dann sagte er: „Ich weiß nicht. Du hörst dich merkwürdig an."

„Mir geht es gut. Ich habe nur ein kleines Problem mit meinem Laden. Später erkläre ich dir alles."

Charlie war nicht weniger als ein Gentleman und noch dazu ein Brite, also konnte er noch so neugierig sein, er hätte keine Fragen gestellt. So entschuldigte er sich auch unmittelbar dafür, dass er neugierig gewirkt habe. „Ja, natürlich. Entschuldige, wenn ich dich gedrängt habe. Du wirst es mir erzählen, wenn es soweit ist."

Sobald ich die Erlaubnis hatte, Charlies Laden zu benutzen, rief ich Molly, die Produzentin der Sendung, an. Bevor ich irgendetwas sagen konnte, sagte sie: „Lucy, Lucy. Gut. Ein Glück, dass ich Sie erwische. Ich habe ein paar Ideen für einige separate Teile. Ich dachte, wir könnten ..."

Bevor sie weitersprechen konnte, unterbrach ich sie. Wenn Molly erst einmal in Fahrt war, konnte sie eine halbe Stunde lang reden. Außerdem hatte ich den starken Verdacht, dass sie versuchte, alles so zu organisieren, dass sie Enid davon abhalten konnte, die Sendung wieder für sich in Beschlag zu nehmen. Wer konnte ihr das vorwerfen? Oh mein Gott, vielleicht hatte Molly Enid ermordet. Das war sicherlich eine effiziente Weise, um zu verhindern, dass die Frau Teddys

Aufmerksamkeit in Beschlag nahm und so die Sendung ruinierte.

„Molly, ich habe ein Problem mit dem Laden. Können wir uns bei Frogg's Books treffen? Wenn wir die Schüler eine Stunde lang vertrösten könnten, würde ich gern zuerst allein mit Ihnen sprechen."

„Gütiger Himmel! Was ist los? Haben Sie eine Überschwemmung oder was? Bitte sagen Sie mir, dass kein Feuer ausgebrochen ist! Wir haben einiges an Ausrüstung in Ihrem Laden gelassen."

Ich musste beinahe darüber lächeln, wie einspurig ihre Gedanken waren. Beinahe.

„Nein. Ich will nicht am Telefon darüber reden. Ich erkläre es Ihnen, wenn wir uns sehen. Ich wollte Sie nur um Erlaubnis bitten, alle Schüler anzurufen und sie später kommen zu lassen."

„Ja. Wenn es sein muss. Das kann ich Becks machen lassen. Und wir werden auch den Mitarbeitern sagen, sie sollen später kommen."

Ich brachte es nicht übers Herz ihr zu sagen, dass ich nicht glaubte, dass irgendjemand heute filmen würde. Das sagte ich ihr besser persönlich.

„Könnten Sie Teddy anrufen? Wenn ich das mache, wird er ausrasten. Aber wenn die Nachricht von Ihnen kommt, wird er höflich sein."

„Gut!"

Ian hörte meinen Teil des Gesprächs mit, und als ich fertig war, sagte er: „Gut. Ich gehe besser runter." Zu meiner Überraschung streckte er die Hand aus und berührte meine Schulter. „Bist du okay?"

Ich wusste, dass es mir erst besser gehen würde, sobald

Enid Selfe, oder das, was von ihr übrig war, weg sein würde. Aber ich nickte nur.

Er ging davon, und ich kuschelte mich an Nyx.

Als ich Teddys Hotel anrief, ging Douglas an den Apparat. Ich erklärte meine Mission, und er sagte: „Gut. Sind sie diese Enid losgeworden?" So wie seine Stimme klang, war er darüber informiert, wie sie die Dreharbeiten am Vortag zum Entgleiten gebracht hatte.

„Ich weiß es nicht."

„Nun, Sie können Enid Selfe von mir ausrichten, dass der heutige Unterricht in Prag stattfindet. Nein, warten Sie kurz! Nicht Prag. Ich mag Prag. Ich würde dieser schönen Stadt nicht so eine schreckliche Frau zumuten. Pittsburgh. Sagen Sie ihr, er findet in Pittsburgh statt."

Trotz meines fürchterlichen Vormittags musste ich lachen. „Was haben Sie gegen Pittsburgh?"

„Ich war einmal im Winter dort. Pittsburgh hat ein ganz ausgezeichnetes Paar Lederstiefel von Ferragamo ruiniert. Wenn man Enid dahin schickt, wäre das der Ausgleichstreffer."

„Ich habe es mir notiert."

Douglas versprach mir, Teddy von der neuen Planung in Kenntnis zu setzen. „Aber ich muss Ihnen sagen, dass er sich auf den heutigen Tag nicht freut. Es ist, als hätte jemand das ganze Helium aus einem Luftballon gelassen."

Ich hätte ihm am liebsten gesagt, er müsse sich wegen Enid keine Sorgen mehr machen. Natürlich konnte ich das nicht. Ich hätte ihm auch gern gesagt, er solle aufhören zu reden, um nichts zu sagen, was er später bereuen würde. Sollte ich seine Bemerkungen über Enid an Ian weitergeben?

Ganz gleich, ob es nun richtig oder falsch wäre, ich wusste, dass ich es nicht tun würde. Ich mochte Douglas und ich mochte Teddy. Wenn sie Enid ermordet hatten, würde die Polizei das allein herausfinden müssen. Ich würde kein Spitzel sein.

Nyx war ein großer Trost, als ich dasaß und versuchte, die von unten kommenden Geräusche nicht zu hören. Sie war ein warmes Gewicht auf meinem Schoß und verankerte mich mit etwas Gutem, Warmem und Lebendigem.

Ich saß da und starrte vor mich hin, da klingelte mein Handy. Es war Rafe. „Lucy. Was ist los?"

„Was meinst du?" Spionierte der Mann mir etwa hinterher? Er wohnte ja nicht einmal hier.

„Sylvia hat mich angerufen. Sie sagte, die Polizei sei in deinem Laden."

Vor Entsetzen zog sich meine Brust zusammen. „Sie ist nicht durch die Falltür ins Hinterzimmer gekommen, oder? Hat die Polizei sie entdeckt?"

Er musste die Panik aus meiner Stimme herausgehört haben. „Natürlich nicht. Sie und deine Großmutter waren auf dem Weg nach Hause. Sie hatten jemanden besucht."

Gott sei Dank! Es gab jede Menge andere Wege in den Tunnel.

Rasch erzählte ich ihm, was geschehen war. Es war eine Erleichterung, jemandem tatsächlich davon zu erzählen, anstatt kryptische Anrufe zu führen, bei denen man keinerlei Informationen enthüllte.

„Was machst du jetzt?"

„Ich sitze hier in meiner Wohnung herum. Schlage die Zeit tot, bis ich zu Frogg's Books gehen und mich mit Molly treffen muss."

„Dann bleibt dir noch fast eine Stunde. Treffen wir uns doch in der Brasserie in der High Street."

Ich kannte das Restaurant. Dort machten sie ausgezeichnetes Frühstück, obwohl ich nicht in der Lage sein würde, etwas zu essen. Zumindest gab mir das die Chance, hier rauszukommen und vor den Geräuschen unten zu flüchten.

„Ich reserviere uns dort einen Tisch im hinteren Bereich", sagte er. „Treffen wir uns dort oder willst du, dass ich dich abhole?"

Ich war vollkommen verwirrt. „Bist du in Oxford?" Er wohnte eine halbe Autostunde außerhalb der Stadt.

„Bin ich. Gestern Abend musste ich aus geschäftlichen Gründen hierbleiben." Es war leicht zu vergessen, dass seine beste Zeit war, wenn ich tief und fest schlief. Ich hatte keine Ahnung, um was für Geschäfte es sich handelte, und ich wollte es auch gar nicht wissen.

„Und was wirst du in einem Restaurant machen?"

Eine Spur von Humor lag in seiner Stimme, als er sagte: „Dich füttern. Du hast heute Morgen bestimmt noch nichts gegessen, stimmt's?"

Wie um alles in der Welt konnte er das wissen? Ich hatte etwa zwei Schlucke von meinem Kaffee und eine Tasse Kräutertee getrunken.

„Es ist wichtig, dass du etwas isst. Und ich will, dass du dich vom Tatort und der Polizei fernhältst. Zumindest eine Stunde lang."

Allein schon der Gedanke an eine kurze Pause erfüllte mich mit Erleichterung. „Ja", sagte ich. „Wir sehen uns dort."

Ich sagte Nyx, sie solle liegen bleiben, nahm meine Tasche, lief die Haupttreppe hinunter und verließ die Wohnung durch die Vordertür, die in einen kleinen Garten führte. Mein schickes, neues rotes Auto stand in der winzigen Parklücke, aber es hatte keinen Sinn, die kurze Strecke zur High Street zu fahren, also holte ich mein Fahrrad aus dem Schuppen. Mit dem Rad brauchte ich nicht länger als fünf Minuten zur Brasserie. Ich schloss es ab und ging hinein. Das Lokal war halbvoll.

Rafe saß ganz hinten an einem recht abgeschiedenen Tisch. Ich war mir sicher, dass er ihn absichtlich gewählt hatte. Vor ihm stand eine Tasse Kaffee, aber ich bezweifelte, dass er ihn trank. Ich ging auf ihn zu, und höflich wie immer stand er auf, als ich mich näherte. Als ich mich setzte, musterte er mein Gesicht. „Du siehst blass aus."

Ich runzelte die Stirn. „Nicht so blass wie du."

Er war immer etwas irritiert, wenn ich Witze machte, aber mitten im Sommer sah ein Vampir wirklich blass aus.

Gerade wollte ich ihm sagen, dass ich kein Essen herunterbekäme, da kam die Kellnerin zu uns. Sie setzte Rafe einen Teller mit geräuchertem Lachs und Rührei vor und mir ein ganzes englisches Frühstück, dann stellte sie einen Teller Toastbrot zwischen uns.

Ohne mich überhaupt zu fragen, goss sie Kaffee in meine Tasse.

Rafe hatte für mich bestellt. Typisch überhebliches Verhalten. Gerade wollte ich meinen Teller von mir schieben, da erreichte mich der Essensduft und mir wurde klar, wie hungrig ich war. Vielleicht nur ein bisschen Toastbrot.

Ich griff zu einer Scheibe Toast und knabberte daran.

„Ich will dir von einer Idee erzählen, die mir gekommen ist", sagte Rafe.

Wie machte er das nur? Ich war voller Furcht und Entsetzen hergekommen und hatte gedacht, wir würden alle

Einzelheiten gemeinsam durchgehen, und plötzlich brachte er mich dazu, neugierig auf seine Idee zu sein.

Es war mir egal, ob es die schlechteste Idee der Welt war. Alles, was mich von dem Horror in meinem Laden ablenken konnte, war gut. Ich fragte: „Was für eine Idee hast du?"

„Dublin."

„Dublin?"

„Ja. Da will ich mit dir hinfahren."

Ich nahm einen Schluck Kaffee. „Du willst mit mir nach Dublin fahren?"

„Ja."

„Warum?"

„Warst du schon einmal dort?"

„Nein. Noch nie."

„Es ist eine schöne Stadt. Ich habe an der Trinity University zu tun. Es würde dir guttun, ein paar Tage hier weg zu kommen. Violet kann sich um den Laden kümmern, und du kannst diese Studentinnen vom College damit beauftragen, ihr zu helfen."

Nach Dublin hatte ich schon immer mal fahren wollen. Und er hatte recht, es wäre gut rauszukommen, aber wie konnten Violet oder Scarlett oder irgendwer sonst in einem Laden arbeiten, in dem jemand ermordet worden war?

Als hätte er meine Gedanken gelesen, sagte er: „Ich muss in zwei Wochen dorthin. Jede Menge Zeit für dich, um zu entscheiden, ob du mitkommen möchtest oder nicht. Dort steht ein kleines Geschäft zum Verkauf, und ich glaube, es wäre ein perfekter Woll- und Strickladen."

Mein Ei war perfekt gekocht, das Eigelb leicht flüssig. Ich nahm es zusammen mit Bacon und Bohnen auf meine Gabel. Als mein Mund zu voll zum Sprechen war, fuhr er fort: „Es wäre eine ausgezeichnete Chance für deine Großmutter, Oxford zu verlassen. Sylvia und ich haben schon viel darüber geredet."

Als ich heruntergeschluckt hatte, sagte ich: „Aber ich bin nicht bereit für ein Franchise-Unternehmen."

„Sylvia würde das ganze Geschäft finanzieren. Für dich gäbe es keinerlei Kosten. Aber wir hätten gern, dass du den Laden leitest. Du lässt deine Großmutter in Teilzeit dort arbeiten und stellst eine Zusatzkraft ein."

Ich würde es vermissen, Granny in meiner Nähe zu haben, und das wusste Rafe. Sanft sagte er: „Weißt du, es fällt ihr sehr schwer, dass sie in Oxford nicht gesehen werden darf. Aber wegen dir will sie nicht weggehen."

Und ich wollte nicht, dass sie wegging. Er fuhr fort: „Wir haben uns für Dublin entschieden, weil das in der Nähe ist. Das ist der einzige Ort, den sie in Betracht ziehen würde."

„In der Nähe? Da muss man übers Meer fahren. In der Nähe, das wäre, was weiß ich, London oder Birmingham – irgendwo, wo ich mit dem Auto in einer Stunde bin."

„Lucy, jeden Tag gehen mehrere Flüge nach Dublin. In ein paar Stunden bist du da."

„Aber das ist nicht dasselbe. Flüge muss man im Voraus buchen. Ich könnte nicht einfach losfahren und sie besuchen, wenn ich Lust habe. Und sie jeden Tag sehen."

„Nein. Das könntest du nicht."

Er aß sparsam von dem geräucherten Lachs, aber ich wusste, dass er die Eier nicht anrühren würde. Ich beugte mich vor und nahm mir das Rührei.

„London und Birmingham sind genau deshalb ausgeschlossen, weil sie zu nah sind. An beiden Orten hat Agnes Bekannte." Da hatte er recht.

„Meinst du nicht, irgendwelche Kunden von ihr könnten nach Dublin fahren?"

Er lächelte mich reumütig an. „Wenn ich das Sagen hätte, würde deine Großmutter nach Neuseeland oder Kanada gehen, aber sie hat sich geweigert. Dublin ist die größte Entfernung, die sie bereit ist, auf sich zu nehmen."

„Na gut, ich schaue mir den Laden mal an. Aber mehr verspreche ich nicht."

„Das ist ein guter Anfang."

Wir unterhielten uns noch ein bisschen, und kaum hatte ich mich versehen, hatte ich mein Frühstück aufgegessen, eine Tasse Kaffee getrunken und mir war nachgeschenkt worden. Ich schaute auf meinem Handy nach der Uhrzeit. „Ich muss los."

Er nickte zufrieden. „Du siehst besser aus. Du hast wieder etwas Farbe."

„Weißt du, eines der nervtötendsten Dinge an dir ist, dass du immer recht hast."

Er schüttelte den Kopf. „Nicht immer."

Ich stand auf, um zu gehen, da wurde mir bewusst, dass wir kein Wort über den Mord gesagt hatten. Ich drehte mich um. „Wolltest du mir nicht die Einzelheiten über die Tote aus der Nase ziehen?"

„Später. Ich wollte dir eine Pause verschaffen."

Nervtötend oder nicht – er konnte sehr rücksichtsvoll sein. Und er hatte recht. Nach dem Essen ging es mir besser.

KAPITEL 8

Als ich wieder zu meinem Geschäft radelte, fühlte ich mich nach dem Frühstück, einem frisch aufgebrühten Kaffee und einer Erholungspause von der grausigen Entdeckung besser. Aber wie auch immer, meine Erholungspause war zu Ende. Vermutlich würde es ein sehr langer Tag werden.

Rafe und ich hatten zwar absichtlich nicht über den Mord geredet, aber schon bald würde er alles wissen. Er hatte mir gesagt, dass er Enid Selfe schon gekannt habe, bevor sie dieses Wochenende in meinem Laden aufgetaucht sei. Ich fragte mich, ob er viel über ihre Vergangenheit wusste, zum Beispiel, welche Feinde sie gehabt haben könnte.

Außerdem war ich mir ziemlich sicher, dass Rafe seine eigenen Ermittlungen aufnehmen würde, zweifellos mit der Unterstützung von Theodore, einem untoten Privatdetektiv, der in seinem Leben Polizist gewesen war. Es bestand kein Zweifel daran, dass ihnen die gelangweilten Vampire helfen würden, die gerade wach und auf der Suche nach etwas waren, das sie tun konnten. Es mochte die Langeweile sein, die sie antrieb, doch die Vampire in Oxford hatten sich als exzellente Amateurdetektive bewiesen. Leider hatten sie eine Menge Übung bekommen.

Ich hatte ein Talent dafür, über verdächtige Todesfälle zu stolpern, ohne es zu wollen. Wir alle haben unsere Talente, aber ich hätte lieber eine nützliche Begabung gehabt, zum Beispiel Luftballontiere entwerfen.

Als ich die Harrington Street entlang radelte, war ich froh zu sehen, dass Ian sich daran erinnert hatte, alle Polizei- und Krankenwagen aus der Gegend zu schaffen. Ich hoffte sehr, dass die Leiche bereits fortgebracht worden war. Ich wollte meine Räumlichkeiten nicht länger als nötig mit der verstorbenen Enid Selfe teilen.

Hätte in meinem Laden nicht Licht gebrannt, hätte man ihn leicht für leer halten können. Ich fuhr weiter und drehte nicht einmal für einen kurzen Blick meinen Kopf zur Seite, dann parkte ich mein Rad vor Frogg's Books. Da ich ein paar Minuten zu früh dran war, schloss ich mit meinem Ersatzschlüssel auf, schaltete ein paar Lichter ein und ging zu dem Schrank, von dem ich wusste, dass Alice und Charlie dort den Kessel und das Teezubehör aufbewahrten. Ich vermutete, dass Molly nach dem Schock über die Neuigkeit eine schön starke Tasse Tee brauchen würde.

Seit sie angefangen hatte, für Charlie zu arbeiten, war es eine von Alices Ideen gewesen, im Laden einen Literaturzirkel zu gründen. Zunächst hatte Charlie bei dieser Vorstellung die Nase gerümpft, und dann hatten sie darüber diskutiert, um welche Art von Literaturzirkel es sich handeln sollte – er wollte die Leser intellektuell herausfordern, und sie wollte Bücher auswählen, die leichter verständlich waren, sich aber trotzdem für Diskussionen eigneten. Da sie diejenige war, die den Literaturzirkel leitete, gelang es ihr natürlich, sich durchzusetzen.

Ich stellte die Tische und Stühle, die sie für den Literaturzirkel benutzten, ins Hinterzimmer, dann wartete ich. Es war keine große Überraschung für mich, dass Molly nicht allein auftauchte, sondern Becks im Schlepptau hatte. Sie kam energiegeladen und mit einer zielgerichteten Entschlossenheit herein, die mich beeindruckte, selbst wenn ich nicht unter Schock stand. Fakt war, ich fühlte mich benommen und ziemlich dumm, während sie begeistert und viel zu zielstrebig wirkten. Mollys erste Worte lauteten: „Ihr Laden sieht in Ordnung aus, Lucy. Was ist los?"

„Es kann kein Stromausfall sein", fuhr Becks fort, „denn wir haben Licht brennen sehen."

„Keine Anzeichen einer Überschwemmung. Kein Feuer." Sie schauten einander an, und ich war mir sicher, dass sie beim Herkommen unterschiedliche Szenarien durchgegangen waren. Wie aus einem Mund sagten sie: „Ist jemand eingebrochen?"

„Oder stürzen Teile des Hauses ein?", fragte Molly und sah ängstlich aus. „Das ist einem Onkel von mir mal passiert, Termiten. Eines Tages brach die ganze Treppe ein, als er hinunterging. Er hatte Glück, dass er sich nur ein Bein brach."

Bevor ihre Vermutungen zu Aliens in Raumschiffen übergingen, begann ich zu sprechen. „Warum kommen Sie beide nicht mit mir nach hinten und setzen sich? Ich habe Tee gekocht."

So englisch war ich inzwischen. Ich hatte das Gefühl, bevor ich eine schlimme Mitteilung machte, sollten sie einen Tee vor sich stehen haben. Der war nicht so sehr eine

Barriere gegen schlechte Nachrichten, eher ein Allheilmittel. Nicht, dass man das hier hätte heilen können, klar, aber das Teetrinken gab ihnen zumindest eine Beschäftigung, während sie die schrecklichen Neuigkeiten in sich aufnahmen.

Molly schien gereizt zu sein. „Wir haben wirklich nicht viel Zeit, Lucy. Vergessen Sie den Tee und sagen Sie uns, was los ist."

Ich ließ mich nicht beirren. Ich brachte das frische Kännchen Tee, drei Tassen, Milch, Zucker und die Packung Teegebäck von Rich Tea, die ich im Schrank gefunden hatte, ins Hinterzimmer. Dort hatte ich schon die Stühle bereitgestellt und das Licht angeschaltet. Sie konnten mir folgen oder nicht.

Natürlich taten sie es. Als wir uns gesetzt und sie beide ihren Tee hatten, goss ich mir der guten Manieren halber selbst eine Tasse ein, dann sagte ich: „Ich habe schreckliche Neuigkeiten."

Es trat kurz Stille ein, dann fragte Molly: „Ach ja? Was denn?"

Es gab keine leichte Art, das zu sagen. „Heute Morgen bin ich früh nach unten gegangen, um zu kontrollieren, dass alles für die Dreharbeiten bereit ist", setzte ich an. Beide starrten mich mit ihrem Laserblick an. „Ich habe Enid Selfe in meinem Laden gefunden."

Molly riss die Augen auf. „Besitzt diese Frau denn keinen Funken Anstand? Sie ist in der Morgendämmerung in Ihrem Geschäft aufgetaucht?"

Ich versuchte, diese schrecklichen Momente nicht erneut durchzumachen, doch natürlich sah ich alles vor mir, während ich den Frauen davon erzählte. „Ich glaube nicht, dass sie in der Morgendämmerung aufgetaucht ist. Eher denke ich, sie war schon die ganze Nacht dort."

„Was? Sie hat in Ihrem Laden übernachtet?"

Ich machte das gar nicht gut. Ich schüttelte den Kopf. „Es tut mir leid, Ihnen das zu sagen, aber Enid war tot."

Sie wechselten einen Blick und starrten mich dann wieder im Tandem an. Molly sah irgendwie aus wie jemand, der eine Katastrophe vorausgesagt und recht bekommen hatte. „Waren es Termiten? Wurde sie von einem morschen Holzbalken erschlagen, oder was?"

Fast wünschte ich, ich hätte einen Laden voller Termiten, um ihr nicht die Wahrheit sagen zu müssen. „Nein. Es waren keine Termiten."

Molly schüttelte ziemlich heftig den Kopf. „Nein. Sie kann nicht tot sein. Wir haben erst einen Drehtag hinter uns. Niemand stirbt, solange die Sendung nicht im Kasten ist." Es hörte sich nicht an, als würde sie scherzen, sondern eher so, als stünde das in dem Vertrag, den alle unterschrieben hatten. Kommen Sie pünktlich, befolgen Sie Teddys Anweisungen, ach ja, und fallen Sie nicht tot um!

Becks schien etwas humaner zu sein. „Lucy, wie schrecklich für Sie. Sie haben sie gefunden? Tot?"

„So war es."

„Es tut mir so leid. War es ein Herzinfarkt? Was meinen Sie?

Oder ein Schlaganfall?", überlegte Molly. „Vielleicht ein Aneurysma. Gestern sah sie gar nicht krank aus." Dann fasste sie sich an die Brust. „Sagen Sie mir, dass es nichts Ansteckendes war!"

Und schon ging es wieder mit dem Rätselraten los. Wo war Ian? Er hatte gesagt, er würde kommen. „Die Polizei ist noch dabei, die Todesursache festzustellen." Ich schob das Päckchen Kekse in ihre Richtung. „Rich Tea?"

„Es muss ein zerebrales Aneurysma gewesen sein", sagte Molly.

Ach, das wünschte ich mir.

Bald darauf traf Ian ein. Ich sagte ihm leise, dass ich bereits alles ausgeplaudert hatte, da er zu spät gekommen war und ich sie nicht hatte bremsen können. „Ich habe ihnen gesagt, dass sie gestorben ist, aber nicht wie."

Er schien nicht besonders beunruhigt. „Wie haben sie die Nachricht aufgenommen?"

„Als wäre das eine Unannehmlichkeit für die Dreharbeiten."

„Aber wirkten sie überrascht?"

„Ja."

„Trotzdem, sie arbeiten in der Filmbranche. Ich vermute, schauspielern können sie."

Ich machte mir nicht die Mühe, ihm zu sagen, dass sie Produzentinnen und keine Schauspielerinnen waren. Das würde er schon früh genug von selbst herausfinden.

Hinter Ian kamen zwei uniformierte Beamte herein. Ian sagte: „Wenn die Strickschüler kommen, sollen sie im Hinterzimmer bleiben. Wir vernehmen Sie einzeln. Je einer kann im Vorderzimmer vernommen werden." Er hob seine Augen zur Decke. „Ist Charlie da oben?"

„Nein, ich denke, er ist bei Alice." Alice lebte in einem kleinen Haus, das viel gemütlicher als Charlies ziemlich baufällige Wohnung über dem Laden war. Er schien inzwischen viel Zeit dort zu verbringen.

Ian sagte: „Gut. Hast du die Schlüssel für oben?"

Die hatte ich. Ich hatte zwar noch nicht bei Charlie nachgefragt, bezweifelte aber, dass es ihm etwas ausmachen würde, wenn seine Wohnung als Vernehmungszimmer verwendet wurde, um potentielle Mörder zu fassen. Oder doch? „Lass mich kurz hochgehen und nachschauen, ob alles ordentlich ist." Ich würde auch kurz Charlie anrufen und sichergehen, dass er mit diesem Plan einverstanden war.

Charlies Wohnung war wie Charlie: Unordentlich, voller Bücher und recht nett. Zumindest war der Abwasch gemacht und es lag nicht überall Kleidung herum. Er ging sofort ans Telefon. „Lucy. Bist du problemlos reingekommen?"

„Ja, bin ich. Danke. Sieh mal, Charlie, der Grund, warum ich deinen Laden brauche, ist, dass eine der Teilnehmerinnen des Workshops, der im Fernsehen übertragen wird, gestern Abend in meinem Geschäft ermordet wurde." Es war eine Erleichterung, ihm die Wahrheit sagen zu können.

„Gütiger Himmel. War es Enid Selfe?"

Meine Kinnlade klappte buchstäblich herunter. „Woher weißt du das?" Ich wollte Charlie Wright nicht auch auf die Liste der Verdächtigen setzen.

„Weil sie durchweg unangenehm, egozentrisch und nervtötend war. Ich bin ein friedlicher Mensch, und trotzdem hätte ich sie gern selbst abgemurkst." Ich dachte an Ian unten und beschloss, Charlie nicht weiter zu einem Gespräch dieser Art zu ermutigen. Eilig sagte ich ihm, dass Ian seine Wohnung und sein Geschäft nutzen wolle, um Vernehmungen durchzuführen. Er sagte, es sei in Ordnung und ich solle mich nur vergewissern, dass alles gut abgeschlossen sei, wenn sie wieder gingen. „Immerhin ist jemand von denen ein Mörder, da könnte er oder sie auch ein Dieb sein."

KAPITEL 9

*W*ir mussten nicht lange warten, bis die Ersten eintrafen. Annabel und Ryan kamen plaudernd und lachend zusammen herein. Sie sahen aus, als wären sie sich in der kurzen Zeit seit ihrem Kennenlernen ziemlich nah gekommen.

Offenbar bemerkten sie die düstere Stimmung, denn als sie ins Hinterzimmer traten, wo Molly ihn bat, sich zu setzen, fragte Ryan: „Was ist hier los? Warum all diese langen Gesichter?"

Sie schauten zu Ian und dachten wohl, er habe etwas mit der Produktionsfirma zu tun, deshalb schenkten sie ihm keine große Aufmerksamkeit. Molly sagte: „Warten wir doch, bis alle hier sind!"

Sie wechselten einen Blick, dann nahmen sie beide Platz, holten ihre Spitzenarbeit heraus und begannen zu stricken. Natürlich hatte ich nicht einmal daran gedacht, meine mitzubringen. Die Inhaberin des Strickladens war diejenige, die ihr Strickzeug vergaß. Nicht zu fassen! Aber, um fair zu sein, war ich auch diejenige, die von dem Mord wusste. Ehrlich gesagt würde es eine Weile dauern, bis ich Stricknadeln als etwas anderes als eine Mordwaffe betrachten würde.

Als Nächstes traf Vinod ein, und etwa fünf Minuten später spazierten Helen und Gunnar gemeinsam in den Raum.

Teddy kam herein, und zu meiner Überraschung war Douglas bei ihm.

Als alle um den Tisch herum versammelt waren, sahen sie Molly fragend an, und alles, was sie sagte, war: „Das ist Detective Inspector Ian Chisholm von der Kriminalpolizei Oxford. Er will mit uns allen sprechen."

Gunnar schaute abrupt auf. „Polizei? Was will denn die Polizei hier?"

Helen schaute mit verwirrtem Gesichtsausdruck in die Tischrunde. „Sollten wir nicht auf Enid warten?"

„Mit ein bisschen Glück kommt sie nicht", murmelte Ryan.

Ich vermutete, dass er diese Worte schon sehr bald bereuen würde.

Da ergriff Ian das Wort. „Es tut mir leid, Ihnen mitteilen zu müssen, dass Enid Selfe heute Morgen tot aufgefunden wurde."

„Verdammt", sagte Ryan.

„Aber warum ist die Polizei hier?", fragte Annabel und schaute sich um, als ein uniformierter Beamter hereinkam.

Ian antwortete: „Weil sie ermordet wurde."

Ryan wurde blass. „Sehen Sie, was ich vor einer Minute gesagt habe, meinte ich natürlich nicht so ..."

„Wie?", fragte Vinod. „Wie ist es passiert?"

Ich glaubte nicht, dass er darauf antworten würde, aber er

schaute langsam in die Runde und sagte: „Wie es scheint, wurde sie erstochen. Mit Stahlstricknadeln."

Es trat entsetzte Stille ein. Dann sagte Helen holprig: „Stricken sollte doch entspannend sein. Beruhigend. Normalerweise ist es keine mörderische Beschäftigung."

Ian fuhr fort: „Wir würden Sie gern alle einzeln vernehmen."

Nun ergriff Gunnar das Wort. „Aber wir kannten die Frau kaum." Der Stress schien seinen norwegischen Akzent verstärkt zu haben. „Ich habe sie erst vorgestern kennengelernt. Ich habe kaum mit ihr geredet."

„Trotzdem, Sir. Wir müssen Ihnen ein paar Fragen stellen."

Er schaute Molly an. „Muss ich? Davon stand nichts im Vertrag, den ich mit Ihrer Produktionsfirma unterschrieben habe."

Seine Vehemenz schien Molly zu überraschen. Wahrscheinlich wie uns alle. Sie sagte: „Ich kann unseren Firmenanwalt anrufen, wenn Sie möchten."

Vielleicht fiel Gunnar auf, dass er sich verdächtig machte, wenn er nicht von der Polizei vernommen werden wollte und einen Anwalt forderte, also schüttelte er seinen Kopf. „Nein. Ist schon in Ordnung. Ich habe nichts zu verbergen."

„Was ist mit dem Filmteam?", fragte Ryan. „Warum ist das nicht hier, um vernommen zu werden?"

„Wir werden mit allen Mitarbeitern sprechen, sobald wir hier fertig sind", sagte Ian. „Dann fangen wir mal gleich an!" Er schaute sich am Tisch um, als würde er sorgfältig sein erstes Opfer auswählen. Alle senkten ihre Blicke auf den Tisch, als könnten sie so verhindern, dass sie zuerst ausgewählt wurden. Ich hätte vielleicht das Gleiche getan, nur wusste ich schon, dass sie mich nicht aussuchen würden, weil ich ja bereits vernommen worden war. Am Tatort, worauf ich gern verzichtet hätte.

Ian hatte eine auf den neusten Stand gebrachte Liste von Molly erhalten. Nun schaute er darauf hinunter. „Teddy Lamont? Fangen wir mit Ihnen an!"

„Mit mir?", kreischte Teddy. „Kann Douglas mich begleiten?"

„Nein. Aber er kann gleichzeitig vernommen werden. Douglas, Sie werden von meinem Kollegen, Inspector Lee vernommen."

Ian ging voran, gefolgt von Teddy, dann Inspector Lee und schließlich Douglas. Als Douglas an meinem Stuhl vorbeikam, beugte er sich vor und flüsterte in mein Ohr: „Sie wissen, dass das, was ich vorhin am Telefon gesagt habe, nur ein Scherz war, stimmt's?"

„Ja", flüsterte ich zurück. Ich hatte nicht erzählt, was er gesagt hatte, und hatte auch nicht die Absicht, es zu tun. Wir wechselten einen Blick, und er schien zu verstehen, dass ich nicht zu Ian rennen würde, um zu petzen, was er gesagt hatte.

Als sie weg waren, trat eine schreckliche Stille unter uns anderen ein. Ich stand auf und suchte nach etwas, das ich tun konnte. „Möchte jemand Tee haben?"

„Ich hätte gern einen Martini", sagte Annabel. Ich verstand, wie sie sich fühlte.

Molly sagte: „Becks, geh doch bitte raus und besorge Kaffee und Gebäck oder so etwas. Es ist schon schlimm genug, dass wir hier so schaurig herumsitzen müssen. Zumindest könnten wir etwas essen."

Becks schien nur zu gerne zu gehen, doch nach wenigen Augenblicken kam sie niedergeschlagen zurück. „Am Hinterausgang steht ein Polizist. Er sagt, ohne die Erlaubnis von DI Chisholm geht hier niemand."

„Aber das ist doch lächerlich ..."

„Die machen nur ihren Job", sagte ich. „Ich kann das Elderflower Café neben meinem Laden anrufen. Die werden uns sicher liefern, was wir wollen."

Molly nickte und sah immer noch verärgert aus. „So etwas ist mir noch nie passiert. Mir wurde ein Job angeboten, bei der *Antiques Roadshow*, wissen Sie? Hätte ich den bloß angenommen! Bei der *Antiques Roadshow* wird nie jemand ermordet."

Helen sagte: „Ich hätte nicht gedacht, dass Stricken eine besonders mörderische Beschäftigung ist." Sie schien ganz besessen von diesem Gedanken.

Mit Mühe verkniff ich mir ein verbittertes Lachen. Sie hatte ja keine Ahnung.

Während Becks die Essensbestellungen einsammelte, setzten sich alle Stricker wieder an ihre Strickarbeit. Allerdings wirkte alles etwas halbherzig. Schließlich warf Ryan sein Strickzeug hin. „Ich kann es nicht glauben, dass ich tatsächlich gesagt habe, ich wünschte, dass sie heute nicht auftaucht." Er schaute auf. „Das wird man doch nicht gegen mich verwenden, oder?"

„Natürlich nicht", sagte Annabel besänftigend.

„Aber was werden sie uns fragen? Was wollen sie bloß wissen? Keiner von uns kannte sie." Er schaute sich um. „Stimmt doch, oder?"

„Natürlich stimmt das", sagte Gunnar. „Ich komme aus Norwegen. Ich lebe in London. Weit entfernt von diesem Toad-in-the-Hole oder wie auch immer das Kaff heißt, in dem sie wohnte."

Ich verkniff mir ein Lächeln. Ich konnte gut nachvollziehen, wie kompliziert er englische Ortsnamen fand. „Ich glaube, es hieß Stow-on-the-Wold."

Er schüttelte den Kopf. „Unverständliche englische Namensgebung."

Helen schaute ihn an. „Das kommt wohl ziemlich auf die Sprache an, oder? Nicht für jeden ist Preikestolen einfach zu sagen."

Er sah sie verständnislos an. Die Antwort kam von Annabel. „Oh, ja! Die Felskanzel. Da war ich mal wandern. Wunderschöne Landschaft."

Gunnar senkte seinen Blick wieder auf sein Strickzeug. „Ich bin kein Wanderer."

Es trat ein Moment der Stille ein. So wie es schien, kannte er den Namen eines berühmten Wanderziels in seinem eigenen, ziemlich kleinen Land nicht. Helen sah aus, als würde sie noch etwas sagen wollen, schüttelte dann aber leicht ihren Kopf und kehrte zu ihrer Strickarbeit zurück. Wie so oft wirkte plötzlich jeder verdächtig, wenn Mord im Raum stand.

Die Essensbestellung gab uns etwas zu tun. Da ich die Schwestern Watt, die das Elderflower leiteten, kannte, bot ich an, sie wegen unserer Bestellung anzurufen. Ich fragte sie, ob sie jemanden hätten, der sie uns bringen könne, und wusste, dass ich um einen großen Gefallen bat. Mary Watt sagte: „Wir haben heute Morgen einen Krankenwagen und ein Polizeiauto vor dem Cardinal Woolsey's gesehen. Ist alles in Ordnung?"

Florence und Mary Watt waren bezaubernde Frauen, die gute Freundinnen von Granny gewesen waren und mich wie ihre Lieblingsnichte behandelten. „Mir geht es gut", versicherte ich ihr. „Später erkläre ich alles."

Becks zückte ihr Handy, ihr Tablet, ihren Notizblock und Papier. Sie blickte zu Molly auf. „Willst du, dass ich die Zahlen durchgehe, um auszurechnen, wie viel es kostet, wenn wir diese Sendung streichen müssen? Und sollte ich eine Mitteilung an die Leute von Larch Wools verfassen?"

Molly schüttelte ziemlich heftig den Kopf. „Tu erst mal nichts. Ich tätige ein paar Anrufe und sehe, was ich tun kann." Sie seufzte. „Sehe, was ich tun kann."

Eine Sorgenfalte zog sich über ihre Stirn, als sie ihr Telefon nahm, und in den Lagerraum in Richtung Hintereingang lief. Zweifellos würde ein Polizist ihren Telefongesprächen lauschen können, aber wir nicht.

Die Strickerinnen und Stricker arbeiteten alle weiter, das rhythmische Klick Klack der Nadeln hätte beruhigend sein sollen, aber in diesem Moment passten Stricknadeln und Beruhigung in meinem Gehirn nicht besonders gut zusammen.

Jemand, der einen Menschen auf diese Weise ermordete, bräuchte körperliche Stärke und wahrscheinlich medizinische Kenntnisse, um durch die Rippen hindurch ins Herz zu stechen. Ich beobachtete jeden Einzelnen der Stricker, die diese Nadeln mit so großer Kompetenz schwangen.

Gunnars große Hände waren überraschend geschickt im Umgang mit Nadeln und Wolle. Er hätte die nötige Stärke definitiv. Vinod war Radiologe. Er war zwar nicht so kräftig wie Gunnar, aber den menschlichen Körper musste er ziemlich genau kennen. Ryan war wahrscheinlich stark genug. Ich bezweifelte, dass es Annabel gewesen war, und Gleiches galt für Becks, Molly und Teddy. Aber Douglas, der war groß, stark und hatte Teddy gegenüber einen ausgeprägten Beschützerinstinkt.

Ich bemerkte, dass vier der Stricker ziemlich flott vorankamen, während Helens Strickarbeit abgehackt und unregelmäßig wirkte. Als ich genauer hinsah, konnte ich erkennen, dass ihre Hände übel zitterten. Sie war Sachkundelehrerin. Ich wette, sie kannte sich mit Brustkörben aus.

Es war eine willkommene Unterbrechung meiner düsteren Gedanken, als der Polizeibeamte eine dunkelgrüne Plastikkiste hereinbrachte. Darin befanden sich eine große Thermoskanne mit Kaffee und in Plastikfolie eingewickelte Platten mit verschiedenen Backwaren, Kuchen und belegten Broten.

Nach meinem Frühstück war ich nicht hungrig, aber wir alle nahmen uns Kaffee und Essen. Ich nahm ein Stück Zitronenkuchen zum Trost. Etwa zehn Minuten später kehrte Teddy gefolgt von Ian Chisholm zurück. Wir schauten alle auf, aber Teddy sah nicht besonders aufgelöst aus.

Bevor Ian eine weitere Person für die Vernehmung auswählen konnte, meldete sich Helen zu Wort. „Meinen Sie, ich könnte als Nächste drankommen?", fragte sie mit abgehackter Stimme. „Ich habe ein Nervenleiden, wissen Sie? Stress tut mir nicht gut. Wenn Sie mich jetzt vernehmen können, könnte ich dann vielleicht nach Hause gehen. Ich habe meine Tabletten nicht mitgebracht. So dumm von mir."

„Ja, natürlich", sagte Ian. „Soll ich einen Arzt holen?" Mir fiel auf, dass er ihr nicht angeboten hatte, nach Hause zu gehen, ohne vernommen zu werden.

Sie schüttelte den Kopf. „Nein, es wird schon gehen."

„Sehr gut." Sie stand auf und sagte in die Tischrunde, dass es ihr leidtue, obwohl ich nicht den Eindruck hatte, dass es irgendjemandem besonders viel ausmachte, nicht als Nächstes dran zu sein. Kaum war sie aus dem Zimmer, fragte

Ryan Teddy, wie es gelaufen sei. Der Strick-Guru zuckte die Achseln. „Es war schon irgendwie aufregend. Er hat mich gefragt, ob ich irgendeinen Grund hätte, um Enid Selfe den Tod zu wünschen." Er warf in einer dramatischen Geste die Arme in die Luft. „Was hätte ich sagen sollen? Meine Mutter hat mir immer eingebläut, ich solle niemals die Polizei belügen. Natürlich sagte ich ihm, dass das die besten Neuigkeiten sind, die ich gehört habe, seit Culottes aus der Mode sind. Ich bin überrascht, dass er mich da nicht gleich verhaftet hat."

Irgendwie brachte uns das einen Sinn für Humor und ein gewisses Gleichgewicht zurück. Und das war eine willkommene Erleichterung. Ryan beugte sich vor. „Was hat er Sie noch gefragt? Was wollen sie wissen?"

Teddy riss die Augen weit auf. „Ich denke, sie wollen wissen, ob Sie die Frau ermordet haben oder nicht. Und wenn Sie es getan haben, einer von Ihnen, dann erzählen Sie es dem Mann zum Donnerwetter nochmal – so können wir die Sache endlich beenden. Ich muss vor Fernsehkameras einen Workshop halten. Und Sie wissen, wie es so schön heißt: The show must go on." Er schaute auf die silberne Thermoskanne. „Ist das Kaffee?"

Ich war am nächsten dran, also goss ich ihm eine Tasse ein.

Da kam Douglas zurück, also schenkte ich auch ihm Kaffee ein. „Danke. Den brauche ich", sagte er und nahm sich ein Stück Bakewell Tart.

Der Beamte forderte Vinod auf, als Nächster zu gehen.

Als er weg war, sagte Molly: „Ich bin so froh, dass Sie bereit sind, mit der Sendung weiterzumachen." Sie hörte sich vor Erleichterung ganz benommen an.

Mit einem großen Bissen Kuchen im Mund sagte Douglas: „Teddy hält seine Verpflichtungen immer ein."

„Wie können Sie an Ihre Fernsehsendung denken, wenn eine Frau umgekommen ist?", fragte Annabel.

Teddy griff nach einem Shortbread Cookie. „Natürlich würde ich liebend gern einen Mord aufklären. Wer würde das nicht? Aber das ist die Aufgabe des feschen Inspektors. Meine ist es, das Stricken zu lehren. Wir haben einen Zeitplan, und den würde ich gern einhalten. Enid Selfe hat uns schon genug Probleme beschert. Ich will nicht, dass sie auch noch den Rest dieses Projekts aus der Bahn wirft."

Er hörte sich extrem egoistisch und kaltblütig an, aber ich konnte es ihm nicht verübeln. Douglas nickte zustimmend.

Molly kam um den Tisch herum, an dem er saß. „Teddy. Es tut mir so, so leid."

„Nun, ich würde niemandem den Tod wünschen, aber Sie müssen zugeben, dass es uns allen einen riesigen Gefallen tut, nicht noch einen Tag lang mit dieser Frau drehen zu müssen."

Molly schien entzückt über seine Worte. „Sie sind wirklich bereit weiterzumachen?"

„Natürlich bin ich das. Ich bin ein Profi. Außerdem habe ich gerade ein Buch herausgebracht, und das hier ist Teil der Werbekampagne. Das ist sowohl für Larch Wools als auch für Lamont Enterprises eine ausgezeichnete Gelegenheit, um den Marktanteil zu erhöhen. Ich verstehe nicht, warum sich daran etwas ändern sollte, und zwar nur wegen eines Verbrechens, das ganz sicher nicht ich begangen habe."

Sie stieß einen lauten Seufzer aus. „Das sind fantastische Neuigkeiten. Ich weiß, dass wir um Enid herumschneiden können, ohne zu viel wegschneiden zu müssen. Aber in unserer Werbung ist immer von sechs Strickern die Rede. Wir brauchen noch jemanden."

Sie sah zu mir. „Lucy, meinen Sie, Sie könnten unter Ihren Kunden einen ausfindig machen? Jemand, der diskret ist und Enids Platz einnehmen könnte? Wenn es jemand ist, der ihr ein bisschen ähnlich sieht, ist es einfacher für die Kollegen vom Schnitt."

Jemand, dem es nichts ausmacht, eine Tote zu ersetzen? Bevor ich etwas sagen konnte, wischte Teddy sich über den Mund und verkündete: „Ich habe die perfekte Person. Sie wollen doch wieder eine Frau in einem gewissen Alter, oder? Und ich will jemanden, der mich nicht mit Müll vollquatscht. Wie wäre es denn mit der wundervollen Dame, der ich die Rohfassung meines Buches gegeben habe, Lucy? Wie hieß sie doch gleich?"

„Margot Dodeson?"

„Ja. Diese liebe Frau. Sie schien dankbar und glücklich, etwas von mir zu lernen. Ich denke, sie wohnt hier in der Gegend – nun, mit Sicherheit, schließlich ist sie auch zur Signierstunde gekommen. Was halten Sie davon?"

Molly kniff konzentriert die Augen zusammen. „Sie meinen diese mausgraue Frau, die sich vor ihrem eigenen Schatten fürchtete, Sie aber durchweg voller Verehrung anschaute?"

Er lachte leise. „Ja. Genau die."

Mir fiel niemand ein, der besser geeignet war als Margot Dodeson, und das sagte ich auch. „Da haben Sie vollkommen recht. Die Farbe ihrer Haut und ihrer Haare erinnert an die von Enid, sie ist im gleichen Alter und sie stammt aus der Gegend. Das einzige Problem wird sein, sie zu überzeugen. Sie ist sehr schüchtern, wie Sie vielleicht bemerkt haben."

Teddy seufzte. „Glauben Sie mir, nach der Tortur von gestern ist schüchtern gut. Schüchtern ist sehr gut."

Ich schaute mich am Tisch um und dann zu Molly. „Aber sind Sie denn ganz sicher, dass Sie weitermachen?"

„Absolut." Dann richtete sie ein äußerst selbstbewusstes Produzentinnenlächeln an die versammelten Stricker. „Sobald wir das hier erledigt haben, nehmen wir die Dreharbeiten wieder auf. Ich vermute, wir werden nicht eine Minute mehr Zeit brauchen, als in den Verträgen vorgesehen, denen Sie alle zugestimmt haben." Sehr geschickt, wie sie so elegant einwarf, dass sie alle Verträge unterschrieben hatten!

Man hörte nervöses Gescharre, und Ryan sah aus, als wollte er etwas sagen, aber es war Annabel, die das Wort ergriff. „Solange ich mir nicht länger von der Arbeit freinehmen muss, bin ich dabei." Sobald sie gesprochen hatte, schienen sich alle einig zu sein. Ich vermutete, sie waren alle darauf bedacht, nichts zu tun, das sie verdächtig aussehen ließ.

„Großartig. Großartig", sagte Molly. „Und am nächsten Wochenende bringen wir alles in trockene Tücher. Lucy? Könnten Sie Margot anrufen?"

„Und soll ich ihr sagen, warum ich sie bitte, Enid Selfe zu ersetzen?" Mir gefiel diese Unterhaltung nicht.

„Nein. Nein. Das würde die Polizei nicht wollen. Sagen Sie nur, dass einer der Stricker plötzlich aussteigen musste. Sagen Sie ihr, dass Teddy um sie persönlich gebeten hat."

Er lächelte mich an. „Das stimmt. Ich habe tatsächlich um sie persönlich gebeten. Falls Sie Probleme haben, sie zu überzeugen, lassen Sie sie mit mir telefonieren."

Der zusätzliche Einfluss war jedoch gar nicht nötig. Margot Dodeson schien begeistert über das Angebot, und abgesehen davon, dass sie sagte, es tue ihr leid, dass jemand abgesprungen war, stellte sie keine schwierigen Fragen.

Genauso wie ich, hatte Teddy Lamont nicht daran gedacht, sein Strickzeug mitzubringen. Vielleicht hatte er noch nicht mal ein Projekt am Laufen. Stattdessen war er mit seinem Handy beschäftigt. Ab und zu warf er Molly einen Brocken Informationen vor. „Ich habe eine E-Mail von der Geschäftsführerin von Larch Wools erhalten. Sie meint, wenn das hier richtig gut läuft, könnten wir vielleicht auch für mein nächstes Buch etwas Ähnliches veranstalten."

Molly starrte ihn an. „Wenn das hier richtig gut läuft?"

Er nickte. „Wir bringen das hinter uns. Und je nachdem, wie die Sendung ankommt, denke ich über eine weitere nach."

Er sprang von einem Bildschirm zum anderen und verschickte im Schnelldurchlauf Mitteilungen mit seinen Daumen, als wäre er ein Teenager mit ADS. Plötzlich ließ er das Telefon fallen, als wäre es ein Stromkabel und er stünde im Wasser. Er wurde blass. „Ach du ..."

KAPITEL 10

*W*ir ließen alles stehen und liegen. Alle Stricker hielten inne. Molly schaute von ihrem Computer auf. „Was ist los?", fragte Becks ihn schließlich.

Er nahm sein Telefon und drückte auf verschiedenen Tasten herum. „Nichts. Tut mir leid, ich habe mich verlesen. Nichts weiter. Rein gar nichts."

Aber es sah nicht gerade nach rein gar nichts aus. Er saß ein paar Minuten lang unübersehbar nervös da, dann fragte er: „Hat uns jemand gesagt, wann wir gehen können? Ich habe einiges zu tun. Ich bin ein vielbeschäftigter Mann."

Molly hatte offenbar jede Menge Erfahrung in der Beruhigung aufgebrachter Stars. Sie sagte: „Ich bin sicher, sie lassen uns alle so bald wie möglich gehen. Wenn der Ermittler zurückkommt, fragte ich ihn."

Teddy nickte. Und er sagte: „Douglas, ich muss unter vier Augen mit dir sprechen."

Er schaute zur Hintertür. „Bewachen die Bullen immer noch den Hinterausgang? Warum behandeln die uns eigentlich wie Kriminelle? Das ist doch lächerlich. Ich unterrichte Stricken. Ich gehe nicht herum und bringe Leute um."

Ich überlegte, wo man hier unter sich sein konnte, aber sowohl in der Buchhandlung als auch in Charlies Wohnung im Obergeschoss wurden Vernehmungen durchgeführt. Vom Lagerraum ging die Hintertür ab, vor der der Beamte stand. Teddy hatte recht. Wenn wir nicht wie Kriminelle behandelt wurden, dann zumindest wie Verdächtige.

Douglas schien besorgt über Teddys Aufregung. Er wandte sich Molly zu. „Gibt es in diesem gottverlassenen Buchladen irgendeinen Ort, an dem wir ein wenig Privatsphäre haben können?"

Das hier war offensichtlich eine ganz neue Situation für sie, genauso wie für uns alle. Sie sagte: „Ich rede mal mit dem Polizeibeamten am Hintereingang. Ich bin sicher, er wird es Ihnen erlauben, sich so weit zu entfernen, dass man Sie nicht hören kann. Das ist wahrscheinlich alles, was ich für die Privatsphäre tun kann."

Er sah zwar nicht gerade glücklich aus, stimmte aber zu. Die drei gingen hinaus. Noch nie hatte ich Teddy so ernst gesehen. Dieser lebhafte Mann voller Energie schien gedämpft, und als er den Raum verließ, sah es aus, als steckte er in Betonschuhen.

Als sie weg waren, schauten wir anderen einander an.

„Was war das denn?", fragte Ryan Annabel.

Sie schüttelte den Kopf. „Ich weiß es nicht, aber Teddy Lamont sah verängstigt aus."

Molly kam zurück und setzte sich wieder, allerdings schaute sie immer wieder nach hinten, als würde sie auf Teddys Rückkehr hoffen.

Douglas und Teddy blieben nicht lange weg. Als sie

zurückkamen, sah Teddy nicht erleichtert aus. Eher wirkte er noch besorgter. Douglas hatte einen fest entschlossenen Ausdruck im Gesicht.

„Wir hätten niemals zustimmen sollen, diesen Spitzen-Workshop zu geben. Ich hatte eine Vorahnung. Ich hatte eine böse Vorahnung, Douglas."

Der große Mann legte seine Hand auf Teddys Schulter. „Du hast nichts falsch gemacht. Aber du musst es ihnen sagen."

„Uns was sagen?"

Ian kam herein, Helen folgte ihm. Sie erinnerte mich an jemanden, der nach einer großen Operation aus dem Krankenhaus entlassen wurde. Sie sah schwach, blass und zittrig aus. Teddy sah nicht gerade begeistert darüber aus, dass der Polizist sein Gespräch mit Douglas mitgehört hatte.

Einen Moment lang herrschte absolute Stille, dann sagte Douglas: „Komm schon! Alles wird gut."

„Du hast gut reden. Der Mörder hat ja auch nicht dein Telefon benutzt."

Das weckte unsere volle Aufmerksamkeit. Vinod und sein Ermittler kamen hinter Helen herein, und Vinod sagte: „Wie bitte?"

Ian fragte: „Habe ich das richtig gehört?"

Teddy genoss es natürlich, im Mittelpunkt der Aufmerksamkeit zu stehen, aber in diesem Moment, dachte ich, wäre er vielleicht ohne Publikum glücklicher gewesen. Sein Ton war kurz angebunden. „Ja, haben Sie. Das würde ich mir nicht ausdenken. Der Mörder hat mein Telefon benutzt."

Er schaute wieder auf seine Mitteilungen, und ich konnte sehen, dass seine Hände zitterten. Er las laut vor. „Hier ist Teddy. Treffen wir uns um Mitternacht im Cardinal Woolsey's! Die Tür ist nicht abgeschlossen. Ich möchte unter vier Augen mit Ihnen reden." Er schaute auf. „Erstens hätte ich dieser Frau niemals eine Mitteilung geschrieben. Zweitens ist sie die letzte Person, der ich mitten in der Nacht gerne begegnen würde."

Er schaute Ian an, als würde er mit Ärger rechnen. „Und wer stellt sich schon vor? Hier ist Teddy?" Er schüttelte den Kopf. „Ich habe diese Mitteilung nicht geschickt."

Ian nickte, sagte aber nur: „Wir müssen das in der Beweisaufnahme festhalten, Sir." Für uns alle war es ziemlich offensichtlich, dass keinerlei Spuren mehr zu finden sein würden. Wenn Fingerabdrücke auf dem Telefon gewesen waren, hatte Teddy diese schon lange mit seinen ruhelosen Fingern entfernt. Er händigte widerwillig sein Handy aus. „Okay, aber das ist mein Ein und Alles. Ich brauche es so schnell wie möglich zurück."

„Wir tun, was wir können, Sir." Dann rückte Ian ganz überraschend einen Stuhl heran und setzte sich mit uns anderen an den Tisch. Ryan und Annabel, die darauf gewartet hatten, abgeführt zu werden, schauten sich an. An Teddy gewandt fragte er: „Haben Sie Ihr Telefon gestern irgendwo liegen lassen? Haben Sie es jemandem geliehen?"

„Nein, ich habe mein Telefon niemandem geliehen. Ich habe Ihnen doch gesagt: Es ist mein Ein und Alles. Es folgt mir überallhin."

„Haben Sie es einmal aus den Augen verloren?"

Hier war Teddy sich weniger sicher. Helen sagte: „Uns allen wurde gesagt, wir könnten unsere persönlichen Gegenstände nicht offen herumliegen lassen, und Molly hat unterstrichen, dass wir unsere Telefone ausschalten müssten."

Teddy nickte. „Ganz genau. Mir hat sie auch die Leviten gelesen."

Helen fuhr fort: „Ich erinnere mich daran, dass ich das Telefon in Ihrer Jackentasche gesehen habe." Das stimmte. Teddy hatte eine hafermehlfarbene Leinenjacke getragen, als er gekommen war. Er hatte sie ausgezogen und den Pullover um seinen Nacken gebunden, als würde er sich ein Kostüm anziehen.

Die Produzentin hatte uns unsere Jacken und Taschen im Hinterzimmer ablegen lassen, wo die überschüssigen Möbel standen. All das erklärte Molly Ian, der fragte: „Also hätte jeder, der gestern im Laden war, ins Hinterzimmer gehen und Teddys Handy benutzen können?"

Teddy zuckte die Achseln. „Ich schätze schon."

Vinod starrte ihn an. „Ist Ihr Telefon nicht durch ein Passwort geschützt?"

Douglas schüttelte den Kopf und sah entrüstet aus. „Wie oft habe ich dir gesagt, du sollst ein Passwort wählen, das weniger naheliegend ist?"

Teddy wurde sofort so trotzig wie ein Kleinkind, nachdem es ausgeschimpft wurde. „Es ist gar nicht so einfach, darauf zu kommen. Nur für dich, weil du es schon kennst."

Douglas schaute zu uns in die Runde und breitete seine Arme aus. „Wer will raten?"

Teddy war ein netter Kerl, aber ganz schön eingebildet. Und er würde etwas wählen, was er sich leicht merken konnte. Ich sagte: „TEDD?" Meine zweite Vermutung wäre TEDL gewesen.

Teddy sah entsetzt aus. „Lucy, waren Sie es?"

„Natürlich war ich es nicht." Und nun wünschte ich mir,

ich hätte sein Passwort nicht ganz so schnell erraten. Ich schaute mich am Tisch um. „Wer hat noch auf TEDD getippt?"

Helen meldete sich. Vinod meldete sich.

Gunnar schüttelte den Kopf. „Ich bin nicht darauf gekommen."

Annabel sagte: „Meine erste Idee war SPITZE, aber wenn das nicht richtig gewesen wäre, hätte ich es mit TEDD versucht."

Ryan sagte: „Ich dachte mir, dass es TEDD ist."

„Okay." Teddy warf die Hände in die Luft. „Okay. Sobald ich das Telefon zurückhabe, ändere ich das Passwort." Und dann kehrte der Schmollmund in sein Gesicht zurück. „Und Douglas, du musst dich an meiner Stelle daran erinnern."

Zweifellos würde das nächste Passwort DOUG oder so ähnlich lauten.

Ian sah aus wie ein Ermittler, der ermittelt hatte, dass seine Hauptverdächtigen nichts als Hohlköpfe waren. Er blickte auf das Telefon hinab, als könnte es mit ihm reden. Die Hülle war ein Entwurf von Teddy Lamont. Es wäre ein Leichtes, zu entdecken, welches Smartphone ihm gehörte. „Okay. Wir wissen, dass der Mörder eine Nachricht von Teddys Telefon geschickt hat. Das ist ein Fortschritt." Er schaute in die Runde. „Das bedeutet, es hätte jeder von Ihnen sein können, und Molly, ich brauche eine Liste aller Personen aus dem Team, die an dem Tag vorbeigekommen sind. Nicht nur von denen, die dort gearbeitet haben. Hat irgendjemand zusätzliche Ausrüstung, Wasserflaschen oder irgendetwas anderes vorbeigebracht?"

Sie nickte. „Becks und ich kümmern uns gleich darum."

Er wandte sich mir zu. „Ist gestern abgesehen von den

Darstellern und Mitarbeitern jemand in deinen Laden gekommen?"

Ich schüttelte den Kopf. „Ich glaube nicht."

Sogar die Vampire waren ferngeblieben.

Die Vorstellung, mit einem Mörder am Tisch zu sitzen, war gar nicht lustig. Kein Zweifel, dass jeder andere, der nicht der Killer war, den gleichen Gedanken hegte.

„Moment", sagte Ryan. „Sie haben das Telefon genommen, als Sie rausgegangen sind, um einen Kaffee zu trinken, oder?" Sofort erinnerte ich mich daran, wie sauer Teddy auf Enid gewesen war, und wie er patzig erklärt hatte, er brauche eine Kaffeepause.

„Ja", sagte Teddy.

„Wohin sind Sie gegangen?", fragte Ian. „Und um welche Uhrzeit war das?"

„Das habe ich Ihnen doch gesagt, als Sie mich vernommen haben. Ich habe den Unterricht gegen elf verlassen. Etwa eine halbe Stunde später war ich zurück."

Ian schaute sich um. „Stimmt das?" Bevor Teddy protestieren konnte, sagte er besänftigend: „Man kann sich leicht mal in der Zeit irren."

Wir alle schauten einander an. Molly sagte: „Das hört sich richtig an. Ich kann bei den Technikern nachfragen, um Gewissheit zu haben."

Ian nickte. „Und als Sie den Unterricht verlassen haben, haben Sie Ihr Handy mitgenommen."

„Na klar."

„Okay. Annabel und Ryan, wir vernehmen jetzt Sie. Die anderen dürfen gehen."

Es war so ein Schock, die Erlaubnis zum Gehen zu haben,

dass wir alle eine Minute lang dasaßen, als würden wir darauf warten, dass er es sich anders überlegte.

Das tat er aber nicht, also gingen alle außer mir. Ich musste dableiben, um abzuschließen. Das machte mir nicht viel aus, da mich die Vorstellung, an den Tatort zurückzukehren, der zufälligerweise auch mein Geschäft und mein Zuhause war, nicht gerade begeisterte.

Da ich ja ganz allein war und nicht einmal mein Strickzeug hatte, stöberte ich durch die Bücher. Bei denen hier hinten handelte es sich meist um ältere Werke. Die guten Stücke waren vorne. Ich konnte das Gemurmel einer Unterhaltung hören. Es waren zwei Männerstimmen, also musste Ian gerade mit Ryan sprechen. Annabel war wohl oben.

Ich fand ein Buch über Großbritannien unter römischer Herrschaft und fing an es zu lesen, während ich wartete.

Die Römer bauten gerade den Fosse Way, eine Straße, die einen großen Teil Englands schnurstracks durchquerte, als Ian und Ryan ins Hinterzimmer traten. Als ihm gesagt wurde, dass er gehen könne, sagte Ryan: „Sagen Sie Annabel, dass wir uns nachher im Hotel sehen."

Als er weg war, schien Ian zu zögern, dann sagte er: „Lucy, der Angriff auf Enid Selfe war brutal. Du hast die Leiche gesehen. Und wer auch immer sie getötet hat, es ist ihm oder ihr gelungen, in deinen Laden zu gelangen."

Er sagte mir nichts, was ich nicht schon wüsste, und trotzdem erschauderte ich.

„Ich denke nicht, dass es für dich ratsam ist, allein dort zu bleiben. Zumindest solange wir denjenigen, der das getan hat, nicht in Gewahrsam genommen haben."

Natürlich wusste er nicht, dass die Vampire wachsam sein würden, wenn sie glaubten, ich stecke in Schwierigkeiten. Ich kannte sie. Sie würden über mich wachen und für meine Sicherheit sorgen. „Meinst du wirklich, dass ich in Gefahr bin?"

„Solange wir nicht wissen, wer das hier getan hat und warum, kann man das unmöglich sagen. Der Übergriff hat in deinem Laden stattgefunden. Stricknadeln wurden benutzt. Es hätte auch dir gelten können."

Auch daran hatte ich durchaus schon selbst gedacht, aber ich wollte mich nicht weiter damit beschäftigen.

„Ich kann eine Patrouille vorbeischicken, aber wir haben nicht die nötigen Mittel, um einen Beamten bei dir zu Hause zu stationieren."

Und das war das Letzte, was ich gewollt hätte. Unmöglich angesichts meiner untoten Nachbarn, die die ganze Nacht herumschlichen. „Nein, ist schon gut. Ich werde sicher zurechtkommen."

„Kannst du ein paar Tage lang bei irgendjemandem unterkommen?"

„Ja." Ich konnte bei Violet wohnen, obwohl ich mich dagegen sträubte, von Zuhause vertrieben zu werden.

„Gut."

Dann stießen Annabel und Inspector Lee zu uns, und ich begleitete alle nach draußen, bevor ich mich vergewisserte, dass Charlies Haus und Laden sicher abgeschlossen waren.

Ich sammelte das Kaffeegeschirr zusammen und packte es in die Kiste. Als ich in die Nachmittagssonne trat, beschloss ich, eine Spritztour in meinem neuen Wagen zu machen, shoppen zu gehen und alles Erdenkliche zu tun, um meinem eigenen Haus fernzubleiben.

Dem Tatort fernzubleiben.

KAPITEL 11

*A*ls ich im Elderflower Tea Shop ankam, ahnte ich, dass die beiden Miss Watts nach mir Ausschau gehalten hatten. Beide empfingen mich an der Tür. Sie hatten recht viel mit den Gästen zum Afternoon Tea zu tun, aber die Teestubenbesitzerinnen schenkten mir ihre volle Aufmerksamkeit. „Kommen Sie herein und setzen Sie sich, Lucy!", sagte Florence, nahm mir die Kiste aus den Händen und stellte sie in eine Ecke. Eine Aushilfe entdeckte sie und eilte sofort herbei, um die Kiste wegzutragen. Cool. Diesen Sommer hatten sie wirklich effiziente Mitarbeiter eingestellt.

„Trinken Sie doch eine Tasse Tee mit uns und erzählen Sie uns alles!"

Sie brachten mich an einen ruhigen Tisch fernab von den beliebten Fensterplätzen, sodass niemand uns hören konnte. „Wir waren so besorgt, dass Ihnen etwas zugestoßen sein könnte. Agnes würde uns das nie vergeben. Seit sie verschieden ist, fühlen wir uns so verantwortlich für Sie, Liebes."

Ich schüttelte den Kopf und mir wurde ganz warm angesichts ihrer Fürsorge. „Mir geht es gut, aber im Cardinal Woolsey's ist jemand gestorben."

Mary legte eine Hand auf ihre Brust. „Oh nein. Einige Ihrer Kunden sind ja schon recht alt."

„Aber da war so viel Polizei", fuhr Florence fort.

Die beiden mochten alt sein, aber sie waren scharfsinnig. „Es tut mir leid, sagen zu müssen, dass gestern Abend jemand in meinem Laden ermordet wurde."

„Oh nein. Und dabei haben Sie doch gerade diese Dreharbeiten am Laufen", sagte Florence.

Ich lehnte den angebotenen Kuchen und die Sandwiches ab, nahm aber ihr Angebot an, einen Tee zu trinken. Wir saßen alle drei vor einer großen Kanne, während ich ihnen das wenige, was ich wusste, erzählte. Ich vertraute diesen Frauen, also erzählte ich ihnen von der grausamen Entdeckung, die ich an diesem Morgen gemacht hatte.

„Sie müssen bei uns einziehen", sagte Florence fest.

„Ich weiß das Angebot wirklich zu schätzen, aber ich habe meine Cousine Violet schon gefragt." Das stimmte zwar nicht, aber ich dachte mir, dass ich mich wohler fühlen würde, wenn ich bei jemandem wohnte, der von meiner geheimen Gabe wusste.

„Die nette Kleine mit dem merkwürdigen Haar, die in Ihrem Laden aushilft?"

„Genau die."

„In Ordnung, Liebes, aber Sie wissen, dass Sie immer willkommen sind. Unser Gästezimmer steht schon für Sie bereit."

Erneut bedankte ich mich bei ihnen. Ich nahm sogar

noch mehr Tee, da ich ja ohnehin keine Eile hatte, in den Laden zurückzukehren. „Haben Sie vielleicht gesehen, ähm ..."

„Die Leiche ist vor über einer Stunde fortgebracht worden", sagte Florence, die meine unausgesprochene Frage richtig erahnt hatte.

„Ach, gut."

„Ich glaube, da sind immer noch Mitarbeiter von der Spurensicherung, aber zum größten Teil ist die Tätigkeit beendet", fuhr Mary fort. Ich stellte mir vor, wie sie den ganzen Tag damit beschäftigt gewesen waren, aus ihren Fenstern zu spähen, wenn sie gerade keine Gäste bedienten.

Als ich aufstand, um zu gehen, sagte Mary: „Ach, vorhin war Rafe hier. Er sagte, er wartet bei Ihnen. Sie sollen ihn anrufen."

„Danke." Ich war erleichtert, nicht allein nach Hause zu gehen. Das hatte er gewusst, vermute ich.

Ich schrieb ihm eine Nachricht, um Bescheid zu sagen, dass ich auf dem Weg war, und als ich zurück in die Gasse ging, in der sich der Eingang zur Wohnung befand, sah ich einen vertrauten schwarzen Tesla. Ich freute mich zu sehr ihn zu sehen, als dass ich ihm wegen seiner Aufpasserei Vorwürfe gemacht hätte.

Er wartete, bis wir oben waren, dann fragte er: „Wie geht es dir?"

Seine Augen musterten mein Gesicht, als würde es ihm mehr sagen als meine Worte. „Mir geht es gut. Ich vermute, dank Sylvia, Granny und deinen Beziehungen zur Polizei weißt du mehr als ich."

„Wahrscheinlich. Aber ich war nicht da. Es muss unschön gewesen sein."

Er entlockte mir ein überraschtes Lachen. „Unschön? Oh ja."

Wir setzten uns ins Wohnzimmer. Es war warm, aber nicht zu heiß, da ich die Fenster offen gelassen hatte. „Die ersten Ergebnisse des Gerichtsmediziners sind da."

„Jetzt schon?" Das kam mir ziemlich schnell vor. „So schnell können die doch keine Autopsie vorgenommen haben."

„Nein. Aber er gibt etwas, das du sehr interessant finden wirst, denke ich."

Ich kannte ihn. Wenn er interessant sagte, meinte er normalerweise, dass mir die Spucke wegbleiben würde. Also machte ich mich gefasst. „Was denn?"

„Deine Strickfreundin Enid Selfe …"

„Sie war nicht meine Freundin."

Er lächelte schwach. „Enid Selfe, dein Mordopfer …"

„Viel besser."

„Sylvia und ich haben, wie du sicher auch, spekuliert, dass die Person, die sie umgebracht hat, mächtige Kraft und Kenntnisse über die menschliche Anatomie haben musste, um durch die Rippen in ihr Herz zu stechen."

Mir schauderte, aber er hatte recht. Genau das hatte ich gedacht. Er sagte: „Das waren die richtigen Fragen. Aber wie sich herausstellte, war sie bereits tot, oder so gut wie tot, als diese Nadeln in ihre Brust gerammt wurden."

Meine Augen öffneten sich schlagartig, als ich versuchte, diese neuste Enthüllung zu verarbeiten. „Sie war schon tot?" Ich stellte sie mir in Gedanken so vor, wie ich sie an diesem Morgen gefunden hatte. „Du meinst, jemand hat sie ermordet und ihr dann Stricknadeln in die Brust gestochen?"

„Ja."

„Wie krass!"

„Hast du irgendwelche Theorien?"

„Ich?"

„Na ja, schließlich wurde sie mit alten Stricknadeln in deinem Laden umgebracht. Sieht dieser Mord nicht ganz danach aus, dass er auf dich abzielt?"

Nein. Das wollte ich nicht glauben. „Erstens waren es nicht meine Stricknadeln. Sie gehörten Granny."

„Fast die ganze Welt glaubt, deine Großmutter sei tot, was bedeutet, dass du die Zielscheibe warst."

„Willst du damit sagen, irgendjemand war nicht mit dem Kundenservice im Cardinal Woolsey's zufrieden? Und statt eine negative Online-Bewertung zu schreiben wie jeder andere auch, hatte er sich gezwungen gesehen, einen Schritt weiterzugehen?" Meine Stimme wurde schrill. Diese Theorie gefiel mir ganz und gar nicht.

„Es gibt gestörte Menschen auf dieser Welt, Lucy. Hast du irgendwelche stinkigen Kunden gehabt? Jemand, mit dem irgendetwas nicht stimmte?"

„Abgesehen von Hester, meinst du? Sie ist die stinkigste Person, die ich kenne. Mit Sicherheit war sie nicht glücklich darüber, nicht an der Fernsehsendung teilnehmen zu können." Aber Hester als stricknadelwetzende Mörderin? Ich dachte, Hester würde auf die normale Vampirart töten. Es sei denn, sie wollte den Verdacht in andere Richtungen lenken. „Habt ihr ihr das Taschengeld erhöht, wie sie es von euch verlangt hat?"

„Nein", sagte Rafe. „Meinst du, sie will sich durch dich an mir rächen?" Wir dachten beide eine Minute lang darüber nach. „Das ist kühl und berechnend. Ich hätte Hester nicht für so intelligent gehalten."

Ich hatte nur gescherzt. „Du glaubst doch nicht wirklich, dass Hester das getan hat, oder?"

„Irgendjemand oder irgendetwas hat es getan. Solange wir keine weiteren Informationen haben, müssen wir für alle Möglichkeiten offen sein."

„Also, wie wurde Enid Selfe genau getötet?" Ich hoffte, auf weniger schreckliche Weise als das, was nach dem Tod getan worden war.

„Sie hat einen Schlag auf den Hinterkopf bekommen. Der hat sie getötet. Wahrscheinlich hat sie nie erfahren, was passiert ist."

Es tat gut, das zu hören. „Irgendeine Ahnung von der Mordwaffe?"

„Nein. Dafür müssen wir auf den vollständigen Bericht warten. Es könnte ein Stein, ein Kerzenständer, eine Stahlstange gewesen sein, irgendetwas, mit dem man großen Schaden anrichten kann und das man mit sich herumtragen kann, ohne Verdacht zu erregen."

„Einen Stein oder einen Schürhaken durch die Harrington Street zu tragen, würde komisch aussehen."

„Stimmt. Aber wir dürfen nicht vergessen, dass das Ganze spät am Abend passiert ist. Da ist es hier ruhig." Er hielt inne. „Für Sterbliche."

Ich hatte vergessen, ihm von Teddys Textmitteilung zu erzählen, also tat ich es jetzt.

„Also hat der Killer Enid Selfe um Mitternacht hier in den Laden gelockt. Wahrscheinlich wurde sie auf der Stelle umgebracht."

„Aber Rafe, Mitternacht ist gar nicht so spät. Manchmal bin ich da selbst noch wach." Nyx kam durchs Fenster, sprang auf den Boden und ging direkt auf Rafe zu, um ihm auf den Schoß zu springen und mich dabei vollkommen zu ignorieren. War ja egal, dass ich diejenige war, die sie fütterte, sie mit Wasser und Katzenleckerlis versorgte und, ach ja, dass sie meine Vertraute war. „Eigentlich habe ich schon Geräusche von unten kommen hören. Nur dachte ich, es wären die Vampire, die nach oben kämen, um Strickzubehör zu holen." Es kam oft genug vor, dass ich seltsame Geräusche ausblenden musste, die mitten in der Nacht von meinem Laden zu mir drangen.

„Um wie viel Uhr genau hast du die Geräusche gehört?"

Ich schaute auf die Uhr. „Ich weiß es ehrlich nicht. Vielleicht um halb eins?"

„Ich vermute, du hast den Mord gehört."

Ich schloss die Augen vor der Gewissheit, dass ich Enid vielleicht hätte retten können, wenn ich aus dem Bett gestiegen wäre und den Geräuschen nachgegangen wäre.

Rafe kannte mich so gut. „Lucy, wenn du nach unten gegangen wärst, gäbe es jetzt vielleicht zwei Opfer anstelle von einem."

Er hatte natürlich recht, aber trotzdem fühlte ich mich kein bisschen besser, weil ich wusste, dass eine Frau in meinem Laden ermordet worden war, und zwar in so nächster Nähe, dass ich es hören konnte, und trotzdem hatte ich nichts getan, um ihren Mord zu verhindern.

„Die Tatsache, dass der Killer Mitternacht als Zeitpunkt gewählt hat, lässt darauf schließen, dass die Person dich nicht besonders gut kannte und nicht wusste, dass du über dem Laden wohnst. Das hilft, die Verdächtigen einzugrenzen."

Ich konnte nichts tun, um Enid zu helfen, aber ich würde mein Bestes tun, um ihren Mord aufzuklären. Der Blick auf Rafes Gesicht ließ darauf schließen, dass er genauso entschlossen war, mir zu helfen. Rafe konnte zwar selbstherrlich und kontrollsüchtig sein, aber er war auch jemand, der mir den Rücken stärkte. Wenn irgendjemand mir etwas Böses tat, würde er nicht ruhen, bis für Gerechtigkeit gesorgt war. Ich wusste auch, dass er so modern und vielleicht zivilisiert war, dass seine Art, die Gerechtigkeit wiederherzustellen, nichts mit einem leblosen Körper zu tun hatte, aus dem jegliches Blut gesaugt worden war. Zumindest hoffte ich das. Denn so zahm und zivilisiert er auch war, in ihm war immer noch eine Spur von Tier zu erkennen. Ich wünschte, diese Sache würde mich nicht so anziehen, aber das tat sie.

Ich dachte an die Frau, die da tot in meinem Laden gelegen hatte. „Rafe, du treibst dich schon lange auf der Welt herum. Warum bringen Menschen sich gegenseitig um?"

Er nahm meine Frage ernst, was eines der schönsten Dinge an Rafe war. Er nahm meine Fragen immer ernst. „Ich treibe mich schon lange hier herum. Vermutlich gibt es nicht viel, was ich nicht gesehen habe. Natürlich töten Menschen zu Kriegszeiten. Als ich ein junger Mann war, war es Mode, um die Ehre zu kämpfen, allerdings scheint das jetzt nicht mehr angesagt zu sein."

Offensichtlich bekam ich nicht das, was ich wollte, also hielt er inne und dachte nach. Dann begann er an den langen, weißen Fingern einer Hand abzuzählen. „Ein Mensch tötet, um diejenigen zu beschützen, die er liebt. Um ein Geheimnis zu wahren. Aus Rache. Um ein Unrecht zu beheben. Um das Opfer davon abzuhalten, etwas zu tun oder etwas zu sagen." Er sah verlegen aus und wich meinem Blick aus. „Manche töten aus Spaß oder gegen die Langweile. Und andere töten, weil es sie befriedigt."

Ich schluckte schwer. „Befriedigt?"

„Das ist eine perverse Krankheit, Befriedigung zu empfin-
den, weil man die ultimative Macht über einen anderen hat,
die Macht über Leben und Tod."

„Glaubst du, deshalb wurde Enid Selfe getötet?" Warum
klammerte ich mich genau an dieses Motiv? Vielleicht, weil
es sich so willkürlich anhörte, als hätte sich ein versessener
Wahnsinniger ihrer bemächtigt, sodass ihr Tod nichts mit
dem Cardinal Woolsey's oder dem im Fernsehen übertragenen Strickseminar zu tun hatte. Doch kaum hatte ich die
Frage ausgesprochen, schüttelte Rafe schon den Kopf.

„Ich vermute, das jüngste Mordopfer wurde aus einem
der klassischen Gründe umgebracht."

„Ist tierisch auf die Nerven gehend einer der klassischen?
Ich gebe zu, dass ich selbst versucht war, gewalttätig zu
werden."

„Versucht sein und es tatsächlich tun, dazwischen liegen
Welten, Lucy. Ganz gleich, wer dieser Frau das Leben
genommen hat, er oder sie war mehr als verärgert. Das Maß
an Gewalt bei dieser Tat weist auf angestaute Wut hin, die
vielleicht jahrelang schwelte."

„Jahrelang?" Das war fast so gut wie die Theorie des will-
kürlichen Mordes durch einen versessenen Wahnsinnigen.
„Du meinst, wer auch immer sie getötet hat, hatte so oder so
nichts mit der Fernsehsendung oder meinem Laden zu tun?"

„Möglich wäre es."

„Bisher habe ich das Stricken nie als eine boshafte
Beschäftigung angesehen."

„Ist es ja auch nicht", sagte Rafe und hob Nyx von seinem
Schoß. Er stand auf und begann, auf und ab zu gehen. „Nein,
ich glaube nicht, dass die Boshaftigkeit sich gegen das Hobby

des Strickens an und für sich gerichtet hat. Sie hat sich gegen dich, hier in diesem Laden, oder gegen Enid Selfe und ihren Bezug zu diesem Laden gerichtet."

„Aber das sind wir doch schon alles durchgegangen. Wenn es nicht Hester war, und davon gehe ich aus, wer sollte dann so verärgert sein?"

„Du hast etwas getan, das die tief sitzende Wut von jemandem hervorgebracht hat. Wahrscheinlich von jemandem, der nicht gerade stabil ist."

„Aber was? Das Einzige, was ein bisschen anders ist ..." Ich glaube, es fiel uns beiden gleichzeitig wie Schuppen von den Augen, und wir sahen einander an. Im gleichen Moment sagten wir: „Die Fernsehsendung."

Konnte das sein? Konnte jemand so zornig auf die Produktionsfirma oder Teddy Lamont oder jemanden von Larch Wools sein, dass er oder sie einen der Stricker ausschalten würde? Das schien ein bisschen weit hergeholt, aber Gleiches galt auch für das Auffinden einer Frau mittleren Alters, aus deren Brust Stricknadeln hervorragten. Und doch war genau das geschehen. Mir.

„Okay, wenn jemand der Produktionsfirma schaden wollte, vielleicht die Dreharbeiten beenden wollte, dann verstehe ich, warum man jemanden in meinem Laden umbringen sollte. Damit wurden die Dreharbeiten definitiv unterbrochen. Aber warum Enid? Warum nicht die Produzentin oder einen Kameramann?" Ich schluckte. „Oder Teddy?"

Er schüttelte den Kopf. „Ich weiß es nicht."

„Der Mörder wusste, dass Enid spät am Abend ins Cardinal Woolsey's kommen würde, wenn Teddy sie darum bat. Ich denke, hier müssen wir ansetzen. Egal, wer sie ermordet hat, es war jemand, den sie kannte."

„Es könnte jemand sein, den sie bei der Signierstunde kennengelernt hat. Sie hat dort ganz gewiss ihre Runden gedreht." Und das musste er wissen, schließlich hatte sie sich an ihn herangeschmissen.

„Wenn jemand die Fernsehsendung zum Scheitern bringen wollte, hätte er Enid Selfe am Leben lassen sollen. Sie machte Teddy verrückt mit ihren Fragen und ihrer Kritik."

Rafe hielt inne und schaute mich an. „Meinst du, es war Teddy Lamont?"

„Nein. Aber mir fällt niemand ein, der es gewesen sein könnte. Teddy hätte gewiss ein Motiv gehabt, weil sie die Sendung ruinierte und ihr Bestes gab, um ihn wie einen lausigen Stricker und einen schlechten Lehrer dastehen zu lassen."

„Wissen wir, wo Teddy gestern Abend war? Hat er ein Alibi?"

„Rafe, es war nach Mitternacht. Jeder außer dir und meiner anderen untoten Freunde schläft zu dieser Zeit normalerweise. Niemand kann ein vernünftiges Alibi haben. Sie werden alle sagen, dass sie im Bett lagen und geschlafen haben, und für die meisten von ihnen trifft das sicher zu."

„Das ist ein gutes Argument. Na ja, hätte Douglas es nicht gemerkt, wenn Teddy nicht da gewesen wäre?"

„Er könnte einen tiefen Schlaf haben. Er könnte nichts bemerkt haben. Oder er könnte auch mit drinstecken. Vielleicht hat einer von beiden die Frau hergelockt und abgelenkt, während der andere ihr einen Schlag auf den Kopf versetzt hat." Wenn Teddy irgendetwas mit der Sache zu tun hatte, war ich tatsächlich ziemlich sicher, dass es genau so gewesen sein musste. Teddy schien mir nicht der Typ für einen Mord zu sein, aber Douglas? Ich dachte, dass Douglas für Teddy so etwas war wie Rafe für mich. Er mochte zivilisiert und sanftmütig sein, aber jeder, der dem Menschen, den er liebte, etwas antat, würde dafür büßen. Douglas, vermutete ich, konnte skrupellos sein.

Rafe schien diese Theorie eine Minute lang abzuwägen, dann fragte er: „Aber wie hätten sie reinkommen sollen?"

O je, ihm würde nicht gefallen, was ich ihm nun eröffnen musste. Ich ging fast in Deckung als ich sagte: „Ich habe Teddy einen Schlüssel gegeben."

Das Krachen seiner zornigen Worte ließ nicht lange auf sich warten. „Du hast praktisch einem Fremden die Schlüssel zu deinem Laden gegeben? Der mit deinem Haus verbunden ist?" Seine Stimme wurde etwas lauter und schwoll immer weiter an, während er seinen Gedanken zu Ende brachte. „In dem du alleine lebst?" Als er bei *alleine* angelangt war, schien das Wort durch die Wohnung zu schallen wie ein Squashball, der von den Wänden eines geschlossenen Innenhofes abprallte.

„Er ist doch kein Fremder. Ich führe seine Zeitschriften. Ich habe ihn auf YouTube gesehen. Er ist nett."

Rafe atmete langsam aus. „Du sagst mir besser, wer noch die Schlüssel hatte."

„Molly. Becks. Der Kameramann, weil er früh am Morgen alles aufbauen musste. Molly hat mir versichert, dass sie alle miteinander verbunden seien, und dass sie persönlich für die anderen bürge."

Als er die Stirn runzelte, sagte ich: „Molly ist die Produzentin und Becks – ihr richtiger Name ist Rebecca – ist ihre Assistentin. Es erschien logisch, weil sie hier alle ständig ein und aus gehen mussten. Ich denke, Molly hat die Schlüssel vielleicht für die Jungs von der Beleuchtung und der Requisite nachmachen lassen." Angesichts seiner entsetzten Miene sagte ich: „Ich bin ja nicht die ganze Zeit hier. Ihnen einen Schlüssel zu geben, war viel einfacher, weil sie im Morgengrauen kommen und bleiben konnten, solange sie wollten, ohne dass ich ständig nach unten rennen und ihnen aufmachen musste."

„Sonst noch jemand?"

Ich versuchte nachzudenken. „Nein, ich glaube, das war's."

„Du hast die Schlüssel nicht allen Teilnehmern der Stricksendung gegeben? Ich bin mir sicher, sie schienen alle nett zu sein."

„Okay, du brauchst nicht sarkastisch zu werden. Den Teilnehmern habe ich keine Schlüssel gegeben, weil ich wusste, dass sie zu einer Zeit kommen, wenn ich sie hereinlassen kann."

Er schüttelte den Kopf. „Aber trotzdem, wie schwer sollte es schon sein, jemandem den Schlüssel aus der Tasche zu klauen und ihn nachmachen zu lassen? Es sind so viele im Umlauf, du würdest es gar nicht merken."

Ich fühlte mich irgendwie mürrisch. „Dann solltest du Alice und Charlie auch auf die Liste setzen. Wir haben jeder die Schlüssel des anderen, falls einer von uns den Laden des anderen braucht. Was heute von Vorteil war, als ich die ganze Sache zu Frogg's verlegen musste." Die Schwestern Watt von nebenan hatten meinen Schlüssel auch, aber wenn Rafe sich nicht daran erinnerte, würde ich es ihm gewiss nicht sagen. Harrington Street war ein friedlicher Ort, und die meisten Einzelhändler waren schon seit Ewigkeiten hier. Wir kannten einander, wir vertrauten einander. Ich wollte nicht anfangen, die Art von Mensch zu sein, die glaubte, einer der berühmtesten Strick-Gurus der Welt könne ein Mörder sein. Zumindest nicht, solange es nicht bewiesen war.

Ich merkte, dass Rafe sich zurückhalten musste, mir wegen meiner gutgläubigen Art keine Standpauke zu halten, aber es fiel ihm schwer. Er ging ein bisschen schneller auf und ab, und als er sich wieder unter Kontrolle hatte, bat er mich um eine Liste aller Schüler und dann auch noch um eine der Mitarbeiter. Ich druckte zwei Exemplare aus, für jeden von uns eins.

Er sagte: „Theodore könnte hier eine große Hilfe sein. Vielleicht kann er mal kontrollieren, was für einen Hintergrund einige der Leute auf der Liste haben. Ich werde mich auf Teddy und Douglas konzentrieren, da du ja nicht zu akzeptieren scheinst, dass die Möglichkeit besteht, dass es sich bei ihnen um brutale Mörder handelt."

„Und ich?", fragte ich ihn unterwürfig. „Wofür darf ich meinen hübschen kleinen Kopf einsetzen?"

„Du hältst Augen und Ohren offen! Und finde so viel über jeden der Teilnehmer des Workshops heraus wie es unverbindliche Gespräche erlauben."

Ich nickte. „Also nehmen wir zwei Möglichkeiten unter die Lupe. Erstens, dass es eine oder mehrere Personen auf die Produktionsfirma, Teddy Lamont oder das Cardinal Woolsey's abgesehen hatten. Und zweitens, dass diese Person oder diese Personen einen starken Hass hatten, der sich gezielt gegen Enid Selfe richtete."

Er sagte: „Allerdings besteht natürlich die Möglichkeit, dass beides zutrifft. Jemand, der die Produktion unterbrechen oder Teddy, beziehungsweise dem Cardinal Woolsey's, Probleme bereiten wollte, und der Enid Selfe ausgewählt hat, weil er auch gegen sie etwas hatte.

„Und Lucy", sagte er, während seine blassen Augen sich in meine bohrten, „vergiss nicht: Wer auch immer diese grauenhafte Tat begangen hat, ist imstande, noch einmal zu töten."

„Ich weiß. Ich werde Augen und Ohren offenhalten, und wenn ich unten etwas höre, rufe ich die Polizei."

Ich schwöre, dass er einen Laut von sich gab, der eher dem Knurren eines wilden Tieres als einem menschlichen Laut glich. „Solange dieser Mord nicht aufgeklärt ist, wirst du dich nicht in der Nähe des Ladens aufhalten. Du kommst mit zu mir."

Ganz ehrlich: Ich sah ja ein, dass Rafe sich nicht an die Tatsache gewöhnt hatte, dass Männer Frauen nicht mehr so behandeln konnten wie damals zu den Zeiten von Königin Elisabeth, als er zum Mann geworden war. Und ich meine die erste Königin Elisabeth. Aber immer noch gelang es ihm, mich mit seiner Überheblichkeit zu schockieren.

Ich stemmte meine Hände in die Hüften und schaute zu ihm hoch. Es ist immer schwer, auf jemanden herabzuschauen, der größer ist als man selbst. „Ich komme nicht mit zu dir. Ich kann zu Violet nach Hause."

„Violet ist eine alberne Hexe, die nicht einmal einen Liebestrank unter Kontrolle hat. Sie lebt allein und hat weder Kompetenzen in der Selbstverteidigung noch eine militäri-

sche Ausbildung. Sie kann deine Sicherheit nicht gewährleisten."

„Tja, aber da gehe ich hin." Wahrscheinlich.

„Lucy, du kannst entweder freiwillig zu mir nach Hause
kommen, oder ich kann dich über meine Schulter legen und
dich tragen. Du hast die Wahl."

KAPITEL 12

*I*ch beschloss, seine barbarische Bemerkung zu ignorieren und richtete meine Aufmerksamkeit stattdessen auf die Liste mit den Kurzbeschreibungen der Strickschüler. „Es ist eine schreckliche Vorstellung, dass es einer von denen getan hat." Ich hatte diesen merkwürdigen Haufen Stricker liebgewonnen.

Rafe sagte: „Du hast jetzt einen ganzen Tag damit verbracht, mit diesen Leuten zu stricken, und dann ist noch ein großer Teil eines sehr stressigen Tages damit vergangen, dass sie alle von der Polizei vernommen und wie Mordverdächtige behandelt worden sind. Menschen verraten sehr viel von sich, wenn sie unter Stress sind. Und du bist eine aufmerksame Beobachterin. Was hast du bemerkt?"

Es war nett von ihm, mich als aufmerksame Beobachterin zu bezeichnen, aber auch ich war unter Stress gewesen. Sicher war es schlimm, in einem Mordfall von der Polizei vernommen zu werden, aber es war noch eine Spur stressiger, wenn man diejenige war, welche die Tote gefunden hatte.

Doch ich wusste, dass er recht hatte, und versuchte, mich zu konzentrieren.

Da wir beide auf das Blatt schauten, gingen wir natürlich in der Reihenfolge vor, in der die Schüler aufgelistet waren. Enid war die Erste. Schon allein durch einen Blick auf ihr Foto, so unscharf es von meinem Kopierer auch gedruckt worden war, spürte ich eine schreckliche Trauer darüber, dass ihrem Leben so abrupt ein Ende gesetzt worden war. Sie hatte Pläne gehabt. Sie hatte wieder heiraten wollen. Sie hatte Spitze für ihre Tochter gestrickt, damit die sie in Oxford tragen würde.

Sie hatte ihren letzten Tag auf Erden noch nicht einmal genossen. Sie war so sauer auf Teddy gewesen, weil seine Strickerei nicht auf ihrem Level war, dass sie mir sogar noch mehr leidtat.

„Enid Selfe. Ich weiß nur, was in dieser Beschreibung steht und was sie uns im Unterricht gesagt hat. Sie lebte in Stow-on-the-Wold. In ihrem Lebenslauf steht, sie sei Hausfrau. Ich weiß, dass sie dreimal verheiratet und auf der Suche nach Nummer vier war." Ich dachte an die Art, wie sie Rafe mit klimpernden Wimpern angeschaut und ihre gepflegte Hand auf die Brust gelegt hatte, in der sein kaltes Herz ruhte. „Wahrscheinlich weißt du mehr über sie als ich."

Ich konnte sehen, dass er sich auf ihr Foto konzentrierte, fast so, als würde er versuchen, ihr Gesicht in den Fokus zu rücken. „Im Laufe meiner Existenz habe ich so viele Leute kennengelernt. Ich habe einfach keinen Überblick über alle. Sie erinnerte mich daran, dass wir uns auf einer Veranstaltung vom Förderverein der Bodleian kennengelernt haben."

Ich verstand zwar, dass er mit der Anzahl der Personen, die er in seiner langen Existenz kennengelernt hatte, recht hatte, aber so lange war die Sache ja nun nicht her. „Enid Selfe war diejenige, die sich während der Signierstunden an dich rangemacht hat. Du musst sie mit deiner empfindlichen Nase gerochen haben, denn sie hat sich mit Parfum überschüttet und ihr Make-up aufgefrischt, bevor sie zu dir gegangen ist, um mit dir zu reden."

Seine Nasenflügel bebten. „Und ob ich mich an den Geruch erinnere. Warum bestehen Frauen darauf, sich mit Parfum zu begießen? Zu meiner Zeit gab es einen Sinn hinter dieser Gepflogenheit. Wir benutzten Parfum, um den üblen Geruch der Gosse und den Gestank ungewaschener Menschen zu übertünchen. Aber heutzutage duschen die Leute alle fünf Minuten. Das Letzte, was sie brauchen, ist, sich einen künstlichen Geruch zuzulegen."

„Ich trage nie Parfum."

Er schaute mich auf ziemlich beunruhigende Weise an, sodass ich mir wünschte, ich hätte die Klappe gehalten. „Das ist mir schon aufgefallen."

Seine Nasenflügel bebten wieder, und ich wusste, dass er mich sogar jetzt riechen konnte. Die Erkenntnis ließ mir einen Schauer über den Rücken laufen und brachte mich dazu, meinen Blick fest auf die Unterlagen vor mir gerichtet zu halten. „Du sagtest, sie war im Förderverein der Bodleian Library?"

„Ja genau. Einer ihrer ehemaligen Männer hatte etwas mit der Regierung zu tun. Er war an alten Manuskripten interessiert. Normalerweise begleitete sie ihn. Aber dann habe ich sie nicht mehr auftauchen sehen. Es gab irgendeinen Skandal, glaube ich."

Beim Wort Skandal spitzte ich meine Ohren. „Skandal? Was für ein Skandal? Die Art, die zu einem Mord führt?"

„Irgendeine schäbige Affäre. Er ist mit einer anderen durchgebrannt, glaube ich." Er schaute zu meiner Decke hinauf und schloss seine Augen etwas. „Nein. Sie war diejenige, die mit einem anderen durchgebrannt ist. So war es."

Nun, mit Rafe wäre sie an dem Abend neulich sicherlich gern durchgebrannt. „Meinst du, sie ist mit jemandem durchgebrannt, den sie auf der Buchpräsentation kennengelernt hat?" Ich schüttelte den Kopf. „So wie ich Enid kenne, würde sie erst Kontoauszüge sehen wollen."

Er schaute mich an. „Du mochtest die Frau wirklich kein bisschen, stimmt's?"

„Niemand mochte diese Frau. Aber ich bin nicht einfach katzig." Ich schaute zu Nyx hinüber. „Ist nicht böse gemeint, Nyx. Aber ich denke wirklich, dass sie reiche Männer sammelte. Oder vielleicht alle Männer. Ich weiß es nicht."

Was wusste ich noch über Enid? Ich dachte an die allgemeine Unterhaltung zurück, die wir beim Stricken geführt hatten. Sie war nicht besonders hochtrabend gewesen, nichts, dem ich große Aufmerksamkeit geschenkt hätte. Hätte ich gewusst, dass sie ermordet werden würde, hätte ich besser zugehört. „Ich habe den Eindruck bekommen, dass ihr Geld und Status sehr wichtig sind. Sie hat die Namen des Innenarchitekten fallen lassen, der ihr Haus in Stow-on-the-Wold dekoriert hat. Teddy kannte den Typ und sah beeindruckt aus."

„Wie spießig."

„Ich weiß, dass ihre Töchter eine noble, teure Schule besuchten. Sie hat viel Wind darum gemacht, wie sie ihre Autorität an der Schule hatte einsetzen müssen, um dafür zu sorgen, dass ihre Mädchen eine anständige Schulbildung bekommen, und sie war entschlossen, dass sie an einer Spitzenuniversität studieren sollten."

„Und haben sie das?"

„Ich glaube nicht, dass sie schon die Highschool, oder wie ihr das hier nennt, abgeschlossen haben. Aber sie war überzeugt, dass die Älteste zum Studium hierher, nach Oxford, kommen würde."

„Was wird sie studieren?"

„Ich glaube nicht, dass Enid das Fach interessierte, solange sie an die richtigen Unis gingen, damit sie diese in ihre Unterhaltungen einfließen lassen konnte: ‚Meine Tochter hat in Oxford studiert', oder ‚Natürlich ist meine Jüngste in Cambridge.'"

„Also ist sie ein Snob. Normalerweise wird man deshalb nicht ermordet. Zumindest nicht in diesem Land."

„Ich hatte den Eindruck, das Einzige, woran ihr, abgesehen von sich selbst, etwas lag, seien ihre Töchter. Sie hat erwähnt, dass sie die ältere aus einer nicht erstrebenswerten Beziehung befreien musste."

„Kein Zweifel, dass das Mädchen mit dem Tanzlehrer oder dem Gärtnergehilfen geflirtet hat."

Ich konnte mir ein Kichern nicht verkneifen. „Wenn wir im neunzehnten Jahrhundert wären, ja."

„Na gut, wie auch immer die heutige Version aussieht." Er sah unglaublich weise aus. „Menschen verändern sich nicht groß, weißt du?"

Ich seufzte. „Wahrscheinlich einfach jemand, der nicht reich oder zumindest nicht adelig war."

Rafe sah auf die Uhr. „Du solltest deine Tasche packen. Wir müssen losfahren."

Waren wir wieder bei dem Thema? „Rafe, ich schlafe heute Nacht nicht bei dir."

„Unsinn. Natürlich tust du das. Ich habe William gebeten, draußen auf der Terrasse fürs Abendessen zu decken. Er hat sich eine Menge Mühe für dich gemacht, Lucy. Und er wird sehr sauer, wenn er eine Mahlzeit verschieben muss."

Am liebsten hätte ich vor Frust mit dem Fuß auf den Boden gestampft. Dieses Mal hatte er mich wirklich ausgetrickst. Er wusste, dass ich William gern und seine Küche sehr gern mochte. Aber ich konnte auch hart spielen. „Gut. Ich komme mit und esse Williams zweifellos köstliches Essen, aber ich nehme mein eigenes Auto und kehre später hierher zurück."

Er kam mit zwei Sätzen auf mich zu und packte mich an den Schultern. „Lucy. Wenn du hierher zurückkehrst, werde ich die ganze Nacht herumstreifen, das weißt du. Angesichts der erhöhten Sicherheitsvorkehrungen der Polizei und der nervösen Anwohner der Harrington Street ziehe ich sicher die Aufmerksamkeit auf mich. Ist es das, was du willst?"

Er spielte nicht fair. „Wie du schon gesagt hast, hat die Polizei die Sicherheitsvorkehrungen erhöht. Du musst nicht herumstreifen."

Seine Augen waren fest auf mein Gesicht gerichtet und so schrecklich ernst. „Darf ich dich daran erinnern, dass ein geistesgestörter Mörder auf freiem Fuß ist und etwa fünfunddreißig Schlüssel zu deiner Ladentür im Umlauf sind? Meinst du wirklich, irgendetwas könnte mich abhalten?" Er umfasste meine Schultern noch fester. „Ich muss dich beschützen. Das ist meine Pflicht."

Ich vermute, es war dieser fast verzweifelt klingende Ton in seiner Stimme. Als hätte es in der Vergangenheit Frauen gegeben, die er nicht hatte retten können. Es ärgerte mich nachzugeben, aber schließlich tat ich es. „Gut", sagte ich und zeigte ihm, wie sauer ich war. „Aber ich bleibe nur heute Nacht."

Statt weiter mit mir zu streiten, sagte er einfach „Danke", und ich spürte, wie wichtig ich ihm war. Ich wusste, dass er von Sorge und Zuneigung geleitet wurde, aber schon sehr bald würden wir über sein kontrollierendes Verhalten sprechen müssen.

Nyx gähnte und streckte sich. Ich sagte: „Ist sie auch eingeladen?"

„Das brauchst du nicht einmal zu fragen."

Ich brauchte nicht lange, um zu packen. Ich nahm eine kleine Reisetasche und stopfte ein paar Sommerkleider, zwei Strickjacken, Loungewear und Unterwäsche hinein. In meinem Badezimmer bewahrte ich für die wenigen Male, die ich reiste, einen Kulturbeutel auf. „Hast du einen Föhn?", rief ich aus dem Badezimmer.

„Na klar", sagte er und klang beleidigt, weil ich ihn überhaupt fragte. Ich verdrehte die Augen vor dem Spiegel im Badezimmer. Zweifellos würde das ein Aufenthalt wie in einem Sieben-Sterne-Hotel werden, was mich perverserweise noch mehr ärgerte. Wenn ich auf der Couch schliefe, sodass er nach mir sehen konnte, wäre das eine Sache, aber in einem eleganten Gutshaus, mit Sicherheit in einem luxuriösen Gästezimmer, zu wohnen, gab mir weniger das Gefühl, vor einer Gefahr zu fliehen, als in einen Wellness-Urlaub zu fahren. Natürlich hatte ich nichts gegen einen Wellness-Urlaub. Ich wollte nur nicht, dass Rafe mir diesen schenkte.

Meine Wellness-Center suchte ich mir gern selbst aus.

Ich fuhr gar nicht gerne Auto, obwohl ich den schönen

neuen Wagen hatte, den Rafe und die anderen Vampire mir zu meinem achtundzwanzigsten Geburtstag geschenkt hatten, deshalb war es nicht sehr schwer für Rafe, mich zu überzeugen, bei ihm mitzufahren. Er sagte, während er Fahrt könnten wir unser Gespräch über die restlichen Schüler fortsetzen. Außerdem behauptete er, am nächsten Morgen einen Geschäftstermin in Oxford zu haben, sodass er mich ohnehin zurückbringen würde. Vielleicht stimmte das sogar.

Kaum glitten wir im schwarzen Tesla dahin, sagte er: „Ich denke, Ryan ist der Nächste."

Ich schaute mir die Beschreibungen an, obwohl ich mich um meine Katze herum manövrieren musste. Nyx war nicht der Typ dafür, in einem Käfig zu reisen. Sie saß auf meinem Schoß. Ihr Schwanz zappelte hin und her, sodass ich das Gefühl hatte, abgestaubt zu werden.

„Ganz genau. Ryan ist Mitte dreißig. Seine Großmutter hat ihm das Stricken beigebracht. Ich glaube, er hat gesagt, sie sei Jamaikanerin. Was ein Kontaktpunkt zu Annabel ist, die ebenfalls Jamaikanerin ist."

Rafe schaute mich von der Seite an. „Ryan ist Jamaikaner? Ich fand, er sieht eher europäisch aus."

„Okay. Du hast recht. Er wurde von einem gemischten Paar adoptiert. Ich glaube, er sagte, seine Mutter sei Jamaikanerin und sein Vater Ire." Fast wäre ich auf meinem Sitz auf und ab gehüpft. „Oh, oh, und als wir darüber geredet haben, hat Enid ihn gefragt, wann sein Geburtstag sei. Wie sich herausstellte, hat sie ein Baby zur Adoption freigegeben, das jetzt ungefähr Ryans Alter haben müsste."

„Und kennt Ryan seine leibliche Mutter?"

Ich schaute auf sein klassisch gemeißeltes Profil. „Nein.

Als Annabel scherzte, Enid könne seine Mutter sein, sagte er, wenn sie das wäre, müsse er sich umbringen. Oder sie."

Rafe schaute mich von der Seite an, dann wandte er den Blick wieder auf die Straße vor uns. „Denkst du, sie war Ryans leibliche Mutter?"

„Ist das nicht möglich? Vielleicht hatte er sich immer gefragt, wer seine Mutter ist, hatte Geschichten über eine Frau gesponnen, die ihn eigentlich wollte, ihn aber aufgeben musste, und dann hat er die wahre Geschichte herausgefunden und ist ausgerastet. Vielleicht hat er Enid getötet."

„Wir lassen Theodore ein bisschen nachforschen. Wenn Ryan ihr Kind ist, hatte er ein sehr persönliches Motiv, um sie zu ermorden." Er scherte aus, um einem Fuchs auszuweichen, der vor das Auto lief. „Aber ich bevorzuge immer noch die Theorie, dass der Killer aus irgendeinem Grund versucht hat, die Produktion zu unterbrechen."

Ich dachte nach. „Es muss einen einfacheren Weg geben, um die Aufnahme einer Sendung zu stoppen, ohne jemanden zu ermorden. Und funktioniert hat es auch nicht. Sie haben die Produktion fortgesetzt."

„Wirklich?"

„Ja. Ich war selbst überrascht. Aber Teddy ist wild entschlossen, das Projekt zu Ende zu bringen, und Molly scheint genauso erpicht darauf. Diese Sendung ist ein wichtiger Bestandteil der Werbekampagne für sein Buch. Und Molly scheint die Art von Person zu sein, die das, was sie anfängt, auch zu Ende bringt. Sie haben die nächste Woche schon vorreserviert, um die Dreharbeiten fertigzustellen."

Er sah verwirrt aus. „Aber was ist mit Enid?"

„Niemand außer der Produktion wird jemals erfahren, dass Enid ursprünglich Teil der Sendung war."

„Sie ersetzen sie?"

„Ja. Teddy hat den Ersatz ausgewählt. Ihr Name ist Margot Dodeson. Sie ist eine ziemlich schüchterne Frau, und Teddy hat Gefallen an ihr gefunden. Es war seine Idee, sie darum zu bitten, Enid zu ersetzen. Sie ist auch eine Kundin von mir. Schon jetzt eine ausgezeichnete Strickerin. Und was das Beste für Teddy ist: Sie ist nicht die Art von Person, die den Unterricht immer wieder unterbricht."

Er schaute mich vielsagend an. „Was für ein Glücksfall für Teddy."

Ich verstand, was er meinte, tat den Gedanken aber sofort ab. „Ich kann nicht glauben, dass Teddy einen Mord begehen würde, nur um jemand anderen in seinem Unterricht zu haben."

„Was ist mit Margot Dodeson? Wenn sie in Teddy verliebt war, hat sie vielleicht Enid Selfe umgebracht, um ihren Platz einzunehmen?"

Das war keine schlechte Idee. „Aber wie hätte sie wissen sollen, dass man sie ausgewählt hätte?"

„Vielleicht hat Teddy ihr ins Ohr geflüstert: ‚Oh, Margot Dodeson, ich wünschte, du wärst anstelle von Enid Selfe in meinem Unterricht.'"

„Und dann ließ sie es geschehen." Margot hatte definitiv den Eindruck gemacht, schwer von Teddy beeindruckt zu sein. Aber als ich zuvor mit ihr geredet hatte, hatte sie nicht so gewirkt, als hätte sie mit dem Anruf gerechnet. Und doch hatte Rafe recht. Es war zu früh, um irgendeine Theorie zu verwerfen, bevor wir ihr auf den Grund gegangen waren – wie abwegig sie auch sein mochte.

Wir fuhren noch ein paar Meilen weiter. Die frühe Abendsonne funkelte zwischen den Bäumen, die sich über uns begegneten und Schattenmuster auf die Straße vor uns warfen. Träge dachte ich, wie schön die Schatten aussehen würde, wenn man sie in Spitze verwandeln würde. Ha! Außerhalb der Ladenzeiten dachte ich ans Stricken. Wenn das kein Fortschritt war!

Rafe brach die Stille. „Es wird deinem Laden nicht gerade guttun, dass ein Mordopfer dort gefunden wurde."

„Ich weiß. Aber die Polizei gibt nicht viel über den Mord bekannt, auch nicht, wo genau er sich ereignet hat."

„Das sind gute Neuigkeiten für dich. Und für die Fernsehproduktion."

„Arme Enid. Sie wollte so sehr ein Star sein. Jetzt wurde sie glattweg aus der Sendung gestrichen."

„Verschwende dein Mitgefühl nicht! Ich vermute, dass Enid ihres eigenen Unglückes Schmied war."

„Sicherlich hat sie eine Spur unglücklicher Menschen hinterlassen."

„Einer davon war unglücklich genug, um sie zu töten."

KAPITEL 13

*E*in Pfauenruf ist nicht annähernd so schön wie der Pfau selbst. Er hört sich an wie eine Mischung aus Krähe, Möwe und schnatternder Gans. Lang und heulend und seltsam nasal, weil Pfaue schließlich keine Nasenlöcher haben.

Ich konnte ihr Schreien hören, als wir die Auffahrt entlangfuhren, die zu Rafes Herrenhaus führte. Es war wunderschön. Ein Gärtner war dabei, eine widerspenstige Kletterrose an einem Spalier an der alten Grenzmauer des Gartens zu befestigen, der die Auffahrt säumte. Auf der einen Seite pickten drei Pfauhennen auf dem samtgrünen Rasen herum, ohne sich im Geringsten für die beiden männlichen Pfauen auf der anderen Seite der Auffahrt zu interessieren, deren Schwänze aufgefächert waren, sodass ihre Federn im Sonnenlicht schillernd smaragdgrün und saphirblau leuchteten. Die Pfauenweibchen waren vielleicht kein bisschen beeindruckt von dem Anblick, ich schon. Rafe parkte in einer modernen Garage, die hinter einer Steinmauer verborgen lag, und als wir ausstiegen, kam mein alter Freund Henri auf der Suche nach Leckerlis angewatschelt.

„Henri, wenn du noch fetter wirst, endest du zu guter Letzt bei jemandem auf dem Tisch", schimpfte Rafe den Pfau aus, der ihn beäugte und auf ein Häppchen wartete. Nyx warf einen Blick auf den Vogel, dann stolzierte sie zum Vordereingang des Gutshauses. Nyx war nicht die Art von Katze, die einen Hintereingang benutzte.

„Du würdest einen Pfau essen?", fragte ich entsetzt.

„Meinerzeit war er eine ziemliche Delikatesse. Henri wäre das Herzstück eines Festmahls gewesen."

Vielleicht wusste Henri, dass er in Sicherheit war, denn er schien sich wenig für Rafes Warnung zu interessieren. Er betrachtete mich mit seinen schwarzen, glänzenden Augen und fächerte seinen Schwanz für mich auf. „Wenn ich eine Pfauhenne wäre, würde ich dich sofort heiraten", erklärte ich ihm und war erfreut, als er anfing, sich langsam im Kreis zu drehen, um mir seine ganze Pracht zu zeigen. Ich hob meine Hand und zeigte ihm die das Kügelchen Vogelfutter, das ich aus der Tüte genommen hatte, die Rafe immer im Auto hatte. Sanft pickte er es von meiner Handfläche.

Rafe ergriff meine Hand und führte mich zum Haus. Hinter mir stieß Henri seinen äußert unattraktiven Schrei aus. Ich war mir nicht sicher, ob er mir damit für das Leckerli dankte, oder ob er sagte: „Das war alles? Für ein mageres Kügelchen habe ich meinen Schwanz aufgefächert und bin herumgetanzt?"

„Was ist mit meiner Tasche?", fragte ich und blieb stehen.

„Darum kümmert sich William."

Als wir am Eingang ankamen, war die Tür geöffnet und

William stand bereit. Er sah aus wie der perfekte Butler, wenn man mal von seiner Kochschürze absah. „Lucy", sagte er und schenkte mir ein Lächeln. „Wie schön, Sie zu sehen. Ich hoffe, Sie haben Appetit mitgebracht."

„Allein schon der Gedanke an Ihre Kochkünste macht mich hungrig", gestand ich ein. Der Schock hatte sich nicht groß auf meinen Appetit ausgewirkt. Heute Morgen hatte ich ein riesiges Frühstück zu mir genommen, dann hatte ich mir den Kaffee und die Sandwiches vom Elderflower schmecken lassen, und nun schien mein Magen für eine von Williams fabelhaften Mahlzeiten bereit zu sein.

William sagte: „Ich habe eine Überraschung für Sie." Bevor er uns sagen konnte, worin diese Überraschung bestand, konnte ich es mir denken, als eine kultivierte Stimme mit Akademikerakzent aus Oxford rief: „Lucy. Rafe. Wie schön, euch zu sehen. Ich hoffe, es macht euch nichts aus, dass wir einfach so ins Haus fallen. William sagte, es sei in Ordnung."

Ich wusste nicht, wie Rafe das sah, aber ich war hoch erfreut, Charlie und Alice zu sehen. Sie gingen seitlich um das Herrenhaus herum. Sie hatte ein Notizbuch in der Hand und hielt Stoffproben in der Hand, deshalb brauchte ich meine übernatürlichen Kräfte gar nicht anzuwenden, um zu erkennen, dass sie wegen der Hochzeitsplanung hier waren.

Rafe ging auf sie zu, um Charlie die Hand zu reichen. „Überhaupt nicht. Schön, euch zu sehen! Bleibt ihr zum Essen?"

Ich konnte es nicht fassen, dass er nicht erst bei William nachfragte. Ich konnte mir kaum vorstellen, dass William eine volle Speisekammer für Menschen aufzuweisen hatte, aber als ich ihn flüsternd fragte, ob genug da sei, lachte er leise. „Ich liebe das Kochen. Keine Sorge! Es ist immer genug da. Außerdem wusste ich, dass sie kommen würden. Ich hoffe, es macht Ihnen nichts aus, wenn das Essen eine Probe für das Hochzeitsmahl ist." Es war nicht zu übersehen, dass es ihm Freude machte, Leute zu bekochen, also gab ich meine kleine Sorge auf. Stattdessen ging ich auf Alice und Charlie zu, um sie zu umarmen.

Alice hielt mich fest. „Es tut mir leid für deinen schrecklichen Tag. Ist alles in Ordnung?"

„Ja. Aber bitte lasst uns von Hochzeiten und nicht von Morden reden." Ich war so glücklich, an diesem düsteren Tag an etwas Schönes zu denken, wie eine Hochzeit. Ich erklärte, ich wolle mich nicht einmischen, während sie die Einzelheiten für ihre Hochzeit durchgingen, aber beide protestierten vehement. Alice sagte: „Nein. Ich will deinen Rat, Lucy."

Und Charlie sah einfach erleichtert aus. „Wirklich: Alles, was Alice mit dir entscheidet, ist mir recht." Mit einem Seitenblick zu Rafe sagte er: „Hochzeitsplanung ist nicht so ganz mein Ding."

Rafe lachte und klopfte ihm auf die Schulter. „Wir setzen uns wie zivilisierte Männer auf die Terrasse und trinken etwas, während die Damen die Einzelheiten besprechen."

Ich schaute Rafe kopfschüttelnd an. „Also ehrlich, deine Ansichten von Frauen sind so alt wie dieses Herrenhaus." Natürlich wussten er und ich ganz genau, dass er mindestens genauso alt war, aber ich versuchte, seine Vorstellungen an die heutige Zeit anzupassen. Mit bedingtem Erfolg, aber ich bin durch und durch Optimistin.

Es entstand allgemeines Gelächter, aber ich hoffte, dass

Rafe verstanden hatte, was ich meinte. Und dann nahm Alice mich an der Hand und sagte: „Komm mit nach hinten! Die Trauung wird in Moreton-Under-Wychwood stattfinden, aber der Empfang wird in den Gärten hinter dem Haus ausgerichtet. Ich zeige dir, wo."

Ich folgte ihr seitlich am Haus vorbei. Dort war ein anderer Gärtner beschäftigt, und mir wurde bewusst, dass die Pflege des Grundstücks fast genauso viel Arbeit bereitete, wie das Haus selbst. Doch es war schön. In mittlerer Entfernung schimmerte ein See im Sonnenlicht. Wiesen waren mit Schafen übersät, die wie viele Wolken an einem grünen Himmel aussahen. Da Rafe, soweit ich wusste, keinen Bedarf an Schafen hatte, vermutete ich, dass er die Wiesen an einen Bauern verpachtete. Vielleicht hielt er Schafe nur wegen ihres ästhetischen Wertes. Gewiss waren sie schön.

Alice folgte meinem Blick. „Das hier ist so ein schönes Fleckchen. Ich kann nicht fassen, wie großzügig Rafe ist."

Mir wurde ganz warm ums Herz. Ich sträubte mich dagegen, Rafe als meinen Freund zu bezeichnen – man konnte schließlich keinen Freund haben, der ein halbes Jahrtausend alt war –, aber ich hatte schon irgendwie Besitzansprüche auf ihn. Manchen Dingen gab man wahrscheinlich besser keinen Namen.

Da Alice Alice war, hatte sie natürlich einen vollständigen Plan des Gartens erstellt und festgelegt, wohin alles gehen sollte. Für mich gab es sehr wenig zu tun, außer zuzustimmen. Und das tat ich. Sie hatte sich für kleine, runde Tische entschieden, die in den Gärten verteilt stehen würden, sodass die Gäste gemeinsam einen Drink und Häppchen einnehmen und dann weiter herumgehen konnten. „Ich wollte kein formales Essen im Sitzen. Ich möchte, dass unsere Freunde sich kennenlernen und sich vermischen."

Da ich wusste, dass zumindest einige der Gäste Vampire sein würde, unterstützte ich ihren Plan von ganzem Herzen. Je weniger Mahlzeiten im Sitzen, desto besser. Ich fand ihre Farben wundervoll. Sie hatte einen raffinierten Rosaton gewählt, der so blass war, dass er eher an zartes Rougepulver erinnerte, dazu Cremefarbe. „Mit meiner Haut kann ich kein pures Weiß tragen, also habe ich mich für antike Seide entschieden." Die Stoffmuster waren für die Tischwäsche, und ich konnte mir vorstellen, wie schön die Tische aussehen würden. Sie hatte Bilder von den Blumenarrangements, die sie haben wollte, in ganz simplem Stil – Langhalsvasen mit je einer einzelnen rosa Rose darin auf den Cocktailtischen, und größere Blumenarrangements in Kübeln auf dem Gelände und auf der Terrasse.

„Was soll ich anziehen?" Da sie mich gebeten hatte, eine ihrer Brautjungfern zu sein, stellte ich mir die abscheulichsten Kleider vor, aber sie beruhigte mich sofort. „Ich hatte gehofft, es würde dir nichts ausmachen, auch etwas in diesem Rosa zu tragen. Wir wählen das Kleid gemeinsam aus, wenn es dir recht ist."

Es war mir mehr als recht. Ich sagte ganz ehrlich: „Ich freue mich einfach, wenn du und Charlie den Bund der Ehe eingehen. Ihr seid perfekt füreinander."

„Ich habe das schon immer gewusst, aber Charlie hat etwas länger gebraucht, um sich in mich zu verlieben."

Ich erzählte ihr nicht, dass auch eine gehörige Portion Liebestrank nötig gewesen war, um Charlies ahnungsloses Herz dazu zu bringen, seine eigenen Bedürfnisse zu erkennen. Aber von diesen Details brauchte Alice nichts zu wissen.

Sie sagte: „Ich habe auch Violet gefragt, ob sie Brautjungfer sein möchte. Das ist lustig. Ich kenne euch beide noch gar nicht so lange wie viele meiner Freundinnen, aber als ich an meine Hochzeit gedacht habe, wollte ich, dass ihr diejenigen seid, die mich begleiten.“

Irgendwie kam mir der Verdacht, dass Alice erkannte, dass Violet und ich für ihr Happy End verantwortlich waren. Auch wenn es nicht einfach gewesen war. Wie einmal eine sehr kluge Person gesagt hatte: „Der Kurs der wahren Liebe verlief nie reibungslos.“ Besonders nicht, wenn Hexen im Spiel waren.

Während wir durch den Garten gingen und die besten Orte aussuchten, um Laternen aufzuhängen, ließen Charlie und Rafe sich auf der Steinterrasse nieder. Sie konnten uns sehen, hatten aber gleichzeitig ihre Privatsphäre. Und vollen Schatten für Rafe. Mit einem Nicken zu dem Ordner, den sie herumtrug, wandte ich mich an Alice: „Okay, zeig mir dein Kleid!“

Sie kicherte. „Ich habe mich noch nicht endgültig entschieden. Kann ich dir die Fotos von den zwei Kleidern zeigen, die in meiner engeren Auswahl sind?“

„Absolut.“ Ich sagte es ihr zwar nicht, aber das letzte Mal, dass ich eine Brautjungfer war, musste ich die wählerischste Braut der Welt in zwölf Brautgeschäfte bringen und dabei zusehen, wie sie ungefähr 7.000.012 Hochzeitskleider anprobierte und dann vorschrieb, dass wir, die leidgeprüften Brautjungfern, alle acht einen Grünton tragen sollten, der in der Natur noch nie gesehen worden ist. Die Farbe von Kunstrasen. Ich brauche gar nicht zu sagen, dass diese nicht gerade schmeichelhaft war. Wie auch immer, ich war keine Spielverderberin, und das würde ich auch jetzt nicht sein. Es war so viel leichter, wenn ich auch mitbestimmen durfte, was ich trug, und wenn die Braut einen Großteil des Hochzeitsshoppings allein bewerkstelligt hatte.

Sie zeigte mir zwei Fotos, die sie aus Zeitschriften für Brautmode ausgerissen hatte. Beide waren schlicht, passend für eine Gartenhochzeit. Ein Kleid hatte Ärmel aus Spitze, das andere ein Mieder mit Perlen. Kein Wunder, dass sie hin- und hergerissen war. Beide würden umwerfend an ihr ausse- hen, und das sagte ich ihr auch.

„Ich habe beide anprobiert, konnte mich aber nicht entscheiden."

„Okay. Du, ich und Violet, wir gehen zusammen shoppen. Wir helfen dir dabei, dein Kleid auszusuchen, und gleich- zeitig besorgen wir die Brautjungfernkleider."

„Bist du sicher, dass du Zeit dafür hast?" Für alles, was mich an glückliche Momente denken ließ und nicht an eine Frau, die in meinem Laden ermordet worden war, hatte ich Zeit ohne Ende.

„Außerdem freue ich mich auf eine neue Erfahrung." Ich versuchte, ein verruchtes Grinsen aufzusetzen. „Die Hen- Party." Okay, zu Hause in Amerika hatten wir so etwas Ähnli- ches, den Junggesellinnenabschied, aber aus irgendeinem Grund nannten sie den in Großbritannien Hen-Party. Ich war in Oxford ziemlich vertraut damit. Gruppen junger Frauen zogen in High Heels und kurzen Kleidern von Pub zu Pub, eine davon immer mit einem Plastik-Diadem, einer Schärpe mit der Aufschrift „Braut" und manchmal mit einem Spitzen- vorhang, der einen Schleier simulierte.

Alice sah angesichts dieser Vorstellung entgeistert aus. „Oh, bitte nicht." Sie schluckte. „Ich will mich nicht blamieren und dann noch einen Kater bekommen, weil ich heirate."

Ich lachte laut, dann versprach ich, dass wir sie nicht blamieren würden. Aber eine Frau, die heiratete, verdiente es, von ihren Freundinnen verabschiedet zu werden. Sie versprach, mir eine Liste von den Frauen zu geben, die zu der Hochzeit kommen würden, und ich versprach, auf Plastikdiademe zu verzichten. Als wir beide mit dem Deal zufrieden waren, gesellten wir uns zu den Männern. Charlie genoss ein bernsteinfarbenes Helles in einem Glas, das mit Kondenswasser beschlagen war. Rafe nippte an Rotwein.

Als wir eintrafen und uns auf die Terrasse setzten, kam William mit einem kalten, silbernen Eiskübel heraus, in dem eine Flasche Champagner stand. „Champagner für die Damen?"

Ich fing an zu lachen. „Ich liebe Hochzeitsplanung." Und so wie ich Rafe kannte, war das eine ganz besondere Flasche Champagner.

William ließ den Korken knallen und schenkte vier eiskalte Gläser Champagner ein. Selbst die Gläser sahen wie Palastschätze aus. Als wir alle unsere kühlen, blubbernden Getränke in den Händen hielten, stand Rafe auf und sagte: „Darf ich mein Glas erheben? Auf ein Paar, das trotz der vielen Hindernisse auf dem Weg die wahre Liebe gefunden hat!" Hier warf er mir einen Blick zu und hob eine Augenbraue, und zwar so leicht, dass nur ich den ironischen Hinweis erkennen konnte. Okay, vielleicht hatten Violet und ich ein paar dieser Hindernisse auf dem Weg verursacht. Aber wir hatten auch zum Happy End beigetragen. Er fuhr fort: „Ich wünsche euch eine lange und glückliche Ehe! Charles und Alice, Glück für die Ewigkeit!"

Ich sprach ihm nach: „Charles und Alice. Glück für die Ewigkeit."

Wir nippten an dem Champagner, der kalt, spritzig und prickelnd war. Ich dachte, ich könnte mein ganzes Leben damit verbringen, nichts anderes als diese wunderschön blubbernde Perfektion aus einem Glas zu trinken, das wahrscheinlich mehr kostete als das Haus meiner Eltern.

Die Aufmerksamkeitsspanne von Charlie und Rafe für Hochzeitsgespräche war um einiges geringer als die von Alice und mir, und so drehte sich das Gespräch bald um das jüngste Drama. Obwohl die Nachricht nicht öffentlich verbreitet wurde, wussten alle in der Harrington Street von der Leiche, die in meinem Laden gefunden wurde.

Charlie sah mich besorgt an und fragte: „Wie geht es dir, Lucy? Du hattest heute Morgen wirklich verdammtes Pech."

Ich wurde der britischen Untertreibung nie überdrüssig. Eine ermordete Frau auf dem Fußboden meines Ladens zu finden, war in der Tat „verdammtes Pech".

Ich versuchte, nicht zu zittern, als ich sagte: „Es war schrecklich. Aber zum Glück war die Polizei schnell da und hat sich um alles gekümmert."

„Haben sie Hinweise darauf, wer es getan hat?"

Die Eine-Million-Dollar-Frage. „Ich glaube nicht."

Alice sagte: „Wenn du ein paar Tage lang woanders schlafen möchtest, bis die Tatortuntersuchungen im Cardinal Woolsey's abgeschlossen sind, kannst du gerne zu mir kommen."

Das war sehr nett von ihr. Ich bedankte mich und versuchte nicht zu erröten, als ich sagte, dass ich ein oder zwei Tage lang bei Rafe bleiben würde. Beide sahen erleichtert aus. Alice sagte: „Hier wirst du sicher sein."

Ich dachte, dass ich wahrscheinlich auch in meinem eigenen Bett sicher sein würde, aber schlafen würde ich wahrscheinlich nicht.

Charlie sagte: „Natürlich sind wir ihr begegnet. Der Frau, die ermordet wurde. Bei der Signierstunde. Sie war schwer zu übersehen. So jemand zieht die Aufmerksamkeit auf sich."

Das war eine interessante Weise, um jemanden zu beschreiben, aber ich verstand, was er meinte. Es war, als hätte Enid Selfe in einem Raum mehr Sauerstoff verbraucht, als ihr zustand. „Traurigerweise war die Aufmerksamkeit, die sie bekam, nicht immer positiv. Und doch war sie ganz aufgeregt, im Fernsehen zu sein."

Charlie sagte: „Ich verstehe nie, warum Menschen ins Fernsehen wollen, besonders in diese Reality Shows, wo sie alle im gleichen Haus wohnen oder ihre Dates in Begleitung eines Kameramanns absolvieren, der die ganze Tortur aufzeichnet. Ich könnte mir nichts Schlimmeres vorstellen."

„Ich denke, Enid Selfe liebte die Vorstellung, im Fernsehen zu sein. Sie war eine ausgezeichnete Strickerin und ging davon aus, dass sie der Star der Strickstunde sein würde. Aber wie sich herausstellte, stimmte das nicht. Teddy Lamont hat einen ganz anderen Stil, einen, der mir persönlich sehr gefällt. Bei ihm kommt es nicht auf perfekte Maschen an, sondern er hat bei Farbe und Technik einen eher organischen, fröhlichen Ansatz. Er regt sich nicht gleich auf, wenn jemand ein paar Fehler macht. Enid war entsetzt. Ihre Vorstellung vom Stricken waren perfekte Maschen, die einem Muster folgten."

Rafe sagte: „Ich denke, in dieser Beziehung sehe ich das wie Enid Selfe. Wenn man ein Handwerk ausübt, ist es gut, das ordentlich zu machen. Danach kann man sich um seine Farben und seinen Stil kümmern."

Irgendwie schnippisch sagte ich: „Na ja, nicht jeder von uns hatte so viel Zeit zum Üben wie andere Leute."

Ein paar Jahrhunderte zum Beispiel. Natürlich konnten wir vor Alice und Charlie nicht über dieses außergewöhnliche Thema diskutieren, deshalb sagte er nur: „Du kennst den Spruch, Lucy, dass man nach zehntausend Stunden Übung man die meisten Dinge beherrscht."

Der Gedanke, zehntausend Stunden mit dem Stricken zu verbringen, brachte meine Augen zum Zucken. Mir gefiel Teddy Lamonts Art besser.

Alice fragte: „Wie haben die anderen Seminarteilnehmer die Nachricht der Ermordung aufgenommen?"

„Erstaunlich gut. Es war so nett von euch, uns heute Frogg's Books benutzen zu lassen. Wir alle saßen schockiert herum, und dann hat die Polizei natürlich alle Darsteller und Mitarbeiter einen nach dem anderen vernommen. Klar, alle waren entsetzt, aber niemand konnte Enid Selfe wirklich leiden, also war es nicht so traurig, wie es hätte sein können. Ich glaube, tief im Inneren sind wir alle insgeheim erleichtert, dass die Show ohne sie weitergehen kann."

Charlie schien ziemlich überrascht. „Sie machen weiter? Das ist ganz schön kaltherzig, oder?"

Ich zuckte die Achseln. „Du weißt doch, wie es so schön heißt: ‚The show must go on.' Besonders, wenn Teddy Lamont ein neues Buch vermarkten muss und die Produktionsfirma bereits eine Menge Geld investiert hat, um die Sendung zu machen. Ich nehme an, solange niemand die Einzelheiten kennt, wird das Fernsehpublikum nichts davon mitbekommen." Doch Charlie hatte recht. Wir würden sprichwörtlich über der Leiche dieser Frau stricken. Oder zumindest über der Stelle, an der sie gestorben war.

Alice schaute Charlie böse an. „Es wird dir guttun, den Laden wieder voller Menschen und Leben zu haben, Lucy."

„Ja." Ich würde etwas mit der neuen Vitrine an der Wand machen müssen. Ich glaubte nicht, dass ich es ertragen würde, diese antiken Stricknadeln noch länger vor meinen Augen zu haben – besonders jetzt, da sich ein klaffendes Loch in der Komposition aufgetan hatte.

KAPITEL 14

Charlie nippte am Champagner, sah jedoch sehnsüchtig sein Bier an. Er sagte: „Ich war überrascht, wie unterschiedlich Stricker sind. Daran sollte ich wohl inzwischen gewöhnt sein. Alice und du und Violet, ihr seid nicht unbedingt die typischen Strickerinnen im Großmutterstil. Deine Granny war das natürlich schon. Aber bei den Leuten, die für die Sendung ausgesucht wurden, war jede Altersgruppe vertreten. Dieser kräftige Norweger hat mich am meisten überrascht. Er sah aus, als würde er in eine Fleischerei arbeiten oder eine schwere Maschine betätigen, und sich nicht ans Sockenstricken setzen.“

Ich lächelte über seine Beschreibung von Gunnar. „Ich bin sicher, dass die Produzenten ihn genau deshalb ausgewählt haben.“ Problemlos konnte ich mich an seine Kurzpräsentation erinnern. „Und du liegst gar nicht so falsch. Er hat auf einer Ölplattform in der Nordsee gearbeitet. Laut seinem Lebenslauf hat er mit dem Stricken angefangen, um leichter mit dem Rauchen aufzuhören. Es ist lustig zuzusehen, wie er mit diesen großen, rauen Arbeiterhänden strickt. Und stricken kann er ausgezeichnet." Ich stellte ihn mir vor, wie er vor sich hin strickte, und musste kichern. „Allerdings ist er ein bisschen perfektionistisch. Und jedes Mal, wenn er einen Fehler macht, sagt er *lort*. Und dann entschuldigt er sich. Sagt, das heißt ‚Exkrement.'"

Charlie sah mich überrascht an. „Meinst du nicht *dritt*?"

„Ich glaube nicht." Die Wörter klangen noch nicht einmal besonders ähnlich.

Charlie zuckte die Achseln. „Das ist ja merkwürdig. *Lort* ist das dänische Wort für, ähm, Exkrement. Das weiß ich, weil ich einst eine dänische Freundin hatte. Wie dein Freund Gunnar fluchte sie auf Dänisch, obwohl ihr Englisch ausgezeichnet war. *Dritt* ist der norwegische Ausdruck."

Alice schaute ihn etwas beleidigt an. „Und das hast du von deiner norwegischen Freundin gelernt?"

Wenn Charlie sein charmantes Lächeln aufsetzte, konnte es einem den Atem verschlagen. „Du warst nicht meine Erste, liebste Alice. Aber ich verspreche dir, dass du meine Letzte bist."

Dann stand er auf, um seine Verlobte zu küssen, während ich darüber nachgrübelte, was er gesagt hatte.

„Das ist doch merkwürdig, oder? Dass Gunnar auf Dänisch flucht?"

Rafe sagte: „Man neigt dazu, in seiner Muttersprache zu fluchen."

Da irgendjemand, der mit der Produktion zu tun hatte, ein Mörder war, war jede außergewöhnliche Kleinigkeit bemerkenswert. „Du meinst, Gunnar ist vielleicht gar kein Norweger? Wer erfindet denn schon, dass er Norweger ist?"

„Ich habe keine Ahnung. Gunnar ist gewiss ein norwegischer Name."

Aber da wir Gunnar jetzt anzweifelten, fiel mir noch etwas ein. „Als Annabel erwähnte, dass sie in Preikestolen in Norwegen wandern war, könnte ich schwören, Gunnar wusste nicht, wovon sie redete. Und dann vertuschte er es, indem er sagte, er sei kein Wanderer. Es war einfach merkwürdig, das ist alles."

Charlie war ein Mann, der eher in Büchern als sonst wo lebte, aber er hatte auch eine praktische Ader. „Er kannte Preikestolen nicht? Lucy, ich denke, du solltest der Polizei von Gunnar berichten."

„Da hast du wahrscheinlich recht. Ich mag es nur nicht, mir vorzukommen wie eine Petze in der Schule, die andere in Schwierigkeiten bringt."

„Na ja, wenn man einen Mörder aufhalten kann, indem man eine Petze ist, ist es das wahrscheinlich wert."

„Vielleicht hat er gelogen, als er sagte, er sei Norweger, aber warum sollte ein Bohrturmarbeiter aus Norwegen, oder vielleicht Dänemark, Enid Selfe töten?"

„Das ist eine Frage für die Polizei", sagte Charlie.

„Aber jedes Mal, wenn jemand in meinem Laden ermordet wird, denke ich auch, dass es eine Frage für mich ist." Außerdem waren vier Gehirne besser als eins. „Ihr dürft es nicht weitersagen, aber ich will, dass ihr wisst, wie sie genau gestorben ist." Sie schauten sich an und beide beugten sich vor. Ich konnte mir vorstellen, dass sie sehr neugierig auf die Details gewesen, aber zu höflich gewesen waren, um nachzubohren.

Charlie sagte: „Natürlich werden wir diskret sein."

Ich sagte ihnen, wie ich heute Morgen nach unten gegangen war und sie mit den in ihrer Brust steckenden Stricknadeln gefunden hatte.

„Stricker sind wirklich ein üblerer Haufen, als ich gedacht hätte. Und dieser Gunnar-Typ hätte die rohe Kraft dazu, eine Frau mit Stahlstricknadeln zu ermorden."

„Aber die haben sie nicht getötet." Da schluckte ich und Rafe, der mich beobachtete, übernahm das Erzählen.

„Sie wurde durch einen Schlag auf den Kopf getötet. Ihr Hinterkopf war eingeschlagen."

Alice wurde etwas grün und nippte wieder an ihrem Champagner, aber Charlie blinzelte, als würde er sich die Szene ausmalen. „Mit der richtigen Waffe hätte jeder, der einigermaßen stark ist, sie töten oder zumindest bewusstlos schlagen und den Job dann zu Ende bringen können."

„Ganz genau", sagte Rafe.

„Aber warum in meinem Laden? Das gibt dem Ganzen irgendwie eine persönliche Note. Der Mörder hatte Planungen anstellen müssen, um sie dort anzutreffen. Er hat sie sich nicht einfach auf der Straße oder in ihrem Haus geschnappt. Das hier war vorsätzlich, und das Cardinal Woolsey's war der Vorsatz."

Rafe schob seinen Champagner beiseite und kehrte zu seinem Rotwein zurück. Als Charlie das sah, tat er dasselbe und griff zu seinem Bier. Alice und ich waren höchstzufrieden mit unserem Champagner und hielten unsere Gläser hin, damit William uns nachschenkte, als er mit den Hors d'Oeuvres herauskam.

Er sagte: „Ich habe mit ein paar Sachen herumexperimentiert, die vielleicht nett für Ihre Hochzeit sein könnten. Ich habe eine ganze Liste mit Ideen, die wir durchgehen können, sobald es Ihnen passt, Alice."

Alice hätte sich fast an ihrem Champagner verschluckt.

„William, Sie müssen uns auf unserer Hochzeit nicht bekochen. Ich beauftrage eine Catering-Firma."

William schüttelte den Kopf. „Ich habe mit Rafe darüber gesprochen. Das ist Teil unseres Hochzeitsgeschenks, wenn Sie bereit sind, es anzunehmen. Natürlich habe ich Verständnis, wenn Ihnen eine Catering-Firma lieber ist. Aber ich bekomme nicht oft die Gelegenheit, mein Talent zum Einsatz zu bringen. Ich wäre für die Chance dankbar."

Armer Mann, er sah wirklich aus, als würde er das wollen. Alice lächelte ihn dankbar an. „Vielen Dank, William. Ich muss zugeben, dass es eine schwierige Aufgabe ist, den richtigen Caterer zu finden. Sie wären perfekt."

William sah ebenfalls erfreut aus. „Warten Sie, bis Sie gegessen haben, dann können Sie sich entscheiden."

Ich betrachtete das, was auf dem Tablett lag, und dachte, wenn ich jemals heiraten würde, dann sollte William der Caterer meines Vertrauens werden. Er ging mit dem Tablett herum und fing bei Alice an. „Das sind traditionelle Kartoffel-Latkes mit Räucherlachs. Die italienische Mayonnaise ist mein eigenes Rezept. Außerdem gibt es kleine Yorkshire Puddings mit Roastbeef rare. Hier ist eine Auswahl an frischen Meeresfrüchten, alle mit ihrer eigenen Sauce. Die Crêpes sind vegan, ebenso wie die Gazpacho und die gekühlte Erbsensuppe." Die Suppen wurden in Schnapsgläsern serviert, und die Präsentation war umwerfend. Es gab kleine Shepherd's Pies, eine meiner Lieblingsspeisen, und herzhafte Mini-Scones. Er brachte eine Platte mit Käse, Aufschnitt und Brot, um das Ganze abzurunden.

Nachdem wir uns satt gegessen hatten, nahm Alice das großzügige Angebot von William und Rafe offiziell an.

„Gut. Das wäre abgemacht. Ich habe noch viele weitere

Ideen und Rezepte. Wenn Sie bereit sind, können wir uns zusammensetzen und ein anständiges Menü zusammenstellen."

Während wir an den Hochzeitsdelikatessen knabberten, sagte Rafe: „Ich habe Theodore gebeten, später vorbeizukommen."

Charlie schaute auf. „Theodore, den Kulissenmaler?" Natürlich hatte er Theodore so kennengelernt. Der vielseitig begabte Vampir half dabei, die Kulissen zu malen, wenn das Cardinal College Drama Department seine Theateraufführungen veranstaltete. Aber Theodore war auch Privatdetektiv. Zu Lebzeiten war er Polizist gewesen, lange bevor Computer, Gerichtsmedizin oder Spurensicherung erfunden wurden. Er war ein Mann der alten Schule, und er war ausgezeichnet in dem, was er tat.

Hätte er nicht den ganzen Tag geschlafen, hätte er womöglich sogar neue Informationen für uns.

Es war ein bezaubernder Abend. Als William unsere winzigen Cupcakes brachte, auf denen mit Zuckerguss ein C und ein A geschrieben stand, nahm Charlie eins davon und sagte, bevor er davon abbiss: „Wir haben festgestellt, dass Gunnar eventuell nicht der Mann ist, für den er sich ausgibt. Erzähle uns von den anderen Strickern. Alice und ich haben sie am Abend vor der Ermordung dieser Frau alle kennengelernt, also könnte es sein, dass wir etwas gesehen haben oder uns an etwas erinnern."

Ich schaute zu Rafe, der nickte. Nyx kam vom Garten heraufgetapst und sah selbstzufrieden aus. Sie beschnüffelte jeden Winkel der Terrasse, und wehe den Mäusen, die sich dort womöglich versteckten, doch sie schien befriedigt festzustellen, dass wir uns in einer mäusefreien Zone aufhielten.

Mit dem zufriedenen Gähnen einer Katze, die mit dem geheimen Katzengeschäft beschäftigt gewesen war, sprang sie auf meinen Schoß, drehte sich ein paar Mal herum und machte es sich zum Schlafen gemütlich. Ich schaffte es, in meine Tasche zu greifen, ohne Nyx zu stören, und zog das Blatt mit den Präsentationen heraus. Inzwischen kannte ich sie fast auswendig, aber ich wollte nicht einmal die geringste Kleinigkeit übersehen. Ich fasste zusammen, was wir über Enid und Ryan wussten.

„Vinod ist der Nächste auf der Liste."

Alice sagte: „Ich habe während der Signierstunde mit ihm gesprochen. Vinod wirkte sehr nett. Ich kann ich mir nicht vorstellen, dass er irgendwas damit zu tun hat."

„Das würde man nicht annehmen. Ich würde sagen, er hatte am wenigsten mit Enid zu tun. Meistens war er zurück-gezogen."

„Was wissen wir über ihn?" Charlie interessierte sich offensichtlich immer mehr für die Amateurspionagebran-che. Ich nahm an, dass er im Rahmen seiner vielseitigen Lektüre viele Kriminalromane verschlungen hatte. Als hätte er meine Gedanken gelesen, lachte er leise. „Na ja, es erin-nert an klassische Krimis, oder? An Dorothy L. Sayers, Margery Allingham oder sogar an unsere alte Freundin Agatha Christie. Ein Zimmer voller Verdächtiger. Alle haben scheinbar nichts miteinander zu tun, aber je tiefer man gräbt, desto mehr Verbindungen findet man. Wie unterirdische Wurzeln, die von der Oberfläche aus nicht sichtbar sind, bis man die Schaufel nimmt und im Dreck gräbt."

Natürlich hatte er recht. Was wusste ich über Vinod? Ich dachte an unsere Gespräche zurück und ging den kurzen

Lebenslauf durch. „Er ist in Indien geboren, wohnt aber jetzt in der Nähe von Birmingham. Er ist Radiologe."

„Nun ja, jemand, der sich mit dem menschlichen Körper auskennt, wüsste sicherlich, wie man ein Paar Nadeln in das Herz eines Menschen manövriert."

Das war ein gutes Argument. Es konnte nicht einfach sein, an den Rippen vorbeizukommen. Ein medizinischer Hintergrund wäre hilfreich gewesen. „Aber wo sollte auch hier die Verbindung sein? Hat Enid Selfe sich an ihn rangemacht?", fragte ich. Ich hatte definitiv bemerkt, dass sie sich Rafe an den Hals warf, aber merkwürdigerweise hatte ich ihre Bewegungen ansonsten nicht besonders verfolgt.

Alice sagte: „Ich glaube nicht. Er scheint ein hingebungsvoller Familienmensch zu sein. Er ist schrecklich stolz auf seinen Sohn, seinen ältesten. Der Junge ist siebzehn und wurde hier in Oxford an der medizinischen Hochschule angenommen."

Rafe sah mich an. „Hattest du vorhin nicht gesagt, Enid Selfe habe gehofft, eine ihrer Töchter würde in Oxford studieren?"

„Ja, aber sie leben in Stow-on-the-Wold. Wie sollten sie jemanden aus Birmingham kennen?"

Rafe holte den Ausdruck der Präsentationen heraus und sagte: „Nicht Birmingham. Im Lebenslauf heißt es, er lebe ,bei Birmingham'."

„Oh mein Gott, du hast recht." Ich konnte nicht glauben, dass ich so schlampig gewesen war. „Er hat den Namen der Stadt erwähnt. Ich habe nur immer wieder ,bei Birmingham' gelesen und das ist in meinem Kopf hängengeblieben." Ich schaute mich um. „Ich bin nicht von hier. Was für Städte und Dörfer gibt es in der Nähe von Birmingham?"

Alle schauten einander an. Alice fragte: „Leamington Spa? Coventry?"

„Nein."

Charlie sagte: „Castle Bromwich?"

„Ja." Ich schnippte mit den Fingern, sodass Nyx erschrak. „Das ist es. Wie konnte ich mich nicht daran erinnern? Es war irgendwas mit ‚Castle', also ‚Schloss'."

Charlie fragte: „Wirklich? Ich habe mich ziemlich lange mit einer Frau namens Helen unterhalten. Sie hat mir erzählt, sie habe ein paar Jahre lang in einer noblen Schule in Castle Bromwich unterrichtet."

Wow, diese Wurzeln wurden schon allein in einem lockeren Gespräch bei einem Glas Champagner und Canapés aufgedeckt. Und Cupcakes. Ich beugte mich vor und suchte mir einen aus. „Genauso wie die Buchstaben zusammen gespritzt wurden, damit sie sich verbinden, ist Helen vielleicht mit Vinod verbunden? Vielleicht hat sie seinen Sohn unterrichtet?" Zwar hatte ich keinerlei Idee, was das mit Enid Selfe zu tun hatte, doch eine Verbindung war es.

Aber Charlie schüttelte bereits den Kopf. „Sehr unwahrscheinlich. Sie hat im *Ladies'* College von Castle Bromwich unterrichtet."

„Keine Jungs?"

„Keine Jungs."

„Trotzdem ist es möglich, dass sie sich irgendwie kennen. Sie hat in dem Ort unterrichtet, in dem Vinod lebt. Und Castle Bromwich kann keine große Stadt sein."

„Unbestreitbar. Es ist außerhalb von Birmingham, glaube ich. Aber welche Verbindung besteht zu Enid Selfe?"

Alice nahm sich einen zweiten Cupcake, und ich dachte, wenn William sich auch den Auftrag für die Hochzeitstorte angeln wollte, hatte er seinen Job. „Ich bin auf ein Mädcheninternat gegangen. Wir hatten oft Veranstaltungen mit ähnlichen Schulen für Jungen."

All unsere Aufmerksamkeit war nun auf sie gerichtet. Sie errötete leicht. „Na ja, wenn Vinods Sohn in Oxford zur Schule geht, ist es dann nicht möglich, dass er selbst eine noble Jungenschule besucht hat? Und wenn die Schulen gemeinsame Veranstaltungen ausrichten, hat Vinod vielleicht Helen kennengelernt."

„Gut gedacht, Alice", sagte Charlie. Angesichts seines Kompliments lief sie rosa an. Dann schaute er mich an. „Und wenn das stimmt, ist es sehr merkwürdig, dass sie nicht erwähnt haben, dass sie einander kennen. Und doch meine ich, dass ist ein bisschen wenig, um der Polizei davon zu berichten, oder?"

„Ja. Aber vielleicht können wir beim nächsten Mal, wenn die Gruppe sich trifft, mehr herausfinden. Beim Stricken gibt es jede Menge Zeit zum Plaudern. Ich werde einfach unschuldige Fragen stellen und sehen, was ich herausfinden kann."

„Ausgezeichnete Idee, Lucy."

„Sei vorsichtig!", sagte Rafe. „Enid Selfe hat diese Nadeln nicht selbst in ihr Herz gebohrt."

KAPITEL 15

ach dieser Spaßbremse von Rafe war die Amateurspionage nur noch halb so lustig. Nach einer peinlichen Stille wechselte Alice das Thema. Zweifellos gehörte die Bewältigung schwieriger gesellschaftlicher Situationen zu den Fächern, die in Schulen mit Namen wie „Castle Bromwich Ladies' College" unterrichtet wurden. „Ich kann mir schon ausmalen, wie unsere Freunde und Verwandten sich in diesem schönen Garten unter die anderen mischen, wie Kellner mit Tabletts voller Speisen und Getränken herumgehen." Sie schaute mich an. „Das wird zauberhaft."

„Ganz sicher", versprach ich. Mit Zaubern kannte ich mich aus, und ich war entschlossen, ein paar Zaubersprüche anzuwenden, falls zusätzliche Magie benötigt wurde. Charlie und Alice hatten eine bezaubernde Hochzeit verdient.

Als William herauskam, um uns Kaffee anzubieten, überschütteten wir drei ihn mit Komplimenten für die atemberaubenden Delikatessen, die er kreiert hatte. Der arme Mann saugte unsere Lobesworte in sich auf, wie eine vertrocknete Pflanze mit hängenden Blättern Wasser trinkt.

Nach dem Essen blieben die Verlobten nicht mehr lange. Als sie weg waren, sagte ich: „Du musst William mehr Menschen bescheren, die er bekochen kann. Das macht ihn so glücklich."

Rafe hob seine Augenbrauen. „Vielleicht solltest du mehr Zeit hier verbringen."

Darauf wollte ich mit meiner Bemerkung nicht hinaus. Glücklicherweise wurde ich davon erlöst, eine Antwort zustande zu bringen, als Theodore auf die Terrasse trat. Er war völlig geräuschlos um das Haus herumgekommen. „Guten Abend, Lucy. Guten Abend, Rafe", sagte er förmlich.

„Hi Theodore", sagte ich. Rafe nickte ihm nur zu.

„Der Mord in deinem Laden tut mir sehr leid", sagte er. Er ließ das Wort „erneute" weg, aber es schwang mit.

„Danke!"

„Ich habe bei der Untersuchung dieses Falles einige Fortschritte gemacht. Nicht viele, aber ein paar."

„Tatsächlich? Du bist fantastisch. Die Frau ist ja gerade erst gestorben."

Er schaute zu Boden und sah verlegen aus. „Ich habe jede Menge Zeit."

Rafe fragte: „Ist es dir gelungen, etwas Nützliches herauszufinden?" Das war das Problem mit dem Spionieren. Zum großen Teil bedeutete es, dass man auf falsche Spuren und Sackgassen stieß, die man dann aussortieren musste. Eine frustrierende, aber notwendige Arbeit.

„Ich weiß es nicht", antwortete er Rafe. „Ich habe mir Enid Selfes Ehemänner angesehen und, ähm, ihre anderen wichtigen Beziehungen, wie du mich gebeten hast."

Ich hatte mich so sehr auf die Strickschüler und die Produktionsmitarbeiter konzentriert, dass ich nicht viel über die Menschen im Privatleben der Frau nachgedacht hatte. „Ihr meint, es könnte einer der Ehemänner gewesen sein?"

Rafe lehnte sich an die Brüstung, seine langen Finger ruhten sanft auf dem Stein. Er schaffte es, entspannt und aufmerksam zugleich auszusehen. „Wenn es um Mord geht, musst du eines bedenken, Lucy: Selten handelt es sich um eine Tat, die im Eifer des Gefechts begangen wird. Und selbst wenn es so ist, wurden die Samen dafür schon viel früher gesät."

Ich dachte an hitzige, zornige Worte und Gewalttaten, die man schon bald bereute. Aber je mehr ich darüber nachdachte, desto besser verstand ich, was er meinte. „Du willst sagen, dass einer ihrer Ehemänner womöglich von ihr betrogen wurde und im Laufe der Jahre immer verbitterter geworden ist?"

„Das ist möglich." Er schaute Theodore an. „Aber ist es wahrscheinlich?"

Theodore trug einen Tablet-PC bei sich, hatte aber auch Aktenordner mitgebracht, die handgeschriebene Notizen enthielten. Er öffnete einen Aktenordner und nahm einige Notizen heraus, schaute sie aber kaum an. „Enid Selfe ist am 12. Dezember 1970 als Enid Williams geboren. Sie war dreimal verheiratet. Ihr erster Mann, Timothy Fielding, war ein einfacher Angestellter in einer Bank. Sie hatten sich in der Schule kennengelernt, und als er von seinem Studium zurückkehrte, heirateten sie und bekamen eine Tochter, Amelia, die jetzt siebzehn Jahre alt ist. Sie lebten ein ziemlich bescheidenes Leben in London. Mr Fieldings beruflicher Aufstieg im Bankgeschäfte verlief sehr langsam."

Ich gab einen abfälligen Laut von mir. „Sie dachte, sie hätte Richard Branson geheiratet und war auf einmal an Mr Bean gefesselt?"

„Ich glaube, so in etwa war es, Lucy. Und dann ist sie Horace Crisfield begegnet. Er war älter und um einiges wohlhabender. Sie hatte ihren sozialen Aufstieg bereits begonnen. Sie war einer Wohltätigkeitsorganisation beigetreten, um die Alphabetisierung in Schulen zu fördern. Wie es scheint, ist Enid Mitglied in Organisationen geworden, um reiche Männer kennenzulernen. Sie gehörte zum Vorstand einer medizinischen Wohlfahrtsorganisation – in der Hoffnung, dort einen Arzt kennenzulernen."

„Ich habe von solchen Menschen gehört, habe aber nie so richtig geglaubt, dass es sie wirklich gibt."

Rafe sah mich etwas traurig an. „Es tut mir leid zu sagen, dass es sie gibt. Unter beiden Geschlechtern."

Theodore räusperte sich, was Rafe und mich zum Schweigen brachte. „Enid Fielding, wie sie damals hieß, und Horace Crisfield, ein verheirateter Mann, begannen eine Affäre, und bald darauf wurde sie schwanger."

„Im Ernst?" Was hatte es mit dieser Frau und den Schwangerschaften auf sich?

„Damals war es ein kleiner Skandal, denn er war ein aufstrebender Mann in der Regierung. Aber er tat das Richtige – zumindest sagte er das seinen Kollegen –, verließ seine Frau und heiratete die mittlerweile geschiedene Enid Fielding."

„Du sagtest, sie sei schwanger gewesen?"

„Ja. Sie bekam noch eine Tochter, Guinevere, die jetzt zwölf Jahre alt ist. Die Familie zog nach Stow-on-the-Wold. Sobald die beiden Mädchen alt genug waren, schickte sie sie ins Internat. Sie setzte ihren sozialen Aufstieg fort und war anscheinend mit Horace Crisfield nicht so ganz zufrieden."

„Was für eine Überraschung!"

Theodore ignorierte meinen Ausbruch und studierte seine Notizen. „Wie es scheint, war sie mit dem Haus unzufrieden und nahm eine umfassende Renovierung vor." In seinem trockenen Ton fuhr er fort: „Sie begann eine Affäre mit dem Bauunternehmer, Michael Vincent. Ich habe die Einzelheiten noch nicht aufgedeckt, aber die Ehe ging in die Brüche."

Ich schaute Rafe an. „Das hört sich nach den Samen eines schweren Verrats an, der einen Mann gewalttätig machen könnte. Erst verlässt Horace Crisfield seine erste Frau, weil Enid schwanger war, und nachdem er so etwas „Ehrenhaftes" tut, verhält sie sich vollkommen ehrlos und betrügt ihn mit einem anderen."

Ich schaute zu Theodore und hatte das Gefühl, wir hätten den Fall vielleicht schon geknackt. „Hat Horace Crisfield ein Alibi für gestern Abend?"

„Das beste Alibi, das ein Mann haben kann. Er ist tot."

„Verdammt!" Und warum kam mir sein Name so bekannt vor? „Welche Aufgabe hatte er in der Regierung?"

„Er war ein hoher Beamter in der Einwanderungsbehörde."

Ich schnippte mit meinen Fingern. „Das ist es. Natürlich!" Horace mochte tot sein, aber ich dachte, er könnte trotzdem etwas mit dem Mord an seiner Ex-Frau zu tun haben. „Ich habe seinen Namen fallen hören, als Enid und Annabel gemeinsam zur Signierstunde erschienen sind. Sie unterhielten sich angestrengt, so wie es zwei Fremde tun, wenn sie irgendwie gezwungen sind, zusammen zu sein. Offenbar waren sie sich draußen über den Weg gelaufen und sind zusammen hineingegangen. Wie auch immer, ich habe gehört, wie Enid Annabel erzählte, dass ihr Ex-Mann beim Amt für Einwanderung arbeitete."

Ich schloss meine Augen und rief mir die Szene in Erinnerung. Deutlich sah ich Annabels Gesicht vor mir. Sie war plötzlich erstarrt. „Ich bin sicher, dass Annabel sie aufgefordert hat, den Namen ihres Mannes zu wiederholen, als würde sie ihn vielleicht kennen. Sie wirkte mitgenommen. Ihre Familie stammt aus Jamaica und dieser schreckliche Windrush-Skandal liegt noch nicht so lange zurück."

Theodore sah mich aufmerksam an. „Die Seminarteilnehmer habe ich mir noch nicht näher angesehen, aber das kann ich tun."

Nyx sprang von meinem Schoß und ich folgte ihrem Beispiel, stand auf und streckte mich. „Ich weiß nicht. Bloß weil Annabels Familie aus Jamaica stammt, heißt das noch lange nicht, dass sie etwas mit dem Windrush-Skandal zu tun hat."

Theodore machte sich eine sorgfältige Notiz. „Ich setze ihren Namen ganz oben auf die Liste und sehe mal, ob ich irgendeine Verbindung zwischen jemandem aus ihrer Familie und Horace Crisfield finden kann."

Ich war immer noch nicht zufrieden. „Hätte Annabel Enid wirklich getötet, weil ihr Ex-Mann ihren Großvater oder so abgeschoben hatte?"

Rafe sagte: „Da Horace tot ist, war Enid vielleicht das Beste, was sie kriegen konnte. Stellvertretend bestraft sozusagen."

Theodore kehrte zu seinen Notizen zurück. „Enid Selfe war jetzt in ihren Vierzigern und hatte angefangen, zu einem Schönheitschirurgen zu gehen." Er gestattete sich ein kleines Lächeln. „Anscheinend begann sie eine Affäre mit ihrem Schönheitschirurgen."

Ich konnte es mir nicht verkneifen. Ich brach in lautes Gelächter aus. „Na klar! Sie hat ihren Arzt abgeschleppt."

„Ganz genau. Dr. Liam Selfe."

„Sag mir nicht, er hat so lange an ihr herumoperiert, bis sie sich dachte, sie könne ihr neues Aussehen jetzt einsetzen, um etwas Hochwertigeres zu finden?"

„Einen Fußballer. Antonio Herrera."

Der Name sagte mir nichts, da ich in England keinen Sport verfolgte. Das Einzige, was ich wusste, war, dass Fußball in Großbritannien etwas anderes war als Football in Amerika. „Wie kommt es, dass sie ihn nicht geheiratet hat? War ihm klar, was sie für ein Mensch war?"

„Nein. Mr Herrera erlitt eine Knieverletzung, die ihn die Karriere kostete."

„Und Enid hat ihn verlassen?"

„Genau."

„Vielleicht war er so verbittert und sein Herz so gebrochen, dass er sie umgebracht hat." Ich konnte mir vorstellen, dass es einen verrückt machen konnte, wenn man seine Karriere, ein Knie und die Frau, die man liebte, verlor.

„Ich versuche immer noch herauszufinden, wo Herrera sich aufhält, aber ich halte es für wahrscheinlich, dass er nach Spanien zurückgekehrt ist."

„Wer war ihr potenzieller vierter Ehemann? Es muss einen gegeben haben."

Theodore nickte. „Über ihn habe ich nicht viel herausgefunden. Er ist der neueste und über ihn etwas zu erfahren, ist am schwierigsten. Er gehört zum niederen Adel und besitzt ein großes Privatvermögen. Wie es scheint, ist er ein sehr diskreter Mensch, der eher zurückgezogen lebt."

Ich musste fragen: „Wie ist er denn an sie geraten? Als zurückhaltend kann man sie wohl kaum bezeichnen. Sie hat allen von uns, die am Stricktisch saßen, von ihren privaten Angelegenheiten erzählt, angefangen von dem Baby, das sie aufgegeben hat, bis hin zu den vielen Ehen, die sie geführt hat."

Theodore nickte. „Das scheint in der Tat eine merkwürdige Kombination zu sein. Und doch kann ich bestätigen, dass sie sich ein paar Mal getroffen haben."

„Geld und einen Adelstitel. Sie war eine entschlossene Frau."

„Ich glaube, sie war eine Frau, die sich immer höhere Ziele gesetzt hat. Egal, auf welcher Stufe der Leiter sie sich befand, sie suchte immer nach der nächsten nach oben", sagte Rafe trocken. Ich hatte das Gefühl, dass auch er im Laufe seines Lebens schon solchen Menschen begegnet war. Wahrscheinlich viele Male. Das war eines der Dinge, die ein langes Leben mit sich brachte – es gab nicht viele Aspekte der menschlichen Natur, die er nicht gesehen oder erlebt hatte.

Theodore nickte. „Tendenziell stimme ich dir zu. Natürlich gab es weitere Liebschaften zwischen den Ehen, aber wenn sie heiratete, dann heiratete sie sich hoch."

„Da hatte sie ja alle Hände voll zu tun", rutschte mir heraus.

Ich fuhr mit meinen Fingern um den Stiel meines nun leeren Sektglases. „Sie zog immer weiter. Diesen Männern muss klar gewesen sein, dass sie nicht der anhängliche Typ war, und trotzdem haben sie sie geheiratet. Vielleicht gab es jemanden, der sie so verzweifelt heiraten wollte, dass er irgendwie durchgedreht ist. So nach dem Motto: ‚Wenn ich sie nicht haben kann, dann keiner.'"

Rafe nickte. „Oder es war einer, den sie geheiratet hat und der zornig war, weil sie ihn verlassen hatte."

Theodore sah beunruhigt aus. „Lucy, ich kann mich nicht daran erinnern, wann ich zum letzten Mal so viele Verdächtige für eine einzige Straftat untersuchen musste."

„Ich weiß. Das Problem mit Enid Selfe war, dass fast alle, die sie kannten, einen Grund hatten, sich ihren Tod zu wünschen."

Rafe nickte. "Damals, in meinen ... blutrünstigeren Tagen, sagten wir immer, dass es manchmal besser ist, unseren Instinkten zu folgen, um die Welt zu verbessern."

Ich erschauderte etwas, rief mir aber dann in Erinnerung, dass er aus einer anderen Zeit und einer anderen Welt stammte. Er schien so gut in diese moderne Gesellschaft zu passen, obwohl er allen immer ein bisschen voraus war. Er behauptete, dass alte Glut plötzlich wieder zum Leben erwachen könne, und dass eine Person, die erst nur nachtragend gewesen war, plötzlich zum Mörder werden könne. Konnte das auch auf ihn zutreffen? War es möglich, dass diese zivilisierte Fassade, die seinen animalischen, blutrünstigen Teil verbarg, nur ein dünner Schleier war? Ich fragte mich, was nötig wäre, um den Vampir zu provozieren. Das fragte ich mich – und hoffte, ich würde es nie herausfinden.

AM MITTWOCH ÖFFNETE ICH MEINEN LADEN WIE IMMER. Das klappte problemlos, weil meine Kunden ohnehin damit gerechnet hatten, dass mein Laden wegen der Dreharbeiten am Dienstag geschlossen sein würde. Eigentlich war das Cardinal Woolsey's wegen der Arbeiten am Tatort geschlossen, aber außer in der Harrington Street wusste man das nirgends. Und wir Einzelhändler der Harrington Street hielten immer zusammen. Ich vertraute darauf, dass niemand meine unerfreulichen Nachrichten ausplaudern würde.

Als die Polizei fertig war, hatten meine Nachbarn von unten mir dabei geholfen, mich des Teppichs zu entledigen und den Dielenboden darunter zu schrubben. Theodore kam mit einem perfekten Läufer, und dann halfen mir die Vampire dabei, meinen Laden wieder auf Vordermann zu bringen. Die Leute vom Film würden den Raum am kommenden Wochenende wieder in einen Drehort verwandeln, aber erst einmal waren wir wieder ein Wollladen.

Es war eine Erleichterung zu sehen, dass meine eintreffenden Stammkunden nicht ahnten, dass sie beim Hereinkommen ihre Füße genau dorthin setzten, wo eine tote Frau gelegen hatte. Ich ertappte mich dabei, dass ich einen Bogen um die Stelle machte. Ob es mein absolut menschliches Entsetzen oder meine Sinne als Hexe waren, wusste ich nicht, aber da, wo die Tote gelegen hatte, spürte ich eine kalte Fläche, und schon allein, wenn ich zu nah heranging, fühlte ich mich düster und traurig.

Als Violet zur Arbeit kam und sah, wie ich dieser unheilvollen Stelle auswich, sagte sie: „Lucy! Hör auf damit!"

Ich schaute sie kopfschüttelnd an. „Das kann ich nicht.

Ein Teil von Enid Selfes Geist ist hier in diesem Laden gefangen. Spürst du das?"

Violet schloss ihre Augen und holte Luft, und als sie ausatmete, nickte sie. „Du hast recht. Wir müssen sie befreien. So nervtötend sie auch war: Ihr Geist muss weiterziehen." Im Gegensatz zu mir schien sie sehr erfreut darüber, die Essenz einer toten Frau unter den Mohairs und Alpakas zu finden. Schon bald fand ich heraus, warum. „Wir brauchen Margaret Twigg und meine Großmutter, und gemeinsam sprechen wir einen Zauber, der den Geist der Toten befreit."

Ich wusste, dass wir vier zusammen eine sehr mächtige Energie erzeugten, aber die Frage, was diese Energie anrichten könnte, machte mich nervös. „Bist du sicher? Alles, was wir tun werden, ist, den Geist dieser armen Frau zu befreien? Kann da nichts schiefgehen?"

„Lucy, wir sind deine Schwestern. Du musst mehr Vertrauen haben."

Sie hatte recht, das wusste ich. Es mangelte mir nicht nur an Vertrauen zu den anderen Hexen, sondern an Vertrauen zu mir selbst und meinen eigenen Kräften. Da ich so spät zum Hexen gekommen war, war mir dabei genauso unbehaglich, als würde ich versuchen, mich in einer neuen Sprache zu unterhalten. Immer dachte ich, ich würde einen Fehler machen, das Falsche sagen oder tun. Sie erklärte: „Wir kommen heute Abend, kurz vor Mitternacht. Sei bereit für uns!"

Ich hätte widersprechen können, aber da ging die Tür auf und Margot Dodeson kam herein. Ich hatte den Eindruck, dass sie ein bisschen aufrechter ging und ein bisschen größer wirkte, seit sie für die Sendung ausgewählt worden war. Sie hatte irgendetwas an ihrer Frisur verändert. Sich die Haare gefärbt und gestylt. Sogar ihr Kleid sah neu aus. Ich freute mich so, dass ich diejenige gewesen war, die sie angerufen hatte. „Margot, wie schön, Sie zu sehen. Mir gefällt Ihr neuer Look."

Angesichts des Kompliments errötete sie. „Ich war so aufgeregt, als ich Ihren Anruf erhalten habe. Wie sie bestimmt ahnen, bin ich hier, um meine Wolle und meine Stricknadeln zu holen, damit ich vor Sonntag noch etwas aufholen kann. Natürlich werde ich üben, bevor ich überhaupt versuche, im Fernsehen an etwas zu arbeiten."

„Sie brauchen nicht zu üben. Teddy wird Ihnen alles sagen, was Sie wissen müssen."

Sie schüttelte den Kopf. „Es ist so eine Ehre, für die Sendung ausgewählt worden zu sein, da will ich ihn nicht enttäuschen. Ist er nicht ein ganz wundervoller Mann?"

„Das ist er." Es war schön, ihre unverfälschte Begeisterung über ihre Teilnahme an dieser Sendung zu sehen. Die Begeisterung, die wir alle teilten, bevor die Tragödie sich ereignet hatte. Ich gab ihr das neue Päckchen, das ihren Namen trug und sicher unterschiedliche Wolle und Anleitungen zum Spitzenstricken enthielt. Aber sie bestand darauf, dass sie mit etwas anderem beginnen wollte, bevor sie ihr Päckchen öffnete. Da sie die Rohfassung von Teddys Buch besaß, hatte sie sich schon ein Muster ausgesucht, das sie stricken wollte. Es war ein hübscher Spitzenpullover, und sie wählte einen bezaubernden blaugrünen Farbton aus, in dem ich glücklicherweise noch Wolle von Larch auf Lager hatte. Ohne im Laden herumzustöbern, ging sie direkt auf die Wand an der Seite zu, wo die Wolle stand. Als sie wieder ging, wirkte sie so glücklich, dass ich dachte, sie würde sicher unverfälschte, positive Energie in Teddys Unterricht bringen.

Und neue Energie brauchten wir dringend.

Aber zuerst musste ich diese negative Energie loswerden, die meinen Laden so deprimierend machte.

KAPITEL 16

Nachdem wir geschlossen hatten, ging ich nach oben und öffnete den Glasschrank, in dem Granny einige ihrer ganz besonderen Bücher aufbewahrt hatte. Ich hatte ein paar von meinen hinzugefügt, und ganz hinten an seinem üblichen Ort stand das Grimoire unserer Familie. Seit das Zauberbuch mir einmal fast gestohlen worden war, hatte ich das Buch mit einem immer während Zauber belegt. Sobald ich das Buch von seinem Zauber erlöst hatte, setzte ich mich auf die Couch und öffnete das Deckblatt. Kaum hatte Nyx es gerochen, sprang sie neben mir hoch. Ich wusste, sie war meine Vertraute, aber sie war auch mein Haustier und mein Trost. „Wir brauchen einen Zauber, um die arme, tote Enid Selfe auf ihren Weg zu schicken. Zu viel von ihrer Essenz steckt im Laden fest."

Nyx' Kopf bewegte sich auf und ab. Es war leicht, sich vorzustellen, dass sie mir zustimmte, wenn sie einfach nur ein normales Katzenverhalten an den Tag legte. Dann fiel mir auf, dass sie den ganzen Tag lang nicht im Laden gewesen war. „Du hast es auch gefühlt, stimmt's? Wir werden versuchen, sie heute Nacht zu befreien." Ich blätterte durch das Buch, bis ich den Zauber fand, den ich brauchte. Dann erstellte ich eine Liste der Zutaten, die wir brauchten: Salbei, schwarze und weiße Kerzen, viele Kräuter, die Granny im Garten angebaut hatte, wie ich wusste. Da es Sommer war, waren die meisten Kräuter zum Pflücken bereit. Ich hatte immer angenommen, sie habe einen so reich bestückten Garten, weil sie gerne kochte, aber das, was sie gern kochte, waren magische Rezepte. Und jetzt war ich dran.

Nyx begleitete mich nach draußen, als ich in den Kräutergarten ging. Ich pflückte die frischen Pflanzen und nahm sie dann mit nach oben. Ich hatte frischen Salbei gepflückt, aber eigentlich sollte der trocken und gebündelt sein, damit er verbrannt werden konnte, um so böse Energie und Geister auszuräuchern. Sowohl Granny als auch Margaret Twigg hatten mich dazu ermuntert, immer genügend Vorräte zu haben und jederzeit bereit zu sein, und ich fühlte mich mies, weil ich nicht auf sie gehört hatte. Ich hängte den Salbei zum Trocknen auf, obwohl er nicht rechtzeitig fertig sein würde.

Mir wurde klar, dass ich mich mehr anstrengen musste, als ich im Kerzenvorrat meiner Oma stöberte. Ich brauchte pure Bienenwachskerzen und schwarze Kerzen. Ich buddelte die letzte schwarze Kerze aus und begann, eine Einkaufsliste zu erstellen. Ich war eine Hexe, also musste ich anfangen, mich wie eine zu benehmen und besser vorbereitet zu sein.

Bevor Rafe auftauchen und mich wieder zu ihm bringen konnte, schrieb ich ihm eine Textnachricht, um ihm zu sagen, was ich vorhatte, und dass ich die Nacht hier verbringen musste.

Er schrieb zurück. „Ich warte unten, bis du zum Gehen bereit bist."

Ich hätte widersprechen können, doch während ich mit Nyx hier gesessen hatte, hatte ich gespürt, wie das kalte, unheilvolle Gefühl sich nach oben in mein Zuhause geschlichen hatte. Es erinnerte mich daran, als einmal eine Ratte in den Wänden unseres Hauses in Boston gestorben war, und wir es erst gemerkt hatten, als der Gestank anfing, das ganze Haus zu verpesten. Enid Selfes zurückgebliebener Geist war das übersinnliche Äquivalent einer sich zersetzenden toten Ratte. Solange ich nicht sicher war, dass sie weg war, wollte ich wirklich nicht hier schlafen.

Außerdem hatte William mir heute Morgen Frühstück gemacht. Eier Benedict auf herzhaftem Scone mit Kaffee aus einer schicken Maschine, die die Bohnen für jede Tasse frisch mahlte. Bei Rafe zu wohnen, war nicht gerade eine Entbehrung.

Da ich keinen William hatte, der mir das Abendessen kochte, suchte ich in meinem Kühlschrank und den Schränken nach, in denen es beschämend mager aussah. Ich hatte ein halbes Dutzend Dosen von dem Thunfisch, den Nyx mochte. Nachdem ich eine für sie geöffnet hatte, öffnete ich achselzuckend auch eine für mich. Ich hatte einen halben Laib Brot im Tiefkühler, also toastete ich mir ein paar Scheiben, strich Mayo auf das Brot und versuchte, das uninteressante Thunfischsandwich nicht mit der Gourmet-Verpflegung vom Vorabend zu vergleichen.

Dann beschloss ich mit einem Seufzen, mich mit dem Papierkram auseinanderzusetzen. Trotz Morden, Fernsehsendungen und einem ziemlich komplizierten Liebesleben musste ich immer noch ein Geschäft führen.

Kurz vor Mitternacht ging ich mit allen Vorräten und meinem Grimoire in meinen Laden hinunter und fühlte mich dabei unerklärlich nervös, weil es so spät war und ich schon wieder mit Enid allein im Geschäft war. Nun gut, Nyx war bei mir, aber ihre Augen waren groß und sie war so ängstlich, dass es mir noch schlechter ging.

Ich wollte Enid unbedingt aus meinem Laden vertreiben. Ich hatte sie zu Lebzeiten nicht ausstehen können, und tot war sie mir auch nicht sympathischer. Obwohl ihr Tod tragisch war, war ihre Aura klebrig und unangenehm, wie ein Ölfleck in der Einfahrt oder ein Kaugummi, der einem am Schuh klebt und einfach nicht abgehen will. Ich konnte es nicht erwarten, sie loszuwerden.

Eines musste ich meinen lokalen Hexen lassen: Sie waren pünktlich. Exakt um elf Uhr fünfzig klopften Violet, Margaret Twigg und meine Großtante Lavinia an die Tür. Ich hatte darüber nachgedacht, Granny zu fragen, ob sie mitmachen wolle, war aber besorgt, dass ihre Energie sich vielleicht zu sehr verändert hatte, als sie von Hexe zu Vampir geworden war. Ich hatte das Gefühl, für diese Art von Zauber würden wir pure Hexenkraft benötigen.

Margaret Twigg kam als Erste herein. Das tat sie immer gern, als wäre sie die Königin und alle anderen müssten ihr im Entenmarsch folgen. Da sie jeden mit einem Fingerschnippen in etwas Unsägliches verwandeln konnte, ließen wir sie das natürlich immer gern tun.

Sie kam mit einem kleinen Kessel und einem schwarzen, prall gefüllten Beutel in der Hand herein. So ganz vertraute ich Margaret Twigg nicht – der letzte Zaubertrunk, den sie für mich gebraut hatte, war ein Liebestrunk, der schrecklich fehlgeschlagen war. Aber es war auch nicht nur ihre Schuld gewesen, und jemandem, der bereits tot war, konnten wir ja keinen Schaden zufügen. Oder?

Kaum hatte sie den Laden betreten, schreckte sie zurück, als hätte sie etwas Schreckliches gerochen. „Oh Liebes, ich sehe ein, warum du uns brauchst. Dieses Mordopfer ist nicht von uns gegangen."

Ich war froh, dass auch sie es fühlen konnte und dass ich keine zu blühende Fantasie hatte. Zielsicher ging sie zu der Stelle, an der Enid gestorben war, und blickte zu Boden, als könnte sie die arme Frau dort tot liegen sehen. „Okay. Du sorgst dafür, dass wir ungestört sind?"

Ich hatte mit den Vampiren von unten geredet und konnte ihr versichern, dass wir hier unter uns sein würden.

Sie nickte kurz. „Gut."

Nyx blieb direkt neben mir. Margaret hatte sie einmal gekidnappt, und meine Katze hütete sich vor ihr. Verständlich.

Ich fand heraus, dass nicht alles magisch sein musste. Margaret Twigg hatte einen kleinen Campingkocher mitgebracht. Darauf stellte sie den kleinen Kessel. Aus ihrer riesigen Tasche holte sie eine Flasche, die, wie ich annahm, destilliertes Wasser enthielt, und goss es in den Kessel.

Ich zeigte ihr die Kräuter, die ich aus dem Garten geholt hatte. Das Bund Salbei sah aus wie Grünzeug, das zu lange ganz unten im Kühlschrank gelegen hatte. Sie schaute auf das schlaffe, traurige Bündel und schüttelte den Kopf. „Also wirklich, Lucy. Du musst immer bereit sein."

Dann holte sie zwei dicke Bund getrockneten Salbei und einen Bund Lavendel sowie drei Fläschchen heraus.

Nachdem sie meinen frischen Salbei verschmäht hatte, schaute sie sich den Rest meiner Kräuter aber genau an. „Sind das die, die Agnes angepflanzt hat?"

„Ja."

„Heute geerntet?"

Ich nickte.

„Gut!" Sie nickte. „Klee, Asafetida, davon brauchen wir nur ein wenig, und etwas Brennnessel und vielleicht eine Prise Rosmarin." Sie nahm die Kräuter und warf sie mit der Flüssigkeit in den Kessel. Sie fügte einige Tropfen aus den kleinen Flaschen hinzu, und ich roch Basilikum und dann den Lakritzduft von Anis. „Der Dampf wird helfen, den Raum zu säubern. Alles, was wir machen, ist, dass wir feste Substanz in Luft verwandeln, so leicht, dass sie wegfliegen kann."

Ich stellte die Kerzen kreisförmig um den Ort, an dem Enid Selfe gestorben war. Zuerst einen Kreis aus schwarzen Kerzen, um die böse Energie zu entfernen, dann einen Ring aus Bienenwachskerzen, um den Raum zu reinigen und die Energie auf den Weg zu schicken.

Ich beobachtete Margaret Twigg aufmerksam. Als der Kessel kochte und der Kräutergeruch anfing, die Luft zu tränken, zückte sie eine kleine Ampulle mit weißen Kristallen. Als sie Anstalten machte, sie in den Kessel zu schütten, packte ich sie am Handgelenk. „Was ist das?"

„Salz."

Mein Blick hielt ihrem stand. „Was für Salz?"

„Salz aus dem Toten Meer. Das hilft dabei, den Geist zu reinigen und ihn auf seinen Weg zu schicken."

Ich war nicht irgendein Trottel auf einem Jahrmarkt. „Salz aus dem Toten Meer? Bist du sicher, dass du nicht einfach eine Packung mit einem Pfund Speisesalz bei Tesco gekauft hast?"

Ihre Lippen zuckten, und ich konnte sehen, dass sie bemüht war, nicht zu lachen. „Okay, wahrscheinlich würde normales Speisesalz auch gehen, aber ich verwende das beste. Jetzt tritt zurück!" Sie schaute auf meine Hand hinunter, und ihre Stimme klang stählern. „Und lass meinen Arm los!"

Das tat ich und trat zurück. Zum Glück, denn in derselben Sekunde, in der sie das Salz in den Kessel streute, brodelte es wie wild darin.

„Lavinia? Die Kerzen bitte!"

Lavinia konzentrierte sich angestrengt, dann schnippte sie mit den Fingern und die Kerzendochte fingen sofort Feuer. Das war so cool, dass ich beschloss, diesen Zauber selbst einmal auszuprobieren.

Sie sagte: „Liebe Hexen, jetzt fassen wir uns an den Händen." Wir stellten uns im Kreis um den Fleck, an dem Enid Selfe gestorben war. Wir standen außerhalb des Feuerrings, was meinem Grimoire zufolge dazu diente, uns vor der negativen Energie zu schützen. Der Kessel blubberte genau an dem Ort weiter, an dem Enid gestorben war, und die Kerzen bildeten einen Kreis um diesen Ort. Die Flammen sollten als übernatürlicher Kamin dienen und Enids verbliebene Energie von uns ableiten. Ich hatte Violets Hand in meiner linken und Margaret Twiggs Hand in meiner rechten, die sie mit ihren klauenartigen Fingern umschloss. Lavinia schloss den Kreis zwischen Margaret und Violet, und Nyx saß neben mir, ihre sanfte Wärme an meinem Fußgelenk. Und dann schaute Margaret mich an. „Lucy? Bitte übernimm du!"

Ich fühlte mich wie eine frischgebackene Assistenzärztin, der man bei einer Gehirnoperation ein Skalpell in die Hand drückte.

Alle schauten mich an. Ich spürte die Panik aufsteigen und fragte Margaret: „Kannst du das nicht machen?"

Sie grinste auf sehr überhebliche Art. „Natürlich kann ich das. Aber du musst üben, um zu lernen. Außerdem ist das dein Laden, und du bist diejenige, die am meisten zu verlieren hat, wenn wir den Geist nicht loswerden."

Ich schaute zu Lavinia, die nur nickte. Violet drückte meine andere Hand und flüsterte: „Du packst das!"

Für sie war das leicht gesagt. Sie war nur eine Angestellte, die nach Stunden bezahlt wurde. Wenn Enid anfing, in meinem Geschäft ein Chaos anzurichten, brauchte Violet nur zu kündigen. Ich hingegen? Ich hing hier fest. Es war mein Arbeitsplatz, ich wohnte über dem Laden und von den Kreaturen, die unter mir lebten, will ich gar nicht erst anfangen zu reden – die schienen zu glauben, es sei meine Aufgabe, ihnen eine sichere Unterkunft zu gewährleisten.

Aber irgendwie wusste ich auch, dass Margaret Twigg, so nervig sie auch war, wahrscheinlich recht hatte. Ich schaute einer nach der anderen ins Gesicht und hätte sie im flackernden Kerzenlicht fast nicht erkannt. „Was, wenn es schiefgeht?"

„Dann wirst du wissen, dass du dich nicht genug anstrengst. Eine Hexe zu sein, ist nicht wie Gobelinstickerei oder Aquarellmalerei, Lucy, es ist eine Berufung. Wenn du es nicht ernst nimmst, wirst du jemandem wehtun, und dieser Jemand bist wahrscheinlich du."

„Tolle aufmunternde Worte. Danke. Jetzt bin ich voller Selbstvertrauen."

„Dieser Zaubertrunk wird nicht ewig wirken. Du vergeudest Zeit!"

Ich atmete tief ein. Ich holte das Gefühl der Stärke zurück, das ich gehabt hatte, als ich mein Familienzauberbuch gelesen hatte. Ich stellte mir den handgeschriebenen

Zauberspruch vor, den ich auswendig gelernt hatte. Ich malte mir Enid Selfes Gesicht aus. Meine Fingerspitzen begannen zu kribbeln, nicht die Art von Kribbeln, die zu sprühenden Flammen führte, sondern ein Gefühl innerer Stärke. Der handgeschriebene Vers war ein Gedicht gewesen, dessen veraltete Worte sich reimten. Ich hatte das Gefühl, etwas Einfacheres zu wollen. Also improvisierte ich meinen eigenen Zauberspruch, in der Hoffnung, dass Margaret schon alles in Ordnung bringen würde, wenn ich ein Chaos anrichtete.

„Wir Schwestern sind zusammengekommen. Norden, Süden, Osten und Westen. Feuer, Luft, Erde und Wasser. Wie vier Elemente, vier Richtungen, vier Schwestern. Zusammen halten wir dich, Geist der Verstorbenen, dazu an, dich zu erheben und deines Weges zu gehen. Deine Zeit hier auf Erden ist vorbei. Es ist Zeit für dich, in die Lüfte zu steigen und dich auf den Weg zu machen." Mir fiel nichts weiter ein, also fügte ich die Worte hinzu, die den Zauberspruch beendeten. „Wie ich sage, so soll es geschehen."

Ich spürte eine Art elektrischen Strom, der zwischen mir, Margaret und Violet floss. Es herrschte absolute Stille. Die Flammen der Kerzen brannten beständig. Sollte ich noch mehr sagen? Ich hatte nicht mehr.

Gerade wollte ich Margaret bitten zu übernehmen, da kochte das Wasser plötzlich schneller und lauter als normales Wasser kochen konnte. Es hörte sich an wie ein Wasserfall, und der Dampf stieg auf und zog davon. Violet keuchte und umklammerte meine Hand so fest, dass sie mir dabei vermutlich ein paar kleine Knochen brach.

Die Rauchsäulen wurden plötzlich zu Enids Gesicht, wenn Enid aus Dampf bestanden hätte. In schrillem Ton sagte sie: „Findet heraus, wer mir das Leben genommen hat, oder ich kehre zurück."

Vielleicht war ich vollkommen wahnsinnig, aber ich war auch eine Amateurdetektivin. Die Chance, eine Antwort auf dieses Rätsel zu finden, würde ich mir nicht entgehen lassen, und wer wusste besser als Enid selbst, wer sie umgebracht hatte? „Enid, wissen Sie, wer Sie verletzt hat?"

Sie schrie wieder und begann sich zu drehen. Ganz ehrlich: Wenn ich mich nicht an zwei andere Hexen geklammert hätte, hätte ich die Flucht ergriffen, wäre nach oben in meine Wohnung gerannt, hätte mich aufs Bett geworfen und mir die Decke über den Kopf gezogen.

Enid rief: „Gefahr kommt an diesen Ort. Der Tod kommt."

Sie gab einen weiteren dieser unheimlichen, schrillen Geräusche von sich, und dann begann sich die Säule aus Rauch, Dampf, oder was immer es war, zu drehen.

Vor meinen erstaunten Augen begann sie durch den Raum zu wirbeln. Plötzlich schrie sie wieder: „Lasst mich raus!"

Margaret Twigg schien jäh aus ihrem Trancezustand zu erwachen. „Öffne die Tür!", schrie sie. Ich rannte zur Tür und stolperte in meiner Eile, während Enids Geist schreiend durch meinen Laden zog. Endlich bekam ich die Tür auf, und mit einem letzten Heulen flog sie nach draußen in die Nacht. Die anderen drei Hexen drängten sich hinter mich, und wir stürzten zur Tür hinaus auf den Gehweg. Wir alle schauten nach oben. Das, was als dichte Dampfsäule begonnen hatte, löste sich so schnell auf, dass ich hätte glauben können, sie mir nur eingebildet zu haben. Und dann war nichts mehr da.

Wir gingen wieder hinein. Die Kerzen waren alle aus. Nyx

ging um die Kerzen herum und gab ein Miauen von sich. Und dann beschnüffelte sie mit zuckendem Schwanz jeden Winkel des Ladens.

Margaret Twigg schaute zufrieden zu. „Sie vergewissert sich, dass der Geist vollständig weg ist."

Ich schaute von Nyx zu Margaret. „Ist er das?"

„Ich glaube schon. Ich fühle ihre Essenz nicht mehr, und du?"

Ich war so verblüfft, dass ich nicht wusste, was ich spürte. Sie sagte: „Um ganz sicherzugehen nehmen wir eine letzte Reinigung vor."

Sie nahm je eines ihrer dicken Bündel Salbei und Lavendel, zündete sie mit einem Fingerschnippen an und reichte sie mir. Ich ging durch den Raum, wedelte mit dem rauchenden Salbei, rief die vier Winde an, die vier Elemente, die hier von vier Hexen vertreten wurden. Es war, wie wenn man auffegte, nachdem der Müllwagen schon vorbeigekommen war. Es war nicht viel übrig, aber ein paar Dampfspuren zogen durch meine Tür nach draußen. Schließlich nickte Margaret Twigg. „Du hast deinen Raum gereinigt."

„Aber hast du gehört, was sie gesagt hat? Sie sagte, wenn ich den Mörder nicht finde, kehrt sie zurück, um mich zu verfolgen."

„Ja, Lucy. Das haben wir alle gehört."

„Was meinte sie eurer Ansicht nach, als sie sagte, der Tod sei hier?"

Margaret klang gereizt. „Ich weiß nicht. Geister sprechen immer in Rätseln. Würde es ihnen schaden, auf eine einfache Frage eine klare Antwort zu geben?"

Dieses eine Mal war ich mir mit Margaret Twigg vollkommen einig. „Ich weiß."

Aber der Raum fühlte sich irgendwie leichter, sauberer, frischer an. Ich konnte tief Luft holen, ohne Enid zu spüren.

„Danke", sagte ich und meinte es ernst. „Danke euch allen, dass ihr gekommen seid."

Margaret Twigg schnaufte. „Du kannst uns deinen Dank ausdrücken, indem du uns einen Drink anbietest."

Ich sah sie an. „Wirklich?"

Die drei nickten. Lavinia seufzte. „Nichts geht über einen guten Whiskey Soda, nachdem man einen Geist vertrieben hat."

„Aber es ist nach Mitternacht. Die Pubs sind bestimmt zu."

Margaret nahm eine Flasche aus ihrer Tasche. „Du wirst wohl neben deinen magischen Vorräten auch deinen Schnapsschrank auffüllen müssen, Lucy. Zum Glück bin ich gut vorbereitet gekommen."

Rafe würde mich zu sich nach Hause bringen, aber wahrscheinlich war er gerade glücklich und zufrieden unten zu Besuch. Ich nahm an, ein schneller Drink würde nicht schaden und vielleicht meine angespannten Nerven beruhigen.

„Du warst gut, Lucy", sagte Margaret leise, als wir den Laden verließen, um zu mir nach oben zu gehen. „Wir werden auf deinen Erfolg anstoßen."

Das Hexendasein war voller Überraschungen. Manche davon richtig gut. „Okay", sagte ich. „Den Geist einer toten Frau loswerden und auf die Tat anstoßen. Nichts Besonderes für die moderne Hexe. Dann mal los!"

KAPITEL 17

ie zweite Stunde, die Teddy Lamont gab, war verständlicherweise gedämpfter als die erste. Es hatte ein paar Diskussionen darüber gegeben, ob wir Margot Dodeson über das unglückselige Ableben ihrer Vorgängerin informieren sollten, und Molly beschloss, dass wir es ihr sagen sollten, was ich für klug hielt. Nicht die gruseligen Details natürlich, sondern nur, dass sie eine Frau ersetzte, die unglücklicherweise plötzlich verschieden war.

Als ich Margot eingeladen hatte, bei uns mitzumachen, hatte ich nur gesagt, dass jemand ausgestiegen war. Ich überließ es Molly, ihr zu sagen, dass das „Aussteigen" in diesem Fall eine Umschreibung für „tot" war.

Alle in der Klasse wurden dazu ermahnt, nicht mehr als das zu sagen. Wir waren wieder in meinem Laden. Die Leute von der Kulisse bauten wieder den gleichen Tisch und dieselben Stühle auf und legten meine Waren wieder um. Das Einzige, was ein aufmerksamer Zuschauer bemerken würde, war, dass der Teppich ausgetauscht worden war.

Margot Dodeson und Enid Selfe hätten unterschiedlicher

nicht sein können. Bevor Margot einen Platz einnahm, schaute sie sich um und fragte, wo wir anderen gern sitzen würden. Teddy strahlte sie an und bestand darauf, dass sie vorn sitzen solle, da, wo Enid gesessen hatte. Das machte es uns anderen leichter, da wir einfach dieselben Plätze einnahmen wie beim letzten Seminar.

Angesichts Margots bewundernder Blicke war Teddy schon bald wieder so glücklich wie am ersten Tag, als wir mit diesem Workshop begonnen hatten. Der Laden war sehr viel heller ohne Enid, lebend oder tot, und ich denke, wir alle spürten den Unterschied. Natürlich hatten wir einen Startvorteil bei Teddy, und nachdem er einen kurzen Vortrag über die Technik gehalten hatte, sagte er: „Ich möchte, dass Sie anderen mit dem Stricken fortfahren. Ich bringe diese reizende Dame nach nebenan. Wir trinken einen Kaffee und ich werde ihr eine Zusammenfassung der ersten Stunde geben."

Ich war sicher, Margot würde vor Glück sterben. „Ach, das ist doch nicht nötig."

Er tätschelte ihr die Hand. „Meine Liebe, Sie haben uns alle gerettet." Und als er mit ihr davonging, dachte ich, dass er sie so behandelte, wie Enid es sich auch gewünscht hätte. Wenn sie bloß nicht so schrecklich gewesen wäre.

Sobald sie gegangen waren und Molly den Dreh unterbrach, konnten wir anderen in aller Ruhe über das Thema tratschen, das uns alle am meisten beschäftigte.

Kaum hatte sich die Tür hinter den beiden geschlossen, fragte Ryan: „Und? Gibt es irgendwelche Hinweise? Weiß irgendjemand, wer die alte Schachtel umgebracht hat?"

„Eines kann ich dir sagen: Die Bullen werden denken,

dass du es gewesen bist, wenn du weiter so redest", warnte ihn Annabel. Sie wandte sich mir zu. „Lucy?"

Ich schüttelte den Kopf. „Nein. Ich habe nichts gehört." Na ja, offiziell zumindest.

Vinod sagte: „Ich habe die Nachrichten gesehen. Dort wurde nichts über das Ableben der armen Frau gesagt."

Annabel antwortete: „Ich kann mir vorstellen, dass die Polizei die Einzelheiten geheim halten will. Es sollen nicht alle so viel wissen wie der Mörder. So schnappt man Mörder."

Ryan strickte eine Reihe zu Ende, dann drehte er sein Werk um, um die nächste zu beginnen. „Da hat wohl jemand zu viele Krimis im Fernsehen geschaut."

Wir lachten alle, was die Spannung ein wenig löste. Gunnar sagte: „Ich wäre nie zu dieser Sendung gekommen, wenn ich gewusst hätte, dass ich in eine Mordermittlung verwickelt werde."

Insgeheim dachte ich: Ist dein Name überhaupt Gunnar? Ich wünschte, ich könnte Norwegisch, um ihm ein Bein zu stellen.

Annabel sagte: „Ich wette, es war einer ihrer Ehemänner. Davon hatte sie ja genug. Ist Ihnen aufgefallen, dass sie nie über sie geredet hat? Nur über ihre zwei Töchter. Sie erinnerte mich an die böse Stiefmutter in Aschenputtel. Die, die die Füße ihrer Kinder in viel zu kleine Schuhe presst, solange sie so den Prinz kriegen."

„Aber zuerst mussten sie es an die richtigen Schulen schaffen", erinnerte sie Vinod.

„Vielleicht haben ihre Töchter sie umgebracht. Können Sie sich vorstellen, diese Frau als Mutter zu haben?" Ryan erschauderte.

Annabel schaute ihn an. „Hattest du doch fast. Letzte Woche hat sie ja praktisch erklärt, du seist das Baby, das sie weggegeben hat."

„Bin ich aber nicht, okay?" Er klang streitlustig und verärgert. Ryan wirkte sonst immer so lässig, dass wir alle mit dem Stricken aufhörten und ihn anstarrten. Er stieß seine Nadel in die nächste Masche. „Lass es einfach gut sein."

Nach einer betretenen Pause sagte Helen: „Ich verstehe nicht, was sie hier wollte. Warum sollte jemand Enid Selfe spät am Abend zu einem Treffen in Ihrem Laden einladen, Lucy?"

Sie schauten mich an, als hätte ich die Frau vielleicht in den Tod gelockt. Ich spürte, wie meine Nervosität höher stieg, genauso wie meine Stimme. „Ich weiß nicht. Ich habe oben geschlafen, als sie ermordet wurde."

„Sie wohnen oben?", fragte Gunnar und schaute zur Decke. Ich hätte mir die Zunge abbeißen können. *Gut gemacht, Lucy. In dieser Runde, in der ein Mörder sitzen könnte, zu verkünden, dass du hier wohnst.*

„Momentan gerade nicht", fügte ich hastig hinzu. „Ich wohne bei einem Freund." Und ich war Rafe noch nie so dankbar gewesen wie in diesem Moment. Natürlich sagte ich ihnen nicht, dass Enid nicht einmal nach ihrem Tod ganz fortgegangen war. Es hatte vier Hexen und mächtiger Magie bedurft, diese Frau loszuwerden.

Helen sah ziemlich geschockt aus. „Natürlich würde Lucy niemandem etwas zuleide tun. Ich glaube an Ihre Unschuld."

Das hörte sich nach einem schwachen Lob an. Ich schaute mich am Tisch um. Die Produktionsfirma hatte sie alle im selben Hotel untergebracht. Hatten sie, während ich heute Morgen wieder bei einem dekadenten hausgemachten

Frühstück mit William geplaudert hatte, gemeinsam im Hotel gefrühstückt und dabei hinter meinem Rücken über mich geredet? Vielleicht dachten sie, ich sei die wahrscheinlichste Tatverdächtige, da die Frau in meinem Laden getötet worden war. Ich hätte Teddys Telefon genauso wie alle anderen nehmen können, und als mir einfiel, dass ich als Erste auf sein Passwort gekommen war, als die Polizei uns danach gefragt hatte, zuckte ich innerlich zusammen. Ich schaute von einem Strickenden zum nächsten. „Glauben die anderen der Gruppe, dass ich die Frau ermordet habe? Möchten Sie, dass ich auf die Teilnahme an diesem Projekt verzichte?"

Helen schüttelte ihren Kopf. „Natürlich nicht. Es tut mir leid, Lucy. Wir fühlen uns alle gestresst. Ich habe nur laut gedacht."

„Ich verstehe." Und das tat ich. Ich schaute sie auch alle an, als wären auch sie Mörder. „Irgendjemand hat sie umgebracht. Um zu erfahren wer, sollten wir uns vermutlich fragen warum. Was hatte Enid Selfe an sich, das zu ihrer Ermordung geführt hat?"

Helen sagte: „Irgendjemand hasste sie und hat eine gute Gelegenheit gesehen. Wer weiß, was für Geheimnisse sie hatte?"

Ich sah Helen an. „Geheimnisse? Oder war es Rache?"

Sie hörte auf zu stricken und schaute zu mir auf. Ihre Augen waren blutunterlaufen und darunter hatten sich vor Erschöpfung dunkle Ringe gebildet. „Vielleicht war es beides." Sie wandte sich wieder ihrer Strickerei zu. „Ich denke, Annabel hat recht. Die Polizei sollte diese Ehemänner überprüfen."

Heute hatte ich eine Mission, und die durfte ich nicht

vergessen. Ich wollte ein paar mehr Hintergrundinformationen über diese Leute. Ich sagte: „Vergessen wir den Mord doch mal ein paar Minuten lang."

Von wegen.

Rafes Worte kamen mit plötzlich wieder in den Kopf. Enid hatte sich nicht selbst diese Stricknadeln in die Brust gerammt. Ja, es gab viele potentielle Verdächtige, aber die Tatsache, dass jede einzelne Person an diesem Tisch ziemlich geschickt mit den Nadeln umging, konnte ich nicht ignorieren.

Ich schaute mich im Laden um. Da waren Molly und Becks, die beide mit Laptops in der Ecke saßen und sich leise unterhielten, und der Kameramann, der gerade einen Apfel mampfte, während er auf sein Handy schaute, und der Tontechniker, der alles mithörte.

Helen stand auf, um ihren Rücken zu strecken. „Lucy, wenn es mit Ihrem Freund nicht gut läuft, sind Sie herzlich willkommen, bei uns zu wohnen."

Ich dankte ihr, fragte mich allerdings, ob das nicht irgendwie so war, wie eine Spinne, die einer armen, nichtsahnenden Fliege ein nettes Örtchen anbot, wo sie ein paar Tage bleiben konnte. Ich würde froh sein, wenn Enids Mörder gefasst war und ich aufhören konnte, jeden, der in meinen Laden kam, des Mordes zu verdächtigen. Es war erschöpfend.

Ich war so beschäftigt damit, über Mord nachzudenken, dass ich eine Masche fallenließ. Aber dank Teddy machte ich einfach in dem Wissen weiter, dass ein zusätzliches Loch dem Strickstück mehr Persönlichkeit verleihen würde. Meine Strickerei war voller Persönlichkeit.

Angesichts all der Farben, mit denen wir experimentierten, fiel es uns allen schwer, uns einen Kopf um die Technik zu machen. Wir verwandelten Langeweile in Freude.

Gunnar musste ebenfalls eine Masche fallen gelassen haben, denn er fluchte leise: „Lort!" In versucht beiläufigem Ton fragte ich: „Ist das nicht ein dänisches Schimpfwort?" Alle drehten sich um und starrten mich an – kein Wunder. Siehe einer an: Ich wusste, wie man auf Dänisch fluchte und konnte, was noch beeindruckender war, zwischen norwegischen und dänischen Flüchen unterscheiden. Ich hoffte nur, dass niemand mich auffordern würde, eine der beiden Sprachen zu sprechen, denn alles, was ich davon kannte, waren die beiden Schimpfworte.

Er schaute von seiner Strickarbeit auf und blinzelte mich an. Seine Augen hatten ein so kühles Graugrün wie die Nordsee, und ließen mich durch und durch frösteln, als er mich ansah. „Ich habe viele Jahre auf dänischen Bohrplattformen verbracht." Er lächelte trocken. „Man lernt viele dänische Schimpfworte, wenn man mit den Dänen segelt."

Okay, das machte Sinn. Ich meine, man sehe mich an! Ich lebte seit weniger als einem Jahr in diesem Land und ertappte mich dabei, die merkwürdigsten britischen Ausdrücke mit meinem amerikanischen Akzent zu sagen. Ich hatte damit angefangen zu fragen, wo die Toilette ist, und nicht das Bad, mein Auto hatte einen Kofferraum anstelle eines Laderaums, und anstatt Abfall in den Eimer zu werfen, schmiss ich Müll in den Kübel. Aber ich schwöre: Ich machte das alles immer noch wie eine Amerikanerin.

Ich hatte das Gefühl, dass mir die Zeit ausging, bevor Margot und Teddy zurückkehren würden. Molly schickte Becks nach draußen, und ich vermutete, sie hatte ihr aufgetragen, die beiden zurückzuholen. Ich wandte mich Helen zu und versuchte, beiläufig zu klingen. „Und Sie sind also Lehrerin, ja?" fragte ich, als wäre ich die Gastgeberin einer Tea Party und hätte die Aufgabe, die Gespräche am Laufen zu halten.

Sie hob den Blick nicht von ihrem Strickzeug. „Ganz genau. Ich unterrichte Sachkunde. Insbesondere versuche ich, die Mädchen zu ermutigen, weil viel zu wenige sich später der Wissenschaft widmen."

„Es muss unglaublich schwer sein, Teenager zu unterrichten. Ich erinnere mich daran, als ich ein Teenager war: Da konnte mir niemand etwas sagen."

Sie kicherte. „Ich glaube, genau deshalb macht mir meine Arbeit so einen Spaß. Wenn man den sturen Kopf einer Jugendlichen vor sich hat und ihr Wissen eintrichtert, dann leistet man eine akzeptable Arbeit. Aber wenn man den Moment erkennt, in dem der Schülerin ein Licht aufgeht – wenn sie beginnt, Fragen zu stellen, und zwar die richtigen –, dann sieht man ihren Wissensdurst und kann sie unterstützen. Na ja, und in diesen Momenten erinnere ich mich daran, warum ich Lehrerin geworden bin."

Und wieder hatte ich den Eindruck, gegen eine Mauer gerannt zu sein. Es gefiel mir ganz und gar nicht, im Leben dieser Leute herumzuschnüffeln, aber wenn ich es nicht tat, würde Enid Selfe mich vielleicht verfolgen, und ich würde alles in meiner Macht Stehende tun, um zu verhindern, dass es so weit kam. Selbst wenn das bedeutete, dass ich vollkommen unschuldige Menschen an einem Stricktisch verhören musste.

„Ich glaube gehört zu haben, dass Sie sagten, Sie hätten eine noble Schule verlassen, wo die Eltern ein hohes Schulgeld zahlen, um an eine staatliche Schule zu gehen. Hatten Sie einfach die Nase voll von so vielen Snobs?"

Sie strickte weiter, aber ihre Finger wurden starr. „So in etwa."

Ich hatte langsam die Nase voll davon, wie diese Briten sich nicht aus der Reserve locken ließen. Wir hätten diese Vernehmung nach Kalifornien verlegen sollen, wo alle es liebten, sich so richtig auszukotzen.

„Wie wäre es mit Erbschaft?", fragte Ryan aus heiterem Himmel.

Eine Sekunde lang herrschte Totenstille, dann sagte Vinod: „Wie bitte?"

„Geld." Ryan schaute auf und blickte in die Runde. „Töten die meisten Menschen nicht deshalb? Wegen dem Geld?"

„Aber Enid hatte Töchter. Ihre Kinder werden ihr Vermögen erben", sagte Helen und ihre Augen weiteten sich.

Wir hörten alle auf zu stricken und starrten Ryan an. Was, wenn er tatsächlich Enid Selfes Sohn war? Mir waren die Gesetze hier nicht so klar, aber war es möglich, dass er Anspruch auf ihren Nachlass hatte, wenn er beweisen konnte, dass er ihr erstgeborener Sohn war?

Ich hatte keine Ahnung, wie reich sie war. War ihr Nachlass groß genug, um einen vergessenen Sohn in Versuchung zu führen? Aber was war mit diesen Mädchen, die ihr ganzer Stolz und ihre ganze Freude waren? Konnten sie wegen eines Bruders, von dem sie nie erfahren hatten, in Gefahr sein?

Er schaute sich verwirrt um. „Warum starren Sie mich alle so an?" Und dann sah ich ihm an, dass er unseren Gedanken folgte. Er schüttelte den Kopf und lachte. „Oh nein. Oh nein, nein, nein. Schreiben Sie es nicht mir zu! Enid Selfe könnte nicht meine Mutter sein. Zumindest hoffe ich das. Und selbst wenn – von ihr würde ich rein gar nichts wollen."

„Leicht gesagt." Annabel schien recht verständnisvoll Ryan gegenüber, aber sie war auch eine starke Frau, die sich ihren Weg auf dem Londoner Arbeitsmarkt suchte. Sie wollte keine Zeit damit verschwenden, nett zu sein. Jetzt drehten wir uns alle zu ihr um und starrten sie an. „Ich sage ja nicht, dass Ryan die Frau getötet hat, sondern nur, dass die Polizei untersuchen sollte, ob er wirklich ihr Sohn ist. Wir waren alle hier, als sie sagte, dass das sein könnte." Sie drehte sich zu ihm um. „Und wir haben alle gehört, was du gesagt hast."

Er starrte sie an. „Ich kann es nicht fassen. Ich dachte, wir wären Freunde."

Ihre Miene war hart. „Freundchen, wenn du die Nadeln in die Brust von dieser Frau gesteckt hast, betrachten wir die aufkeimende Freundschaft als beendet."

Er warf die Hände in die Luft und sein Strickzeug fiel zu Boden. „Sie ist nicht meine Mutter, und ich habe sie nicht ermordet."

„Vielleicht hattest du nicht vor, sie umzubringen. Du hast das Treffen hier mit ihr vereinbart, um mit ihr zu reden, aber sie hat dich so aufgeregt, dass du vorübergehend den Verstand verloren hast. So etwas kann passieren."

„Nun, *mir* ist das verdammt noch mal nicht passiert."

Ich fühlte mich schrecklich für Ryan, war aber von Annabel beeindruckt, die die Aufgabe erfüllte, die ich mir vorgenommen hatte: herauszufinden, wer von uns ein Motiv für einen Mord hatte.

KAPITEL 18

*B*evor Ryan und Annabel anfingen, sich gegenseitig mit Stricknadeln zu erstechen, übernahm ich die Gesprächsführung wieder und war entschlossen, von Annabel zu lernen. „Helen", sagte ich gespielt fröhlich. „Wie war es, an so einer noblen Internatsschule all diese reichen Kinder zu unterrichten?"

Sie sah in die Enge getrieben und belästigt aus. Ich kam mir ziemlich mies vor, weil ich sie so ausquetschte, wo sie doch so eine nette Frau zu sein schien – es sei denn, sie war eine Mörderin.

Sie schaute sich um, als würde ihr vielleicht jemand zur Rettung kommen. Aber das tat keiner. Schließlich sagte sie: „Eigentlich gibt es nicht viel zu sagen. Ich hatte einige sehr gute Schülerinnen und einige nicht so sehr gute Schülerinnen. Ich habe dort achte Jahre lang unterrichtet und dann war es Zeit für einen Wechsel."

„Warum?" Ich las Zeitung. Ich wusste, dass England, wie viele andere Länder, sich darum bemühte, allen eine Schulbildung zu ermöglichen, während die Kluft zwischen privilegierten und benachteiligten Schülern zu wachsen schien. Reiche Leute schickten ihre Kinder auf sehr teure Schulen, so wie es schon immer gewesen war. Diese Kinder wurden auf die Spitzenuniversitäten vorbereitet. Internate hatten vorgeschriebene Hausaufgabenzeiten. Von den Kindern wurde erwartet, dass sie sich auszeichneten, und ihnen wurde jede denkbare Bereicherung geboten, um dafür zu sorgen, dass sie das auch taten. Sie hatten Diskussionsgruppen und die fortschrittlichsten und teuersten Computerräume. Wenn ein Tag mit dem Motto „Gehen wir mit Mommy oder Daddy arbeiten" veranstaltet wurde, begleiteten sie eine Ministerin des Kabinetts, einen Chirurgen, eine Fernsehmoderatorin oder einen Genforscher, der den Nobelpreis bekommen hatte. Gleichzeitig wurden die Gelder für öffentliche Schulen gekürzt und die Lehrergehälter nicht erhöht, wodurch gute Lehrkräfte das System verließen und immer weniger junge Leute sich für den Lehrerberuf entschieden. Die Kinder in staatlichen Schulen fielen immer weiter zurück.

Helen tätschelte ihre bunte Spitze, als wäre sie ein exotisches Haustier. „Meine jetzige Schule ist näher bei mir zu Hause, und öffentliche Schulen suchen händeringend Lehrer für wissenschaftliche Fächer."

Sie vermittelte den Eindruck einer engagierten Lehrerin und einer wundervollen Person, praktisch einer Heiligen. Konnte sie jemanden umgebracht haben?

Einer plötzlichen Eingebung folgend fragte ich: „An welchem noblen, vornehmen Internat haben Sie denn unterrichtet?"

Sie schaute mich kopfschüttelnd an, als wäre ich das nervige Kind in der letzten Reihe, das im Sachkundeunterricht immer dumme Fragen stellte und die Hausaufgaben vergaß. „Lucy, hören Sie auf, die Schule so zu nennen. Sie hatte einen richtigen Namen. Castle Bromwich Ladies' College. Was hört sich daran nobel oder vornehm an?"

Sie sagte das so emotionslos, dass ich niemals geglaubt hätte, sie würde einen Witz machen, hätte ich da nicht den Schalk aus ihren Augen blitzen sehen.

Aber Witz oder nicht, sie und Vinod mussten einander kennen.

Tatsächlich wandte er sich erstaunt an sie: „Sie haben am Castle Bromwich unterrichtet? Da wohne ich doch."

Sie schien ernsthaft überrascht. „Nein! Tatsächlich? Offenbar haben Sie keine Tochter am CBLC, ansonsten hätte ich Sie schon kennengelernt."

Er lachte leise. „Ich hoffe, meine Tochter wird eines Tages an diese ausgezeichnete Schule gehen, aber sie ist erst sieben. Mein Sohn besucht die Bromwich Grammar School."

„Das ist eine hervorragende Schule. Wie alt ist er?"

„Siebzehn." Ich konnte fast sehen, wie seine Brust vor Stolz anschwoll. „Er wurde an der medizinischen Hochschule hier in Oxford angenommen." Es war nicht das erste Mal, dass er uns diese Information mitteilte, aber Helen war zu höflich, um ihm das zu sagen.

„Das ist ja wunderbar. Einige der Mädchen, die ich unterrichtet habe, müssten jetzt im gleichen Alter sein. Ich frage mich, was aus ihnen geworden ist."

Ich dachte, es war sehr lieb von ihr, dass sie sich dafür interessierte. Außerdem wirkten weder Vinod noch sie hinterhältig oder schuldig. Ich glaubte wirklich, dass sie sich nicht kannten. Oder sie waren ausgezeichnete Lügner. Detektivarbeit war nie einfach.

Teddy und Margot Dodeson kehrten zurück, und die nächste Stunde über kam er zu jedem von uns, um sich unsere Entwürfe anzusehen, Tipps zu geben und ganz allgemein alle Strickenden so zu behandeln, als wären sie aufstrebende Textilkünstler. Da ich ja wissen sollte, was ich tat, klopfte er mir glücklicherweise nur auf die Schulter, als er an mir vorbeiging, ohne Bemerkungen über meine Arbeit zu machen.

Um eins machten wir Mittagspause. Das Drehteam ging als Erstes, während wir unser Strickzeug zusammenpackten. Molly und Becks sagten, sie müssten zu einer Telefonkonferenz mit London ins Hotel zurück und fragten Teddy, ob er zurechtkäme. Er versicherte es ihnen.

Alle Strickerinnen und Stricker drehten sich erwartungsvoll zu mir um. „Also, Lucy? Wohin sollen wir essen gehen?"

Es gefiel mir, dass die Gruppe zusammen sein wollte, aber hätte ich gewusst, dass das geschehen würde, hätte ich irgendwo reserviert. Ich überlegte schnell. Es gab eine Menge guter Restaurants in Oxford, aber wir hatten nicht den ganzen Tag Zeit. „Am Ende der Straße ist ein Pub. Dort gibt es einen netten Garten. Die haben eine große Auswahl an Speisen."

Wir sahen zu Teddy, der natürlich der Star unserer Sendung war. Er sagte: „Ja. Fabelhafte Idee. Ist es in Ordnung, wenn Douglas mitkommt?" Als alle zustimmten, begleitete ich sie zum Vordereingang des Ladens und blieb zurück, um die Tür hinter ihnen abzuschließen. Vinod, der dieselben guten Manieren wie Rafe hatte, sagte: „Ich gehe mit Ihnen, Lucy." Ich vermutete, ihm gefiel die Vorstellung nicht, mich hier allein zu lassen, falls der Mörder zurückkehrte.

Es sei denn, er war der Mörder. Ich schluckte, wusste aber, dass ich nur schreien musste, und schon würden einige sehr fürsorgliche Vampire hier sein, bevor mein Schrei zu Ende war.

Statt mich anzugreifen, stöberte Vinod in den Wollknäueln herum, während ich das Licht ausschaltete und meine Tasche mit meinen Schlüsseln holte. Als wir hinausgingen, stand eine junge Frau neben der Eingangstür. Ich hatte sie noch nie gesehen, aber irgendetwas an ihr kam mir vage bekannt vor. Als sie mich sah, kam sie auf mich zu. Ihre Augen sahen geschwollen und tränenverschmiert aus. Ich hoffte, sie brauchte keine Hilfe bei einer Strickkatastrophe. Davon hatte ich selbst genug.

Gerade wollte ich ihr sagen, dass wir geschlossen hatten, da fragte Vinod: „Amelia? Was machst du denn hier?"

„Mr Patel?" Sie klang erstaunt darüber, ihn hier zu sehen.

„Mein Liebes, mein herzliches Beileid."

Und da wusste ich, warum sie mir bekannt vorkam. Sie ähnelte ihrer Mutter, Enid Selfe.

„Ich musste einfach herkommen, Mr Patel." Ihre Augen füllten sich mit Tränen. Sie zückte ein bereits durchnässtes und zerknittertes Taschentuch und wischte sich über die Augen. „Die Polizei hat mir gesagt, dass ... es hier passiert ist."

Ich war voller Mitleid. „Ach, Sie Ärmste. Es tut mir so leid. Sie sind Enids Tochter?"

Sie nickte. „Ich war gerade bei der Polizei. Dort wurde mir gesagt, wo es geschehen ist, aber nicht sehr viel mehr. Ich muss nur sehen ..."

„Selbstverständlich." Vinod ging auf sie zu und ergriff ihre Hände. „Amelia. Es tut mir so leid."

Oha. Er kannte Enids Tochter?

„Danke!" Sie schien verblüfft. „Ich bin so froh, Sie zu sehen. Ich hatte nie vor ... Ich habe nie gewollt ..." Sie atmete schnell ein und aus, dann trat wieder etwas Farbe in ihr Gesicht. „Wie geht es Ashvin?"

„Es geht ihm gut. Es geht ihm gut."

Sie schüttelte den Kopf. „Mummy wollte nur das Beste für mich. Sie wollte nicht grausam sein. Wissen Sie, sie hat mir angedroht, mich aus dem Internat zu nehmen und mich nach Hause zu bringen, damit ich meinen Abschluss an der staatlichen Schule in unserer Gegend mache. Das hätte meine Chancen, an einem vernünftigen College genommen zu werden, zunichte gemacht."

Er nickte ernst. „Ich weiß. Es ist schon in Ordnung."

Sie schaute von ihm zu mir. „Ich war so wütend auf sie, und jetzt ist sie tot." Sie fing an zu weinen.

Vinod und ich schauten uns an. Da sie sich offenbar kannten, sagte ich: „Möchten Sie auch reinkommen?" Sie sah aus, als könnte sie eine Freundin gut gebrauchen. Er nickte, dann gingen wir zu dritt zurück in den Laden und ich schaltete das Licht wieder ein.

Ich wollte dieser armen jungen Frau nichts sagen, was sie nicht schon von der Polizei erfahren hatte. „Was hat Ihnen die Polizei gesagt?"

Sie sah sich um, als würde sie vielleicht ihre Mutter in einer Ecke versteckt finden. Sie schüttelte den Kopf. „Die hat uns nicht viel gesagt. Sie wurde durch einen Schlag auf den Hinterkopf getötet. Und es ist in Ihrem Geschäft passiert. Natürlich werden diese Informationen nicht an die Öffentlichkeit weitergegeben, aber ich vermute, Sie wissen Bescheid."

„Das stimmt." Ich sagte ihr nicht, dass ich diejenige war,

die ihre Mutter gefunden hatte. Und es machte nicht den Anschein, als wüsste sie von den Stricknadeln. Oder vielleicht konnte sie es nicht ertragen, darüber zu reden.

„Ihre Mutter arbeitete gerade an einem Spitzencardigan für Sie. Sie war so stolz auf Sie und Ihre Schwester. Sie hat viel von Ihnen geredet."

Ihre Augen füllten sich wieder mit Tränen. „Das ist nett. Ich kann es nicht fassen. Es kommt mir einfach unmöglich vor, dass ich am Wochenende nicht nach Hause fahre und sie dort treffe. Dass sie nicht plötzlich in der Schule auftaucht, um dafür zu sorgen, dass dort anständig unterrichtet wird, oder um sich mit den Lehrern anzulegen, wenn die Noten, die sie mir geben, nicht gut genug sind." Ich reichte ihr ein Päckchen Taschentücher, und sie schnäuzte sich die Nase mit einem frischen. „Sie dachte immer, es sei Schuld der Lehrer, wenn ich nicht gut genug war. Niemals meine."

„Es muss so schwer sein. Haben Sie jemanden, bei dem Sie schlafen können?"

„Meine Schwester und ich schlafen jetzt bei unserem Stiefvater. Aber das ist nicht das Gleiche. Er und Mom wollten sich scheiden lassen. Ich werde sobald ich kann zur Schule zurückkehren, gleich nach der Beerdigung. Es ist besser, wenn ich mich beschäftige."

Vinod sagte: „Du bist sehr tapfer. Als ich meine Mutter verloren habe, war ich viel älter als du, aber trotzdem war es ein schrecklicher Schock. Du musst unbedingt mal zum Abendessen kommen. Du bist herzlich willkommen!"

Sie wischte ihre feuchten Wangen mit ihren Händen ab. „Aber was ist mit Ashvin? Er will mich bestimmt nie wieder sehen."

„Unsinn. Er ist immer noch dein Freund. Das sind wir alle."

„Danke", sagte sie, und dann begannen ihre Schultern zu zittern. Bevor ich mich bewegen konnte, nahm Vinod sie in seine Arme und klopfte ihr auf die Schulter, während sie an seiner Brust weinte. „Schon gut", sagte er beruhigend.

Ich zeigte Amelia nicht die exakte Stelle, an der ihre Mutter zu Boden gegangen war, und sie bat mich nicht darum, sie zu sehen. Nachdem der Sturm des Weinens abgeklungen war, fragte ich: „Möchten Sie mit uns zu Mittag essen?" Ich hatte keine Ahnung, ob das unangebracht war, aber ich konnte dieses arme, schluchzende Mädchen nicht ganz allein wegschicken.

Sie schüttelte den Kopf. „Nein, danke. Mein Stiefvater und meine Schwester warten im Hotel. Er hielt mich für verrückt, weil ich den Ort sehen wollte, an dem sie gestorben ist, aber das musste ich."

„Natürlich. Das verstehe ich."

Sie nahm ein paar frische Taschentücher, wischte ihre Wangen ab und putzte sich noch einmal die Nase. „Danke. Sie waren sehr nett."

„Sieh meine Familie als deine eigene an!"

„Vielen Dank, Mr Patel. Ich würde sehr gern zum Abendessen zu Ihnen kommen."

„Ich sage Ashvin, er soll dich anrufen und dann kümmert er sich darum. Wann immer du soweit bist."

„Sind Sie sicher, dass er nicht wütend ist? Sie hat ihm gesagt, ich darf ihn nicht mehr sehen, und dann hat sie dafür gesorgt, dass er gefeuert wurde. Ich schäme mich so. Ich hätte mich mehr zu Wehr setzen sollen."

„Amelia, deine Mutter hat dich sehr geliebt, aber es war

nicht leicht, ihr die Stirn zu bieten. Du brauchst dir keine Sorgen zu machen. Wir verstehen das alle."

Nachdem sie weg war, machte ich das Licht wieder aus. Vinod wartete, bis ich abgeschlossen hatte, dann gingen wir in Richtung Pub, um uns zu den anderen zu gesellen. In meinem Kopf schwirrten neue Vermutungen herum. Vinods Sohn und Enid Selfes Tochter?

Ich sagte: „Wie gut, dass Sie Amelia kannten. Sie haben ihr wirklich geholfen. Armes Ding. Wie schrecklich, die Mutter so zu verlieren, und auch noch so jung.

Er schüttelte den Kopf. „Ich habe keine Ahnung, wie so eine schreckliche Frau es geschafft hat, so eine reizende Tochter großzuziehen." Das sagte er nicht verärgert, sondern einfach so, als wäre es eine allseits bekannte Tatsache. Natürlich stellte ich die offensichtliche, neugierige Frage. „Wie haben Sie Amelia kennengelernt?"

„Sie ist eine Freundin von meinem Sohn."

Die Art, wie er das sagte, deutete darauf hin, dass die Beziehung vielleicht enger war. „Freundin? Im Sinne von fester Freundin?"

Er lachte leise. „Lucy, Sie stellen Fragen wie eine Amerikanerin."

„Ich bin Amerikanerin." Ich schaute ihn von der Seite an und hoffte, dass er das charmant und nicht irritierend fand. „Also?"

„Also, mein Sohn hat als Aushilfe in einem indischen Restaurant gearbeitet. Es befindet sich in der Nähe des Ladies' College, und die Mädchen gehen dort oft essen, wenn sie das Schulessen, das sie bekommen, nicht mehr sehen können. Sie hat sich mit meinem Sohn angefreundet, und so kam eins zum anderen."

„Das ist ja schön. Es muss schwer sein, Jungen kennenzulernen, wenn man auf eine reine Mädchenschule geht."

„Meine Frau und ich waren mit der Beziehung nicht ganz einverstanden. Unser Sohn muss hart arbeiten, um es an die medizinische Fachhochschule zu schaffen. Wir wollen, dass er einen Job hat, denn es ist wichtig, eine gute Arbeitsmoral zu entwickeln. Aber er hatte keine Zeit für eine Freundin. Doch Amelia ist eine reizende junge Frau, nicht so albern und flatterhaft wie manche dieser Mädchen. Sie nimmt auch ihre Zukunft ernst." Er seufzte. „Wir wussten nicht, dass sie diese Freundschaft vor ihren Eltern geheim hielt. Irgendwie fand ihre Mutter es heraus. Sie tauchte in dem Restaurant auf, in dem mein Sohn arbeitete. Machte eine schreckliche Szene. Erniedrigte ihn in aller Öffentlichkeit. Sagte, sie würde ihn verhaften lassen, wenn er ihrer Tochter noch einmal zu nah komme."

Ich konnte mir die Szene ausmalen und das Entsetzen darüber, wie das gewesen sein musste, erfüllte meinen ganzen Körper.

Er musste Luft holen, bevor er fortfahren konnte. „Zum Glück sind die Inhaber des Restaurants alte Freunde, und sie kennen Ashvin. Sie wissen, dass er ein guter Junge ist. Aber trotzdem hörten viele Stammgäste sie. Er wurde nicht gefeuert, aber er hat den Job aufgegeben. Sagte, er kann nicht mehr dahingehen." Er schüttelte den Kopf. „Diese Frau wusste rein gar nichts über ihn und hat solche Dinge gesagt."

Ich wusste nicht, was ich sagen sollte. „Es tut mir so leid." Amelia sah wie ein nettes Mädchen aus. Und ich konnte mir vorstellen, dass Vinods Sohn ihm ähnlich war. Aufrichtig und ehrenhaft.

„Na ja, angesichts dessen, was Amelia vorhin gesagt hat,

fühlte sie sich offenbar schrecklich, hatte aber zu große Angst vor ihrer Mutter, um sich ihr zu widersetzen."

Es war offensichtlich, das Vinod eine hohe Meinung von seinem Sohn hatte. Er mochte ganz gelassen über den Vorfall reden, aber ich bezweifelte, dass er damals gelassen gewesen war. Eigentlich musste er wütend gewesen sein. Und als er dann zu dieser Stricksendung gekommen war und erfahren hatte, dass die Frau, die seinen geliebten Sohn erniedrigt und dafür gesorgt hatte, dass sein junges Herz gebrochen wurde, hier war und damit prahlte, welche hochtrabenden Hoffnungen sie für ihre eigene geliebte Tochter hatte – vielleicht war er da durchgedreht.

Plötzlich war ich froh, dass es ein sonniger Nachmittag war und ich von vielen Leuten umgeben war.

KAPITEL 19

ährend des Mittagessens versuchte ich herauszufinden, ob Vinod ein Mörder sein konnte, und kam zu dem Schluss, dass er es nicht sein konnte. Er wirkte einfach zu nett. Dann schaute ich mich am Tisch um, aber niemand von ihnen schien der Typ dafür zu sein. Obwohl ich inzwischen eigentlich hätte wissen sollen, dass es keinen typischen Mörder gab. Menschen wurden zu verrückten Taten angetrieben. Vielleicht waren sie schon immer verrückt und hatten es nur gut verheimlicht.

Ich bestellte mir einen Salat mit Ziegenkäse zum Mittag, obwohl ich nach Williams Frühstück heute Morgen – Blaubeer-Pancakes mit echtem Ahornsirup aus Vermont, der kurz Heimweh bei mir aufkommen ließ – kaum Hunger hatte. William hatte gesagt: „Lucy, es ist eine Freude, Sie beim Essen zu beobachten."

„Dass ich fresse wie ein Scheunendrescher, meinen Sie. Leisten Sie mir doch Gesellschaft! Sie wissen doch, dass Rafe das nicht tut."

Ich hatte nicht lange gebraucht, um William dazu zu

überreden, mit mir Pancakes zu essen. Als wir vor der zweiten Tasse Kaffee saßen, fragte ich ihn, warum er hier bliebe. „Es ist offensichtlich, dass Sie das Kochen vermissen, und Sie sind so ein guter Koch. Sie sollten ein Restaurant aufmachen oder ein Hochzeitscatering eröffnen oder so etwas."

Er schüttelte den Kopf. „Ich würde Rafe niemals verlassen."

„Aber warum? Ich bin sicher, er zahlt gut, und er ist, na ja, fantastisch, aber Ihre Talente sind hier vergeudet."

Er schaute in seinen Kaffee. Ich blieb still, bis er endlich redete. „Meine Familie dient Rafe seit Hunderten von Jahren."

Ich beugte mich vor und war mir sicher, einen ziemlich dämlichen Gesichtsausdruck zu haben. „Wie bitte?"

Er grinste mich an. „Ich weiß. Es hört sich verrückt an, aber so ist es. Mein Urururgroßvater verdankte Rafe sein Leben, zumindest der Legende nach. Er versprach, dass sein Sohn und alle Nachkommen seines Sohnes seinem Herrn dienen würden, wenn er nicht mehr da sein würde." Er zuckte die Achseln. „Und das haben wir immer getan."

Das klang nach Feudalzeitalter. „Und keiner von Ihnen hat jemals gesagt: ‚Wissen Sie, Sie sind ein toller Kerl, Rafe, aber ich würde lieber Schuster werden oder zum Zirkus gehen oder mich für die Astronautenschule bewerben?'"

„Nein. Niemals. Jeder von uns bringt seinem ältesten Sohn bei, wie er Rafe dienen kann, und wenn er alt genug ist, übernimmt er und wir gehen in den Ruhestand." Er beugte sich vor und sein Blick war entschlossen. „Treue, Pflicht und Ehre. Das sind Eigenschaften, die heute nicht mehr so hoch angesehen werden wie früher, aber wir

Threshers würden unser Leben für Rafe opfern. So sind wir."

Ich fühlte mich der Situation nicht gewachsen. Irgendwie, dachte ich, hatte sein Vater ihm eine Gehirnwäsche verpasst, so wie sein eigener Vater ihm eine Gehirnwäsche verpasst hatte und so weiter. „Aber Sie sitzen hier in diesem – zugegebenermaßen schönen – Gutshaus fest. Sie könnten ihr eigenes Restaurant in London oder New York haben. Sie sind so gut!" Okay, ich war nicht die herausragendste Gastrokritikerin der Welt, aber im Flugzeug las ich immer diese Zeitschriften, in denen die neuesten und besten Köche vorgestellt wurden. William war locker so gut wie jeder Chefkoch und jedes Restaurant, von dem ich gelesen oder welches ich besucht hatte.

Er schüttelte den Kopf. „Mir gefällt es hier. Vielleicht steckt es mir in den Knochen und im Mark, aber ich würde Rafe nicht verlassen. Ich gehöre ihm bis zum Tod."

„Und ich danke Ihnen für Ihre Treue, William." Rafe kam adrett in einem marineblauen Sommeranzug herein. „Fertig, Lucy?"

William schien es nicht die Bohne zu interessieren, dass unser Gespräch belauscht worden war, ich hingegen sprang auf und fühlte, wie mir das Blut ins Gesicht schoss. „Ja. Ich muss mir nur die Zähne putzen. Wir sehen uns am Auto."

„Keine Eile."

Ich schnitt mir fürchterliche Grimassen im Spiegel, als ich mir die Zähne putzte. Wann würde ich lernen, mich aus Sachen rauszuhalten, die mich nichts angingen?

Beim Mittagessen erhielt ich eine Textmitteilung und überraschenderweise kam sie von Ian. In der kurzen Zeit, als wir uns dateten, hatten wir einander viel geschrieben, aber ich hatte angenommen, er habe meine Nummer gelöscht. Wie sich herausstellte, hatte er das nicht getan. In der Nachricht stand: „Ich weiß, dass du geschlossen hast, aber meiner Tante ist die Wolle ausgegangen. Kann ich später vielleicht vorbeikommen und welche besorgen?"

Ich fand, es war sehr süß von ihm, dass er so ein aufopfernder Großneffe war. Außerdem hatte ich kein Problem damit, dass er außerhalb der Öffnungszeiten in meinen Laden kam. Wenn ich ihm einen beruflichen Gefallen tat, würde er mir eventuell einige Informationen liefern und mir vielleicht ein paar seiner ersten Erkenntnisse über den Mord von Enid Selfe mitteilen.

Ich schrieb zurück: „Kein Problem. Komm um sieben." Wir hatten geplant, bis sechs zu drehen, und ich wollte sicher sein, dass alle weg waren, bevor Ian eintraf.

Kurz darauf erhielt ich eine Nachricht von Rafe. „Hole dich heute Abend um zehn ab."

Ich schrieb zurück, dass mir das recht sei, und genoss die Tatsache, dass ich heute Abend zwei Herren als Besucher empfangen durfte. Einer davon sterblich, der andere nicht.

Als Ian ankam, hatte ich die Wolle für ihn vorbereitet. Ich folgte Grannys Tradition, eine Datei von allen Kunden anzulegen, sodass ich wusste, was sie bestellt hatten. Natürlich waren meine Dateien alle auf dem Computer. Er sah etwas verlegen aus. „Das ist sehr nett von dir, Lucy."

Nachdem er gezahlt und ich die Wolle für ihn in eine Tüte gepackt hatte, sagte er: „Ich fürchte, ich habe dir einen Bären aufgebunden."

„Du hast mich angelogen? Wie?"

„Eigentlich war es eine Notlüge. Meine Tante hatte mich

zwar gebeten, mehr Wolle zu besorgen, aber sie brauchte sie nicht heute. Ich wollte mit dir reden."

Er sah müde aus. Er hatte den Anzug an, den er bei der Arbeit trug, und ich vermutete, dass er schon seit vielen Stunden darin steckte. „Du verbringst deine Zeit mit vielen Leuten, die Enid Selfe kannten. Du hast einen guten Instinkt." Er hielt seine Hände in einer hilflosen Geste in die Luft, und die Papiertüte raschelte. „Ehrlich, wir stecken in einer Sackgasse. Ich bitte dich um Hilfe."

Es schmeichelte mir, dass er sich meinen Beitrag wünschte. Das war clever von ihm, denn er hatte recht. Ich verbrachte viel Zeit mit einigen der Personen, die Enid Selfe als Letzte lebendig gesehen hatten. „Selbstverständlich. Ich sage dir alles, was ich kann. Und im Gegenzug erzählst du mir vielleicht ein paar Dinge."

Es sah etwas beleidigt aus. „So läuft das normalerweise nicht."

„Ich weiß. Aber wie du schon sagst, ist das hier ein merkwürdiger Fall. Und ich hänge da ziemlich tief drinnen."

Er schaute zu dem Fleck, wo die Sammlung alter Stricknadeln gehangen hatte, die nun nicht mehr da war. Ich hatte die ganze Vitrine abgenommen und sie im Hinterzimmer versteckt. Es würde lange dauern, bis ich diese alten Stricknadeln und die Häkelsachen würde ansehen können, ohne dass mir schlecht wurde. Molly hatte ein hübsches Poster gefunden, auf dem Teddy mit seinem neuen Buch posierte und das ich stattdessen dort aufgehängt hatte.

Ian sagte: „In Ordnung. Ich kann dir nicht alles sagen, aber wenn du mir dein Wort gibst, dass du das, was ich dir sage, nicht ausposaunst, beantworte ich ein paar Fragen." Ich nickte. Er hatte nur gesagt, dass ich es nicht ausposaunen solle – nicht, dass ich niemandem davon erzählen dürfe. Meiner Meinung nach war das Berechtigung genug, um alles, was ich erfuhr, Theodore und Rafe mitzuteilen.

„Und?", fragte ich. „Was willst du wissen?"

Er stieß einen lauten Seufzer aus. „Alles. Alles, was du mir sagen kannst, das uns in die richtige Richtung lenkt, wäre sehr hilfreich."

Ich hatte Mitleid mit Ian. Es musste so schwer sein zu versuchen, genau denjenigen zu finden, der eventuell eine so unangenehme Person umgebracht hatte. „Die drei Ehemänner hast du dir angesehen, nehme ich an?"

„Ja, ja", sagte er ziemlich gereizt. „Was ich von dir wissen will, betrifft eher die Teilnehmer an diesem Workshop. Sogar die Techniker hinter den Kameras. Was weißt du über sie? Ihr sitzt den ganzen Tag herum und strickt. Kommt dir jemand verdächtig vor?"

„Ich würde damit anfangen, mir Gunnar unter die Lupe zu nehmen."

Er zückte ein Notizbuch, in dem ein gefaltetes Exemplar der Klassenliste lag, die schon etwas abgenutzt war. „Gunnar ist Norweger. Er hat früher auf einer Ölplattform gearbeitet." Er schaute mich an. „Es ist merkwürdig, dass du ihn als Erstes erwähnst. Uns fällt es schwer, etwas über seinen Hintergrund herauszufinden. Die norwegischen Behörden sagen, sie können ihn nicht finden."

„Ich weiß, es hört sich verrückt an, aber ich bin mir nicht sicher, dass er überhaupt Norweger ist. Er flucht auf Dänisch."

Ian riss die Augen auf. „Er flucht auf Dänisch?" Er zuckte kurz mit den Schultern. „Ich fluche manchmal auf Deutsch."

Er dachte darüber nach. „Auf Deutsch klingt ein Fluch irgendwie

deftiger."

Ich dachte zwar, dass das stimmte, sagte aber: „Okay, das hier klingt vielleicht noch bescheuerter, aber er sah verwirrt aus, als jemand Preikestolen erwähnt hat."

Nun hatte ich Ians Interesse wirklich geweckt. „Die Felskanzel?"

„Siehst du? Sogar du hast davon gehört. Und du bist kein Norweger."

„Nein. Das ist merkwürdig. Klar, wenn wir seine Fingerabdrücke nehmen könnten, würden wir vielleicht herausfinden, wer er ist, aber dazu gibt es keine ausreichenden Gründe." Er starrte auf die Klassenliste. „Was weißt du noch über Gunnar?"

„Fast nichts. Er hört eher zu, als dass er redet. Vielleicht ist mir deshalb sein Fluchen aufgefallen, als er eine Masche verpatzt hat. Es war ungewöhnlich, seine Stimme zu hören."

„Okay. Noch etwas?"

„Er sagte, er hätte sich nicht auf diese Sendung eingelassen, wenn er geahnt hätte, dass eine Frau ermordet werden würde, aber ich vermute, das geht uns allen ähnlich."

Ich wusste nicht, wie viel ich ihm sagen sollte. Ich wollte netten Leuten keinen Ärger mit der Polizei bescheren. Andererseits gab es eine Frauenleiche, die Gerechtigkeit verdient hatte. „Das sind jetzt nur ein paar Ideen für dich. Ich habe keine Ahnung, ob das eine Rolle spielt, aber Ryan wurde adoptiert. Das hat er uns am ersten Tag im Unterricht gesagt. Enid Selfe sagte, sie habe ein Kind weggegeben, das etwa in seinem Alter sein müsse. Sie hat darüber gescherzt, dass sie seine Mutter sein könnte. Als würde ihr das nichts bedeuten.

Er hat nie versucht, seine leibliche Mutter zu finden, und sie hat nie versucht, ihren Sohn zu finden. Er sagte, wenn sie sich als seine Mutter herausstelle, würde er entweder sich selbst oder sie umbringen müssen. Das hat er echt sarkastisch gesagt, deshalb weiß ich, dass es weit hergeholt ist, aber ich denke, es lohnt sich, Nachforschungen anzustellen."

Ich konnte erkennen, dass auch er das Ganze als weit hergeholt betrachtete. „In Ordnung. Ich bin bereit, nach jedem Strohhalm zu greifen. Ich überprüfe es mal."

„Wenn du schon beim Überprüfen bist, Annabels Familie stammt ursprünglich aus Jamaika. Und Ryan hat eine jamaikanische Großmutter. Enids zweiter Ehemann arbeitete in der Einwanderungsbehörde. Als sein Name gefallen ist, hatte ich den Eindruck, als hätte Annabel ihn schon einmal gehört."

„Noch mehr Strohhalme", sagte er, machte sich aber einen Vermerk in seinem Notizbuch.

Er hatte recht. Ich hatte genug Strohhalme, um einen Korb daraus zu flechten. „Und heute ist Enids Tochter in den Laden gekommen."

Das schien ihn nicht zu überraschen. „Die ältere? Amelia?"

„Ganz genau."

„Sie wollte so viel wie möglich über den Tod ihrer Mutter erfahren. Wir haben ihr das Nötigste gesagt. Ich bin nicht wirklich überrascht, dass sie hergekommen ist. Für dich allerdings unbehaglich."

„Nein. An ihrer Stelle wäre ich auch hergekommen. Außerdem denken wir, dass Enid vielleicht wie die böse Stiefmutter in Aschenputtel war. Die Mutter der entsetzlichen Stiefschwestern. Sie ist schrecklich zum Aschenputtel, schwärmt aber für ihre eigenen Mädchen. Vielleicht war Enid Selfe auch so. Schrecklich zu den meisten Leuten, aber ihre Mädchen bedeuteten ihr alles. Amelia schien am Boden zerstört darüber, sie verloren zu haben."

Er nickte. „Das habe ich auch gemerkt. Na ja, jeder wäre am Boden zerstört darüber, die eigene Mutter auf diese Weise zu verlieren, aber sie machte den Anschein, als hätte sie sie wirklich geliebt."

„Armes Mädchen."

„Ich bin so froh, dass du nett zu ihr warst."

„Nicht nur ich." Und dann berichtete ich ihm davon, wie überrascht ich gewesen war, dass Vinod und sie sich kannten. „Und jetzt wird es interessant. Sie kannte Vinod über seinen Sohn."

„Aber geht sie denn nicht zu irgendeiner schicken Mädchenschule?"

„Doch, das tut sie. Es ist ein Internat. Vinods Sohn hat in einem indischen Restaurant in der Gegend gearbeitet, und die Mädchen gingen dort manchmal essen. Ich weiß nicht, wie nah sie sich standen, aber so, wie es sich anhört, hat Enid herausgefunden, dass ihre Tochter einen Hilfskellner datet, und hat einen Anfall bekommen." Ich fühlte mich wirklich unwohl dabei, den Verdacht auf Vinod zu lenken, weil ich ihn für einen sehr netten Menschen hielt, aber auch sehr nette Menschen konnten zum Mord getrieben werden, insbesondere, um Personen zu beschützen, die sie liebten. „Wenn Vinod von seinem Sohn spricht, leuchtet sein ganzes Gesicht. So stolz ist er. Und er scheint ein sehr aufopfernder Vater zu sein. Einer, der alles für seinen Sohn tun würde."

Ian erkannte, dass ich *alles* leicht betonte, und sagte: „Auch einen Mord begehen?"

„Das weiß ich nicht. Ich erzähle dir nur alles, was ich beobachtet habe. Ob ich glaube, dass Vinod ein Mörder ist? Nein. Aber ich glaube, das ist keiner von ihnen."

„Wenn wir schon von Leuten reden, die alles für ihre Liebsten tun würden, was ist mit Douglas? Teddys Partner?"

Ich schüttelte den Kopf. „Hm, ich weiß nicht. So viel Zeit habe ich nicht mit ihm verbracht, aber er ist definitiv jemand, der alles für Teddy tun würde." Ich schaute zu dem Fleck, an dem Enid gestorben war. „Aber so nervtötend und hinderlich Enid auch war – ich wette, Teddy und die Fernsehleute hätten einen Weg gefunden, um das Filmmaterial so zusammenzuschneiden, dass die Sache nicht so schlimm aussah, wie sie war. Warum hätte er sie ermorden sollen?"

Er nickte. „Ich weiß nicht viel darüber, wie Fernsehsendungen gemacht werden, aber ich vermute, du hast recht." Er schrieb sich noch etwas auf. „Ich frage mal bei Molly nach."

Er ging die Namenliste durch. „Was ist mit Helen Radcliffe? Weißt du viel über sie?"

„Sie ist Sachkundelehrerin, eine tolle Strickerin und ihr scheint das Seminar zu gefallen. Sie und Enid hatten nicht viel miteinander zu tun."

Er tippte mit seinem Stift auf sein Notizbuch. „Und dann ist da die neue Frau."

„Margot Dodeson. Ja. Sie ist ganz sicher begeistert, hier zu sein und hängt an Teddys Lippen. Aber ich denke nicht, dass sie eine Frau ermorden würde, nur um einen Platz in Teddys Unterricht zu bekommen."

„Scheint unwahrscheinlich."

„Und dann sind da alle Mitarbeiter", erinnerte ich ihn, da ich nicht wollte, dass der Verdacht nur auf die Strickerinnen und Stricker fiel.

„Hast du über die etwas Interessantes herausgefunden?"

„Nein. Nur, dass Molly ganz schön unter Stress steht, um das hier unter Einhaltung der Fristen und des Budgets abzuschließen."

Er schaute mich ernst an. „Das hier gehört zu den Dingen, die du für dich behältst, aber es wird gemunkelt, sie bewege sich auf dünnem Eis. Sie war an einer katastrophalen Produktion beteiligt, die eine Menge gekostet hat und nie fertiggestellt wurde. Noch ein Fehler und sie steht ohne Job da."

„Wow. Sie wirkt so selbstsicher, aber ich wette, das Fernsehen gehört zu den Branchen, wo es wirklich schwer ist, wieder eine Stelle zu finden, wenn man sich erst einmal seinen guten Ruf ruiniert hat."

„Und Enid Selfe brachte die ganze Produktion in Gefahr. Das ist noch ein Strohhalm."

„Aber ist es der, der dem Kamel den Rücken brach?"

KAPITEL 20

Ian ging fort, aber ich bekam diesen Satz nicht mehr aus dem Kopf. Der Strohhalm, der dem Kamel den Rücken brach. Diese winzige Sache, die zu anderen Lasten hinzukommt und eine Person schließlich zum Zusammenbruch bringt.

Ich hatte eine Idee. Es war wie der Moment, in dem sich die unterschiedlich gefärbten Garne zu einem Muster vereinten. Wenn ich recht hatte, wusste ich, wer Enid Selfe umgebracht hatte.

Ich schaute auf meine Uhr und vergewisserte mich, dass Ian wirklich weg war, bevor ich ins Hinterzimmer ging. Flink und verstohlen öffnete ich die Falltür und kletterte in den Tunnel hinunter. Rafe hasste es, wenn ich alleine nach hier unten ging, aber ich hatte es nicht weit. Schnell erreichte ich die Höhle der Vampire und klopfte mit dem Klopfzeichen.

Granny und Sylvia waren fein gekleidet und zum Ausgehen bereit. „Ein Glück, dass ich euch noch erwische", sagte ich.

Granny umarmte mich. „Wie schön, dich zu sehen, Liebes. Aber was ist denn los?"

Ich schüttelte den Kopf. „Nichts. Aber ich möchte, dass ihr euch diese Liste anseht und mir sagt, ob ihr irgendeinen Namen davon kennt."

Sie sah verwirrt aus. „In Ordnung. Ist das eine Art Quiz?"

Alfred saß im Wohnzimmer, hörte aber natürlich jedes Wort. „Ich liebe Quizspiele. Beim Pubquiz bin ich sehr gut. Besonders bei allem, was mit Geschichte zu tun hat." Er gluckste. „Na ja, davon habe ich ja auch viel erlebt."

„Ich mach auch gern mal ein Quiz", fügte Sylvia hinzu.

Granny schüttelte den Kopf. „Bei Filmen und Theater kannst du ihr nicht das Wasser reichen."

Kaltes Entsetzen packte mich. „Granny, du gehst doch nicht etwa in Pubquiz-Lokale, oder?"

Sie wedelte mit der Hand vor ihrem Gesicht herum. „Nicht hier in Oxford, Liebes. Aber in Dublin schon. Niemand kennt mich in Dublin. Es ist so eine Freude, unter Leuten zu sein."

Und Sylvia und Rafe bemühten sich darum, sie dorthin zu bringen. Alles, was zwischen ihr und dem wöchentlichen Pubquiz in der Temple Bar stand, waren ich und mein egoistischer Wunsch, sie hier zu behalten.

In Dublin konnte ihr nicht viel passieren. Die Wahrscheinlichkeit, dass einer ihrer Kunden aus dem Cardinal Woolsey's in Oxford bei einem Pubquiz in Dublin auftauchte, war äußerst gering. Und ich dachte, dass es weit genug weg war, damit sie sich schamlos als jemand anderes ausgeben konnte, falls diese schreckliche Möglichkeit jemals wahr werden sollte. Alle würden eher glauben, dass sie jemanden gesehen hatten, der Granny ähnelte, als dass sie zu der Schlussfolgerung gelangten, dass meine geliebte Großmutter untot war. Zumindest hoffte ich das.

Wir würden schon sehr bald über ihren Umzug nach Dublin reden, aber jetzt hatte ich gerade anderes im Sinn.

„Das ist kein Quiz. Du kanntest doch die meisten Kunden mit Namen, oder nicht?"

Sie sah ziemlich empört aus. „Nicht die meisten. Alle Stammkunden. Und ich hoffe, du auch. Individueller Kundenservice ist das, was uns von jedem x-beliebigen Wollhändler unterscheidet, den man im Internet finden kann."

Dieses Argument hatte ich schon gehört. Ich versicherte ihr, dass ich in Hinsicht auf den Kundenservice so gut es ging in ihre Fußstapfen trat. Oder zumindest versuchte ich das. Ich reichte ihr das Blatt und sie überflog es. Es war immer noch merkwürdig, sie ohne ihre Brille zu sehen. Aber natürlich brauchte sie die jetzt nicht mehr.

Sie nickte und deutete auf einen Namen. „Die kenne ich natürlich. Eine ausgezeichnete Kundin und eine ausgezeichnete Strickerin."

Ich zeigte auf einen weiteren Namen. „Und diese Person?"

Sie schüttelte den Kopf. „Nein."

Ich ging zu dem superstarken Computer hinüber, der auf einem unbezahlbaren Regency-Schreibtisch in der Ecke stand. Ich öffnete die Datei der Seminarteilnehmer mit deren Fotos und zeigte sie Granny.

„Oh, na klar! Ich weiß, wer das ist." Als sie den Namen sagte, verflochten sich alle Strohhalme plötzlich zu einem Korb, mit dem man einen Mörder fangen konnte.

~

ZUM LETZTEN MAL WAREN WIR, die Teilnehmer an Teddy Lamonts Workshop für Larch Wools, alle versammelt. Wir waren verhaltener, als wir es womöglich gewesen wären. Enid Selfes Tod hing über uns.

Margot Dodeson war fast die ganze Nacht aufgeblieben, um ihren Kissenbezug fertigzustellen, wie sie sagte. Er war wunderschön. Ich war mir nicht sicher, ob er abstrakt sein sollte, aber in meinen Augen zeigte er einen Sonnenaufgang. Von Indigo bis Fuchsie reichten ihre Farben und kündigten einen schönen Tag, einen Neubeginn an.

Alle klatschten. Sie war eine viel angenehmere Kursteilnehmerin als ihre Vorgängerin. Sie war still, darauf bedacht, anderen zu gefallen und selbst leicht zu beeindrucken. Teddy hatte sie sehr ins Herz geschlossen. Es war Ironie des Schicksals: Enid hatte gehofft, durch ihre ausgezeichneten Strickkenntnisse der Klassenliebling zu werden, während ihr Ersatz, die milde und sanftmütige Margot, zum Klassenliebling geworden war, indem sie das genaue Gegenteil von ihr war. Margot war eine ausgezeichnete Strickerin, aber was das anging, war sie bescheiden und hatte offensichtlich das Gefühl, dass es viel mehr Talent erforderte, gut mit Farben und Schnitten umzugehen, als perfekte Maschen zu stricken. Da Teddy ihr da absolut zustimmte, kamen sie gut miteinander zurecht.

Trotz des Traumas und der Rückschläge war es allen von uns gelungen, unsere Kissenbezüge fertigzustellen. Meiner würde niemals eine Auszeichnung gewinnen, und dank meiner mangelnden Begabung sah er nicht so sehr nach einem Pentagramm aus, sodass niemand sofort mit dem Finger auf mich zeigen und *Hexe* schreien würde. Das war ein

Vorteil. Und doch wusste ich, was ich kreiert hatte. Ich hatte vor, den Bezug auf meiner Couch oben im Wohnzimmer zu präsentieren, zur Erinnerung an mein Erbe. Genau wie die meisten Hexen würde sich auch mein Kissen vor aller Augen verstecken.

Ich hatte Ian angerufen und ihm eine Nachricht hinterlassen, aber er rief erst zurück, als wir schon fast in die Kaffeepause gingen. Ich entschuldigte mich und ging hinaus, um den Anruf anzunehmen.

„Ian, ich denke, ich weiß, wer es war", sagte ich und versuchte zu flüstern, aber dennoch gehört zu werden, während ein Radfahrer Opernlieder singend vorbeifuhr. So etwas gab es nur in Oxford.

„Gut gemacht, Lucy. Ja, wir sind auch darauf gekommen. Lass niemanden weg. Ich bin auf dem Weg."

„Okay." Ich hätte meine Informationen gern mit ihm geteilt, aber wie es schien, brauchte ich das gar nicht.

Wir hatten nur Zeit für eine kurze Kaffeepause im Elderflower, bevor Molly uns wieder in den Laden scheuchte. „Wir müssen die Dreharbeiten heute abschließen. Das Budget kann nicht aufgestockt werden, weil es länger dauert. Los!"

Teddy war bester Laune, und obwohl mein Herz vor Grauen schwer war, gelang es sogar mir, über seine Scherze zu lachen.

Alle Kissenbezüge waren schön und so individuell wie die Strickenden. Helen erhielt so viel Lob, dass Teddy sie neben Margot zum Star machte, als er vor der Kamera von den Strickwerken der beiden als „phantasievoll" und „gewagt" schwärmte.

Die Spitze würde mit Seide unterlegt werden und er

schlug viel leuchtendere Farben vor, als Helen geplant hatte. Aber für Helen, dachte ich, war dieses Seminar ein echter Durchbruch gewesen. Sie war eigentlich nicht von ihren klaren Linien abgewichen. Sie hatte ein Elektronenschalenmodell der Elemente gestrickt, mit ganz präzisen Kreisen. Aber es war wunderschön und bunt. Teddy fragte sie: „Wie fühlt sich das an? Etwas Farbe in Ihre Welt zu bringen?"

„Ich freue mich sehr darüber. Ich freue mich wirklich sehr." Sie klang auch erleichtert, dass es sich ausgezahlt hatte, ein Risiko einzugehen. Er tätschelte ihre Schulter unter der heute moschusrattenfarbenen Strickjacke. „Helen, versprechen Sie mir, dass Sie anfangen werden, sich einige farbige Pullover zu stricken. Ich möchte Sie mutig und schön sehen!"

Sie senkte ihren Kopf und sah schüchtern aus. „Ich werde es versuchen."

Es klopfte an der Eingangstür. Molly schaute genervt und ging aufmachen. Draußen hing ein riesiges Schild, auf dem stand, dass der Laden wegen Dreharbeiten geschlossen sei und man bitte nicht klopfen solle. Aber als sie sah, wer klopfte, öffnete sie die Tür. Herein kam Ian Chisholm mit zwei uniformierten Beamten. *Zwei uniformierte Beamte?* Das sah ernst aus.

Mein Herz begann laut zu pochen.

Teddy ging direkt auf sie zu. Molly deutete dem Kameramann und dem Tontechniker mit einer Handbewegung an, dass sie stoppen sollten. Teddy sagte: „Detective Inspector Chisholm. Bitte sagen Sie mir, dass Sie mir mein Telefon bringen. Mein Leben hängt davon ab."

„Wir bringen es Ihnen zurück, sobald es geht, Sir."

Teddy schaute zu uns und breitete seine Arme aus. „Wenn er mein Telefon nicht hat, warum ist er dann hier?"

Wir alle schauten Ian an. Er sagte: „Wir brauchen die Hilfe von jedem Einzelnen. Enid Selfes Mord war ein besonders schwer zu lösender Fall."

Annabel wandte sich an Ryan: „Heißt das, sie wissen, wer es gewesen ist?"

„Wie soll ich das wissen?" Er war nicht mehr so nett zu ihr wie vorher, bevor sie angedeutet hatte, dass möglicherweise er Enid getötet habe.

Ian fuhr fort: „Enid Selfe war keine beliebte Frau, und doch hat sie dreimal geheiratet. Sie war eine ausgezeichnete Strickerin, hat es aber geschafft, sich jeden in diesem Kurs zum Feind zu machen."

Das hielt ich zwar für ein bisschen brutal, aber ich würde mich jetzt nicht mit dem Ermittler anlegen, der mit dieser Argumentation offensichtlich auf etwas hinauswollte.

„Normalerweise schließen wir in einer Mordermittlung erst einmal die Spuren aus, die nirgendwohin führen. Aber in diesem Fall führten uns alle Spuren direkt zum potentiellen Mörder."

Irgendjemand gab ein Keuchen von sich. Ich war mir nicht sicher, ob es Annabel oder Helen war.

„Gunnar."

Gunnar begann aufzustehen, aber als er drei Polizeibeamte zwischen sich selbst und der Tür sah, setzte er sich wieder. Er sah aus wie ein wildes Tier im Käfig. „Ich? Aber ich kannte die Frau ja nicht einmal."

„Gunnar Amundsen kannten Sie auch nicht, als sie seine Identität angenommen haben."

Wieder hörte man ein kollektives Keuchen, dieses Mal stimmten mehr von uns mit ein.

„Ihr wahrer Name ist Sven Henningsen, und Sie sind keineswegs Norweger, sondern Däne."

Gunnar wurde ganz rot im Gesicht. Eigentlich war es ja eher Sven, der errötete. Er stand auf, als würde er nun gehen. Aber natürlich standen immer noch Polizisten an der Tür. Er sagte: „Ich habe für meine Straftaten gebüßt."

Ian fuhr fort, als hätte er nichts gesagt. „Sie waren nicht in der Nordsee, als Sie das Stricken gelernt haben, stimmt's? Das Stricken haben Sie im Gefängnis gelernt."

„Dazu haben Sie kein Recht!"

„Oh, ich habe jedes Recht." Ian richtete einen Blick in die Runde. „Sagen Sie Ihren Strickgefährten doch, warum sie verhaftet wurden."

Der Däne setzte sich wieder und sah geschlagen aus. „Ich habe eine Frau getötet. Aber es war ein Unfall."

„Aus Ihren Aussagen bei Ihrer Vernehmung geht hervor, dass sie eine Frau in einer Eifersuchtsszene ermordet haben."

„Sie wissen nicht, wie das war. Sie waren schließlich nicht dabei. Wir haben die ganze Zeit gestritten. Ich habe sie geschubst. Das hätte ich nicht tun dürfen, aber ich habe sie geschubst, sie ist gestolpert und mit dem Kopf aufgeschlagen. Ich hatte nicht vor, sie umzubringen."

„Die Staatsanwaltschaft sah das anders."

„Ich habe meine Zeit abgesessen. Jetzt will ich nur in Ruhe leben und die Vergangenheit hinter mir lassen. Deshalb habe ich meinen Namen geändert."

„Aber Ihre Vergangenheit verfolgte sie. Enid Selfe hat bei der Signierstunde mit Ihnen geflirtet. Viele Leute haben darüber Bemerkungen gemacht."

Wirklich? Ich hatte das nur bei Rafe gemerkt. Was zeigte, wo meine Interessen lagen.

Ian fuhr fort: „Sie gab Ihnen den Eindruck, dass sie interessiert wäre, und dann wurde sie kühl. Ging zu anderen Männern weiter. Sie haben ihr von Teddys Telefon eine Nachricht geschrieben, weil Sie wussten, dass sie kommen würde, um ihn zu treffen. Hat sie Ihre Annäherungsversuche zurückgewiesen? Haben Sie sie deshalb ermordet? Ist sie auch gestolpert und hatte einen Unfall?"

Der Mann, den wir als Gunnar kannten, schüttelte seinen Kopf. „Das ist ein Märchen. Sie haben keine Beweise."

„Also ist er der Killer?", fragte Vinod und starrte Gunnar an.

„Nicht so eilig", antwortete Ian. „Auch Sie haben uns etwas verheimlicht. Stimmt's?"

Vinod schaute den Ermittler voller Würde an. „Ich habe alle Ihrer Fragen beantwortet."

„Sie haben behauptet, Sie hätten Enid Selfe nicht gekannt, bevor Sie ihr hier in Oxford begegnet sind", sagte Ian. Er nahm sein Notizbuch. „Soll ich Ihnen Ihre eigenen Worte noch einmal vorlesen?"

Vinod schüttelte den Kopf. „Was ich gesagt habe, stimmt. Ich bin dieser Frau nie begegnet. Außerdem betraf die Sache nicht mich direkt."

„Väter. Mütter. Geliebte Kinder. Das ist eine Geschichte, die sich hier abgespielt hat." Ich fühlte mich mies, weil ich diejenige gewesen war, die Ian auf die Fährte gebracht hatte, an deren Ende Vinod, sein Sohn, Enid Selfes Tochter und Enid selbst aufeinandertrafen. Aber ich hatte gedacht, dass es vielleicht wichtig sei, und offensichtlich hatte Ian das gleiche gedacht. Er sagte: „Ihr Sohn und Enids Tochter Amelia waren mehr als gute Freunde, stimmt's? Sie glaubten, ineinander verliebt zu sein. Und Enid hat dem ein Ende gesetzt. Sie hat

Ihren Sohn in aller Öffentlichkeit erniedrigt, ihm sein Herz gebrochen und fast erreicht, dass man ihn feuerte." Er schaute Vinod an. „Sie sind ein stolzer Vater. Sie müssen zornig genug gewesen sein, um einen Mord zu begehen."

Vinod deutete ein Lächeln an. „Enid Selfe war nicht die Einzige, die etwas gegen diese Beziehung hatte", sagte er. „Amelia ist ein sehr nettes Mädchen, aber ich glaube nicht, dass mein Sohn so viel Zeit mit der jungen Dame verbringen sollte. Er muss sich auf sein Studium konzentrieren."

„Und doch sind die beiden, soweit ich das sagen kann, wieder zusammen, jetzt, nachdem ihre Mutter tot ist."

Vinod sah ehrlich schockiert aus. „Diese junge Frau braucht einen guten Freund. Ja, wir haben sie wieder in unsere Familie eingeladen. Ich habe ihr gesagt, dass sie jederzeit zu uns kommen kann, wenn sie einen Ort zum Schlafen oder eine vernünftige Mahlzeit braucht. Ich mag sie. Das tun wir alle. Das bedeutet aber nicht, dass ich will, dass mein Sohn sie heiratet. Sie sind erst siebzehn."

Annabel meldete sich zu Wort. „Vinod kann es nicht gewesen sein. Wir sind im gleichen Hotel. An dem Abend, an dem der Mord passierte, konnte ich nicht schlafen. Es war heiß. Gegen Mitternacht stand ich auf, um mein Fenster zu öffnen, und als ich hinausschaute, sah ich Vinod dort sitzen und eine Zigarette rauchen."

Vinod schüttelte den Kopf. „Das ist eine schreckliche Angewohnheit. Ich schäme mich, dass Sie mich gesehen haben, aber ich war recht verstört, nachdem ich erfahren hatte, dass Enid Selfe in unserem Strickworkshop ist. Ich war mir nicht sicher, ob ich weitermachen konnte."

Rauchen war vielleicht gefährlich für seine Gesundheit,

aber so wie es aussieht, hatten ihm die Sargnägel in diesem Fall das Leben gerettet.

Aber Ian kaufte es ihm nicht ganz ab. „Annabel. Wie praktisch, dass sie Vinod ein Alibi verschaffen. Das verschafft Ihnen selbst natürlich auch gleich eins."

KAPITEL 21

*A*nnabel riss die Augen weit auf. „Ich? Warum brauche ich ein Alibi?" Sie sah sich um. „Was haben Sie vor? Wollen Sie alle verhaften?"

Er ging durch seine Notizen und hielt inne, als er an der richtigen Stelle angelangt war. „Sagt Ihnen der Name Horace Crisfield etwas?"

Ihre Hände verkrampften sich ungewollt und zerknitterten ihre schöne Spitzenarbeit. „Was ist mit ihm? Er ist tot, gut, dass wir ihn los sind."

„Wie schon gesagt: Je mehr Informationen wir über die Vergangenheit von jedem von Ihnen suchten, desto mehr Verbindungen fanden wir zu Enid Selfe, oder in diesem Fall zu einem ihrer Ehemänner."

„Horace Crisfield war ein schrecklicher Mensch. Es ist mir egal, wer das weiß. Er hat meinen Opa nach Jamaika abgeschoben. Granddad war nicht mehr in Jamaika gewesen, seit er zwei war. Ich heuerte den besten Anwalt an, den ich mir leisten konnte. Oh, wir haben ihn zurückgeholt. Aber durch den Stress bekam er einen Herzanfall. Seitdem ist er nicht mehr derselbe."

„Das tut mir so leid", sagte Ryan und legte seine Hand auf ihre. Sie drehte ihre Hand um und umschloss seine Finger.

Ian sagte: „Horace Crisfield war tot. Aber dann verkündete Enid Selfe Ihnen, dass er das Richtige getan hatte. Streiten Sie es gar nicht erst ab! Verschiedene Leute haben das Gespräch mitangehört. Vielleicht haben Sie beschlossen, dass Sie die perfekte Rache gefunden hatten. Wenn Sie Crisfield nichts anhaben konnten, konnten sie zumindest Enid Selfe bestrafen."

„Unsinn. Was Crisfield und seine Kompagnons getan haben, war verkehrt. Schrecklich, ganz schrecklich verkehrt. Aber was sollte es meinem Opa bringen, wenn ich zur Mörderin würde? Nein. Ich habe Enid Selfe gehasst – sie, ihren Rassismus und alles, wofür sie stand. Ich werde nicht heucheln, dass mir ihr Tod leidtut, aber ich habe sie nicht ermordet."

Helen beobachtete die beiden. Sie sagte: „Nichts für ungut, aber wenn irgendjemand ein Motiv hatte, dann Ryan."

Ryan wandte sich ihr zu. „Was?"

„Sie sind derjenige, der sagte, wenn sie sich als Ihre Mutter herausstellen würde, müssten Sie sie umbringen."

Seine Kinnlade klappte nach unten. „Ich habe doch nur Spaß gemacht. Jedenfalls war sie ja nicht meine Mutter." Er wandte sich Ian zu. „War sie doch nicht?"

Ian sagte: „Sie müssten einen DNA-Test machen, um sich sicher zu sein. Vielleicht sollten Sie einen machen, um Gewissheit zu haben."

Ryan atmete tief aus. „Also verdächtigen Sie mich nicht?"

„Oh, und ob ich das tue, ich verdächtige alle von Ihnen.

Und solange sich niemand an etwas erinnert oder die Tat gesteht, werden wir hier herumsitzen, während ich das Beweismaterial sichte." Er schaute uns herausfordernd an. „Einer von Ihnen weiß etwas. Oder hat etwas gesehen."

Plötzlich ergriff Teddy das Wort. „Nun, ich nicht. Diese Frau bedeutete mir nichts. Mich langweilt dieses ganze Drama. Ich muss ein Strickseminar geben, und damit würde ich jetzt gern weitermachen. Und bis Ende des Tages verlange ich mein Telefon zurück, ansonsten hören Sie von meinen Anwälten."

Ian sagte: „Mr Lamont, Sie haben genauso gute Gründe wie die anderen, dieser Frau den Tod zu wünschen. Sie hat ihren ersten Drehtag ruiniert. Sie hätte das ganze im Fernsehen übertragene Seminar ruiniert. Und ihre Marke steht und fällt mit der Art, wie Sie mit Ihren Fans in Kontakt treten."

Gunnar ergriff zum ersten Mal das Wort. „Und das Handy, von dem die Nachricht versandt wurde, war Ihres. Vielleicht haben Sie sie selbst geschickt."

„Tja, das habe ich aber nicht. Molly, sagen Sie es ihnen! Sie hatten mir schon versprochen, dass Sie einen Ersatz finden. Ich bin ihr solange auf die Nerven gefallen, bis sie eingewilligt hat. Ich brauchte Enid Selfe gar nicht umzubringen. Ich musste das Team nur auffordern, eine Änderung vorzunehmen."

Molly kam auf Teddy zu und stellte sich neben ihn. Sie sah müde und gestresst aus. „Er hat recht. Dafür war ich verantwortlich."

„Sie sind immer für alles verantwortlich, oder? Man sagt, das hier sei nicht Ihr erstes Desaster. Noch eins, und Sie wären in dieser Branche, die kein Nachsehen hat, weg vom Fenster. Sie hatten es nötig, dass diese Sendung gut lief."

Sie rieb sich die Augen. „Ja. So war es und so ist es noch immer. Aber ich brauchte keine Frau zu ermorden, um die Sendung wieder hinzubiegen. Ich musste sie nur ersetzen."

„Das alles führt zu nichts", sagte Annabel. „Jetzt haben Sie alle außer Lucy und Helen vorgeworfen, den Mord begangen zu haben."

Ian setzte dieses Lächeln auf, das mich immer nervös machte. Anscheinend hatte es auf Helen die gleiche Wirkung. „Ja. Jetzt kommen wir zu Helen."

Sie schaute nervös auf. „Ja?"

„Sie hat Sie nicht einmal erkannt, oder?"

Helen versuchte unschuldig auszusehen, aber ich konnte sehen, wie ihre Schultern sich bis über ihre Ohren hoben. „Wer?"

„Enid Selfe. Die Frau, die Ihnen einen Nervenzusammenbruch beschert hat, nach dem sie die Arbeit aufgegeben haben, die sie acht Jahre lang so geliebt haben."

Vinod machte große Augen. „Selbstverständlich. Warum habe ich nicht eins und eins zusammengezählt? Sie haben im Castle Bromwich Ladies' College unterrichtet. Das ist die Schule, die Amelia besucht."

„Ganz genau. Das habe ich." Ihre Hände zitterten so heftig, dass sie sie verschränkte und in ihren Schoß legte.

Ian nahm ein Foto aus einem Ordner und reichte es Vinod. Natürlich beugte ich mich vor, um zu spähen. Nie in meinem Leben hatte ich so eine Verwandlung gesehen. Die Frau auf dem Foto hatte schulterlanges, dunkles Haar. Sie trug einen schicken Blazer, eine modische Brille, und ihr Gesicht wirkte entschlossen und selbstsicher. Die Frau auf dem Bild war Helen, aber sie hatte all ihre Farbe verloren und war um Jahrzehnte gealtert, seit dieses Foto entstanden war.

Wir alle schauten zu Ian, der sagte: „Dieses Bild wurde erst vor drei Jahren bei einer Personalfeier aufgenommen, stimmt's Helen?"

Sie schaute auf das Foto und nickte. „Enid Selfe hat meine Karriere, mein Glück, meine Gesundheit und fast auch mich selbst zerstört."

„Sie müssen sie gehasst haben."

Sie nickte. „Ich denke, das Schlimmste war, dass ihre Tochter eine wirklich nette junge Frau war. Klug, aber kein Genie. An einer zweitklassigen Universität hätte sie sich gut geschlagen, aber diese Frau war besessen davon, das Mädchen in Oxford oder Cambridge studieren zu lassen. Sie war überzeugt, dass ich nicht genug tat, dass ich nicht qualifiziert genug war. Sie beschwerte sich mehrmals bei der Schulleiterin über mich und forderte, ich solle ersetzt werden. Jedes Mal, wenn ihre Tochter keine Bestnoten bekam, beschuldigte sie mich, ich hätte schlampig unterrichtet. Es ist unglaublich, wie zerstörerisch eine einzige Person sein kann. Es gelang ihr sogar, andere Eltern auf ihre Seite zu ziehen. Sie zerstörte meinen Frieden, sie zerstörte mein Selbstvertrauen und schließlich zerstörte sie meine Gesundheit."

Im Plauderton sagte Ian: „Wir haben auf einer der Stricknadeln, die in Enid Selfes Brust gestochen wurden, den Teil eines Fingerabdrucks gefunden. Es war Ihrer."

Ihr Kopf hob sich abrupt. „Was? Das ist unmöglich."

„Warum? Weil Sie sie so sorgfältig abgewischt haben? Ein Stück haben Sie ausgelassen."

Sie schüttelte den Kopf. „Nein." Sie schaute mich wild an.

„Lucy, Sie erinnern sich bestimmt! Am ersten Tag. Da habe ich die ausgestellten Nadeln bewundert. Ich muss wohl eine berührt haben."

Daran erinnerte ich mich überhaupt nicht. Ich schüttelte meinen Kopf, so leid es mir für sie tat.

Ian sagte: „Helen Radcliffe, ich muss Sie bitten, mit uns auf die Wache zu kommen, um uns bei unseren Ermittlungen zu helfen."

„Ich kann nicht ... Ich habe nicht ... Ich muss meinen Mann anrufen."

Er nickte. „Wenn wir auf der Wache sind."

„Lassen Sie mich wenigstens meine Tabletten mitnehmen."

Margot Dodeson stand auf und nahm ihre Tasche. „Nun, ich bin hier offensichtlich im Weg." Sie lächelte Teddy an. „Vielen Dank für den ausgezeichneten Unterricht. Es war mir eine Ehre."

Ich beobachtete, wie Margot beim Gehen nicht den direktesten Weg zur Tür nahm, sondern einen Schlenker lief. Ich fragte: „Margot? Warum gehen Sie nicht direkt zur Tür?"

Sie drehte sich um und sah verblüfft aus, wie auch alle anderen am Tisch. „Wie bitte?"

Zum ersten Mal stand ich auf. Bisher hatte ich geschwiegen. Wie Ian hatte ich zu viele Verdächtige und keinen offensichtlichen Mörder gesehen. Bis gestern Abend.

„Jedes Mal, wenn Sie diesen Laden betreten oder ihn verlassen, machen Sie einen Bogen um den Ort, an dem Enid Selfe ermordet wurde. Aber wie sollten Sie den kennen? Es sei denn, Sie sind dabei gewesen."

Margot wich zurück, bis sie gegen die Wand voller Wolle stieß. Sie sah so zaghaft aus, dass man meinte, schon allein eine Maus könne sie verjagen. „Lucy, ich glaube wirklich, dass der Stress zu viel für Sie wird, Liebes."

„Wann haben Sie Ihren Mädchennamen wieder angenommen?"

Zwei helle Farbflecken bildeten sich auf ihren Wangen. „Es war eine persönliche Entscheidung nach meiner Scheidung. Viele Frauen machen das so."

Es war Granny gewesen, die sich an ihren Ehenamen erinnert hatte, aber natürlich konnte ich meiner untoten Großmutter nicht das Verdienst für die Detektivarbeit zuschreiben, also sagte ich: „Ich war verwirrt. Sie schienen eine ziemlich neue Kundin zu sein, sprachen aber immer davon, dass sie meine Oma kannten, und erzählten von Dingen, die vor vielen Jahren geschehen sind. Als ich in den alten Dateien nachgeschaut habe, habe ich eine Margot Vincent gefunden. Das waren Sie."

„Es ist kein Verbrechen, seinen Namen zu ändern. Ich muss jetzt gehen. Es war schön."

Sie machte noch einen Schritt in Richtung Tür, aber dieses Mal hielt Ian sie zurück. „Vincent?"

Er drehte sich zu mir um und sah verwirrt aus. „Das war doch keiner der Ehemänner, oder?"

„Nein, es war einer ihrer Liebespartner. Enid Selfe war keine nette Frau. Anscheinend musste jeder Mann, dem sie begegnete, sich in sie verlieben. Davon war sie irgendwie besessen, stimmt's?", fragte ich Margot.

„Keine Ahnung", sagte sie steif.

„Ihr Mann war weder reich noch adelig. Er war einfach nur nicht verfügbar. Er war ein verheirateter Bauunternehmer, der an Enids Haus arbeitete. Während er dort beschäftigt war, haben sie eine Affäre miteinander angefangen."

244

Margot schlug sich die Hände vors Gesicht. „Nein", sagte sie mit erstickter Stimme. Ich hatte Mitleid mit ihr, aber die Wahrheit musste ans Licht kommen.

„Vielleicht war sie gelangweilt. Vielleicht dachte sie, sie würde einen besseren Preis bekommen, wenn sie Liebhaber waren. Vielleicht wollte sie nur immer genau das haben, was sie nicht bekommen konnte. Wer weiß, warum sie es auf Ihren Mann abgesehen hatte? Aber genau so war es, und er hat Sie verlassen und geplant, Enid zu heiraten." Ich wurde mit Absicht grausam. „Er hat Sie sitzengelassen – Sie, seine langweilige aber treue Frau, nach wie vielen Jahren Ehe? Zwanzig? Und ist mit Enid durchgebrannt. Einfach auf und davon, nach allem, was Sie für ihn getan hatten."

„So etwas würde ich niemals tun." Aber ihre Stimme zitterte.

„Sie tragen immer noch Ihren Ehering. Deshalb war mir nicht klar, dass Sie geschieden sind. Ich wette, Sie hängen an allem, was mit der Vergangenheit zu tun hat. Ich wette, wenn die Polizei einen Durchsuchungsbefehl bekäme, würde sie bei Ihnen zu Hause etwas Schweres finden. Etwas, das eine Bedeutung für Sie hatte." Ich erfand diese Geschichte beim Erzählen, aber Margot wurde immer nervöser, deshalb vermutete ich, dass ich der Wahrheit nah war. „Vielleicht eines der Werkzeuge, die Ihr Mann zurückgelassen hat? Irgendetwas Schweres, zum Beispiel ein Hammer, den er bei der Renovierung von Enids Haus benutzt haben könnte. Sie hätten die Mordwaffe bestimmt nicht weggeworfen. Sie hätten sie aufgehoben. Als Erinnerung. Sie hat Ihnen alles genommen, aber zu guter Letzt haben Sie sich gerächt. Die Polizei wird Spuren von ihrem Blut finden, wissen Sie? Das wird sie überführen."

Plötzlich ließ sie ihre Hände fallen und schaute mich leidenschaftlich an. „Er war alles, was ich hatte. Er war mein Leben. Ich war nicht nur seine Frau. Ich kümmerte mich um die Buchhaltung seiner Firma. Wir waren ein Team. Und sie hat ihn mir weggenommen. Und dann, als er sie heiraten wollte, sagte sie nein. Sie hat ihn mir genommen, und wollte ihn dann nicht einmal." Ihre Stimme wurde nun immer lauter. „Ich hätte ihn wieder zurückgenommen. Das hätte ich. Aber sie hatte etwas mit ihm gemacht. Er wollte mich nicht mehr, auch wenn er sie nicht haben konnte." Sie jammerte. „Sie hat mir alles genommen, und dabei wollte sie ihn nicht einmal."

Ich blickte zu Ian, um zu sehen, ob er übernehmen wollte, aber er gab mir ein Zeichen, ich solle fortfahren. „Als Sie neulich in meinen Laden gekommen sind, wussten Sie nicht, dass sie da sein würde, stimmt's?"

Ich erinnerte mich daran, wie nervös Margot gewesen war. Ich hatte angenommen, dass sie von dem berühmten Teddy beeindruckt war. Aber nicht das hatte sie so getroffen. Sie hatte Enid Selfe erkannt – die Frau, die ihre Ehe und wahrscheinlich ihr Leben zerstört hatte.

„Nein. Es war ein schrecklicher Schock, sie dort zu sehen. Und ich beobachtete sie dabei, wie sie Teddy befummelte. Und dann bei dieser Signierstunde, als sie um jeden Mann herumscharwenzelt ist, der dort war. Sie war wie Ungeziefer. Sie musste vernichtet werden."

„Wie sind Sie an meine Ladenschlüssel gekommen?"

„Die lagen überall herum. Sogar ordentlich beschriftet. Ich habe den Schlüssel des Kameramannes genommen."

Der korpulente Kameramann sagte verlegen: „Da ist der

Schlüssel also geblieben. Oh Mann, ich dachte schon, ich hätte ihn verloren.“

Der Blick, den Molly ihm zuwarf, deutete darauf hin, dass er später seine Strafe dafür bekommen würde, dass er so unachtsam gewesen war und das Verschwinden des Schlüssels nicht gemeldet hatte. Ich sah, wie Becks sich eine Notiz machte.

Ich fuhr fort: „Und dann sind Sie Teddy gefolgt und haben auf Ihre Gelegenheit gewartet, ihm das Handy zu klauen.“

Sie schüttelte den Kopf. „Nein. Ich wollte Enid im Hotel einen Zettel unter die Tür schieben. Das war der schwierigste Teil, weil ich Sie dazu kriegen musste zu glauben, dass Teddy die Nachricht geschrieben hatte, und sie mir dann wieder zurückholen, damit niemand mich verdächtigen würde.“ Nun, da sie redete, schien sie erleichtert. „Aber als ich im Hotel eintraf, war Teddy da. In der Bar. Er trank ein Bier.“ Sie schaute wieder zu ihm. „Sie haben mich noch nicht einmal bemerkt. Ich habe Sie so lange beobachtet, bis Sie auf die Toilette gegangen sind, und schon war es ganz leicht, Ihnen das Telefon aus der Jackentasche zu ziehen.“

Teddy sah sehr enttäuscht von Margot aus. „Ich habe Ihnen vertraut. Sie waren mein Stern.“

„Es tut mir leid. Ich schickte die Nachricht und steckte das Handy dann wieder in ihre Jackentasche, bevor sie zurückkamen. Niemand hat etwas bemerkt. Mich bemerkt ohnehin nie jemand.“

Ian nahm Margot Dodeson offiziell fest. Als sie von einer Beamtin abgeführt wurde, sagte Gunnar: „Wenigstens kann sie stricken. Damit kann sie sich die Zeit im Gefängnis vertreiben.“

Ryan atmete tief aus. „Ich weiß nicht, wie es Ihnen geht, aber ich brauche einen Drink! Gehen wir ins Pub."

„Vielleicht ist es besser, wenn ich nicht mitkomme", sagte Gunnar – nein, Sven.

Helen legte ihre Hand auf seine Schulter. „Wir alle haben Passagen in unserer Vergangenheit, die wir lieber ändern würden, wenn wir es könnten. Kommen Sie, Sven!"

Wieder einmal gingen alle in Richtung Pub. Außer Margot Dodeson.

KAPITEL 22

Das Filmteam hatte alles aus meinem Laden entfernt, und ich brachte alles wieder in Ordnung, bevor ich am Morgen wieder aufmachen würde. Das Schicksal der Fernsehsendung war ungewiss. Die Produzenten mussten entscheiden, ob sie – in dem Wissen, dass das Drama hinter den Kulissen Zuschauer anziehen würde – weitermachen oder die Sendung streichen sollten.

Teddy war natürlich dafür weiterzumachen. Er gehörte ganz klar dem Lager an, das glaubte, keine Werbung sei schlechte Werbung. Molly war sich zwar mit ihm einig, aber die Entscheidung lag nicht bei ihr.

Ich hatte keine richtige Meinung. Mein Laden war wieder ein normaler Strick- und Wollladen, und ich war glücklich darüber. Ich mochte Teddy, hatte sein Poster aber ausgetauscht. Becks war mit einem Dankeschön-Geschenk für mich vorbeigekommen. Sie hatten eines der Fotos von Nyx vergrößert, auf dem sie inmitten bunter Wolle zusammengerollt in ihrem Körbchen lag und besonders niedlich aussah.

Auch jetzt schlummerte Nyx zufrieden in ähnlicher Pose im Schaufenster.

Auf dem Kassentisch lag die Oxforder Lokalzeitung. Der sensationelle Mord und die Verhaftung waren die Nachrichten auf dem Titelblatt. Margot würde keinen Prozess bekommen. Sie hatte die Tat gestanden und würde bald verurteilt werden. Teilweise hatte ich in Hinsicht auf die Mordwaffe recht gehabt. Sie hatte keines der Werkzeuge ihres Mannes benutzt, um Enid zu töten, da er bei seinem Auszug alle mitgenommen hatte.

Stattdessen hatte sie einen Zierfrosch aus Stein aus dem Garten genommen. Sie hatte der Polizei gesagt, dass es sich um das erste Geschenk handle, das ihr Mann ihr gemacht habe, als sie ihr gemeinsames Heim bezogen hatten. Nachdem sie Enid Selfe erledigt hatte, hatte sie den Frosch an seinen üblichen Platz zurückgebracht. Die Polizei hatte Spuren vom Blut der ermordeten Frau auf dem Frosch gefunden.

Zufrieden, dass in meinem Geschäft und in der kleinen Welt der Harrington Street alles in Ordnung war, beschloss ich, mir am Markt an der Ecke etwas zu essen zu besorgen, da ich ja jetzt nicht mehr bei Rafe wohnte. Irgendwie vermisste ich ihn, und definitiv vermisste ich Williams Küche.

Als ich nach draußen ging, spürte ich etwas Kieseliges unter meinen Füßen. Ich schaute hinab und sah eine Reihe kleiner Kristalle, die über die Schwelle verstreut waren. Ich bückte mich und nahm eine Prise zwischen Finger und Daumen. Es sah wie Sand aus, aber ich war mir ziemlich sicher, dass ich diese Substanz schon einmal gesehen hatte. Es war Salz aus dem Toten Meer.

Ich ging wieder zurück nach drinnen und suchte den

Laden ab, und wie erwartet fand ich Salzspuren an allen Ecken und Enden. Ich griff zu meinem Telefon und rief sofort Margaret Twigg an, bevor ich es mir anders überlegen konnte. „Was hast du mit meinem Laden angestellt?"

„Auch dir Hallo, Lucy", sagte sie mit herablassendem Ton. „Soweit ich mich erinnere, war das, was ich in deinem Laden angestellt habe, dass ich ihn von einem herumlungernden Geist befreit habe."

„Das meine ich nicht. Warum liegt Salz auf meiner Türschwelle und in allen Ecken und Enden meines Ladens?"

„Du hast es also gefunden? Du machst Fortschritte."

Mir war heiß, ich war gereizt und hatte keine Lust auf ein Wortgefecht mit Margaret Twigg. Ich sagte nichts, sondern wartete nur ab. Schließlich sagte sie: „Entspanne dich, Lucy. Es ist ein Schutzzauber. Lavinia hat mich darum gebeten, da ihre Enkeltochter im Cardinal Woolsey's arbeitet. Als sie erfahren hat, dass eine langjährige Kundin eine Mörderin ist, naja ... Wer kann schon wissen, ob es nicht noch mehr davon gibt? Besser, man ist auf der sicheren Seite."

„Aber du hast Salz aus dem Toten Meer verwendet. Ich dachte, das benutzt du, um die Geister von Toten loszuwerden."

„Salz aus dem Toten Meer ist ein herrliches Mittel. Vielseitig einsetzbar. Du solltest dir auch welches besorgen. Das kann man im Internet kaufen."

Ich wusste, was sie mit ihrem Schutzzauber anrichten konnte. Sobald ich aufgelegt hatte, schnappte ich mir den Besen mit dem Holzstiel, der in der Ecke stand und begann, das Salz in Richtung Tür zu fegen. Ich hörte einen Schrei hinter mir, und als ich mich umdrehte, stand meine Großmutter vor mir. „Lucy! Was machst du da?"

Ich hätte gedacht, meine Tätigkeit erkläre sich von selbst. „Ich fege aus."

„Sei vorsichtig, Liebes. Du brauchst einen Zauberspruch und den richtigen Vorsatz, ansonsten fegst du anstelle der negativen die ganze positive Energie nach draußen."

„Willst du mich auf den Arm nehmen? Kann denn ein Besen nicht einfach ein Besen sein?"

„Nicht, wenn man etwas Besonderes ist."

Granny kam auf mich zu und nahm mir den Besen aus den Händen. „Lucy, Liebes. Du bist eine Hexe, und das hier ist ein sehr alter Besen. Er gehörte mir und davor meiner Mutter und davor ihrer." Sie sagte nichts mehr, sondern schaute mich nur mit durchdringendem Blick an.

Ich schaute zum Besen und dann zu ihr. „Du willst mir doch nicht wirklich weismachen, dass ich auf dem Ding fliegen könnte?"

„Na ja, ohne viel Übung nicht. Und ganz gewiss nicht mit dieser Einstellung."

„Unglaublich." Jedes Mal, wenn ich mich umdrehte, wurde ein weiteres Klischee wahr. Hexen zauberten und streuten Salz auf Türschwellen. Ich hatte eine schwarze Katze, die eine Vertraute war. Und jetzt sagte meine Großmutter mir, dass ich auf einem Besenstiel fliegen konnte?

Ich musste mich setzen.

„Warum hast du mir das nicht früher erzählt?"

„Diese Dinge kommen zu uns, wenn wir bereit sind. Dieser Besenstiel wird in der Ecke bleiben, bis du ihn brauchst. Sei nur vorsichtig! Ich würde ihn nicht zum normalen Saubermachen verwenden."

Und sie stellte ihn wieder in die Ecke. Nyx ging in die Ecke und beschnüffelte den Besenstiel, dann schaute sie mich an wie ein Hund, der bereit ist, ins Auto zu springen, um eine Spritztour zu machen.

„Oh, nein", sagte ich. „Eines kann ich dir sagen. Du wirst mich niemals auf so ein Ding bekommen."

Nyx schaute mich mit ihren goldenen Augen an und sah nicht gerade überzeugt aus.

Danke, dass Sie das Buch gelesen haben. Ich hoffe, Sie hatten Spaß mit Lucys neuestem Abenteuer. Werfen Sie hier gleich noch einen Blick in den nächsten Krimi, *Bommelmützen und Besenstiele.*

Eine Nachricht von Nancy

Liebe Leser und Leserinnen,

Vielen Dank, dass Sie die Serie der Strickclub der Vampire lesen. Ich freue mich sehr über die Begeisterung, die diese Serie hervorruft. Ich habe vor, noch viele Geschichten über Lucy und ihre bestrickenden Vampire folgen zu lassen.

Über Rezensionen freue ich mich immer, und vergessen Sie nicht, anderen Liebhabern von Häkel- und Strickkrimis von dieser Serie zu erzählen.

Sie können Ihre Rezension auf Amazon hinterlassen.

Ihre Beiträge sind die Wolle, mit der ich diese Geschichten stricke.

Bis zum nächsten Mal.
Viel Spaß beim Lesen,

Nancy

BÜCHER VON NANCY WARREN

Erfahren Sie mehr über neue Ausgaben und Sonderangebote in Nancy's Newsletter (auf Englisch) bei NancyWarrenAuthor.com oder folgen Sie ihr auf Facebook auf facebook.com/nancywarrenDeutsche

Der Strickclub der Vampire

Verwirrung und Verrat - ein kostenloses Prequel für die Abonnenten von Nancys Newsletter

Der Strickclub der Vampire - Band 1

Maschen und Magie - Band 2

Häkelei und Hexenkessel - Band 3

Zwirn und Zauber - Band 4

Lieblingspullis und Liebestränke - Band 5

Weissagung und Wollpullover - Band 6

Schwindelei und Spitze - Band 7

Bommelmützen und Besenstiele - Band 8

Poltergeist und Popcornmuster - Band 9

Gargoyles und Geheimbünde - Band 10

Dolch und Diamanten - Band 11

Flüche und Fischgrätmuster - Band 12

Der Strickclub der Vampire: Band 1-3

Das Verwunschene Brautkleid

Eine Serie aus fünf romantischen Komödien über Frauen, die auf der Suche nach dem richtigen Kleid, den dazu passenden Schuhen und dem perfekten Mann sind.

Die Flucht der Braut - Buch 1

Die Braut aus Zweiter Hand - Buch 2

Brautjungfer zu mieten - Buch 3

Ein Brautkleid zum Verlieben - Buch 4

Wenn das Kleid passt - Buch 5

Die Oma

Das Jahr, in dem die Weihnachtsoma das Weite suchte

Um eine vollständige Liste ihrer Bücher zu sehen, gehen Sie auf Nancys Website NancyWarrenAuthor.com

ÜBER DIE AUTORIN

Nancy Warren ist eine USA Today Bestseller-Autorin und hat mehr als 100 Romane verfasst. Sie stammt ursprünglich aus Vancouver, Kanada, zieht jedoch gerne um und hat längere Zeit in England, Italien und Kalifornien gewohnt. Die Inspiration zur Strickrunde der Vampire kam ihr während ihrer Zeit in Oxford. Gegenwärtig lebt sie teils in Großbritannien, in Bath, wo sie oft so tut, als sei sie Jane Austen, oder zumindest eine von deren Romanfiguren, und teils in Victoria, Britisch-Kolumbien, wo sie es genießt, am Meer zu leben. Zu ihren Lieblingsmomenten zählen die Tage, als sie die Antwort in einem Kreuzworträtsel der kanadischen Zeitung National Post war, als sie es mit ihrem Roman Speed Dating, dem Auftakt zur Buchreihe Harlequin's NASCAR, auf das Titelblatt der New York Times schaffte, und die drei Male, als sie für den RITA-Award, den bedeutenden Preis für englischsprachige Liebesromane, nominiert wurde. Sie hat einen MA in kreativem Schreiben von der Bath Spa University. Sie ist eine begeisterte Wanderin, liebt Schokolade und vor allem liebt sie es, von ihren Lesern zu hören!

Die beste Weise, mit ihr in Kontakt zu bleiben, ist, sich über NancyWarrenAuthor.com für Nancys Newsletter anzumelden (auf Englisch).

Mehr über Nancy und ihre Bücher erfahren Sie hier:
NancyWarrenAuthor.com

facebook.com/nancywarrenDeutsche

instagram.com/nancywarrenauthor

amazon.com/Nancy-Warren/e/B001H6NM5Q

goodreads.com/nancywarren

bookbub.com/authors/nancy-warren